赤ん坊の異世界ハイハイ奮闘録 2

そえだ 信

ベティーナ
カーリン
登場人物紹介

レーベレヒト
ルートルフ
ウォルフ
ザム
イレーネ

CONTENTS

プロローグ

僕が誘拐から救出された後、領にまつわる事態は好転の兆しを見せていた。

王都の父からも、継続して朗報が伝えられてきた。

黒小麦パンとコロッケの販売は引き続き好調で、年末の『年送り祭り』で賑《にぎ》わう予定の大広場に屋台を出して大々的に売り出す計画、とのこと。

塩とセサミも、少しずつ販路の確保ができてきた。

どちらも我が領地が新産地になっていることを極力秘匿したいし、既得権益との衝突は避けたいので、父としても最大限慎重に事を進めているのだ。


製塩については今までのところ、南の海に面したベルネット公爵領の独占産業になっている。男爵が公爵に喧嘩《けんか》を売るような形で産業を始めるなど、首がいくつあっても足りない暴挙だ。

その点で、父は慎重に考慮した。結果、馬鹿正直すぎるのではないかと思われるほどの正攻法に出た。ベルネット公爵に秘《ひそ》かに面会を請い、すべて正直に打ち明けたのだ。

北の地で塩が採れるという新事実に、公爵は仰《の》け反《ぞ》るほどに驚愕《きょうがく》していたという。それでも、意外なほど好意的に受け止めてくれた。

公爵領が十分に裕福なことと、ベルネット公爵という人物が国全体の利益に目を向ける度量の持ち主だということが、幸《さいわ》いしたようだ。と言うより、父がその点の信頼を抱《いだ》いて打ち明ける決心をしたということなのだろう。

『金持ち喧嘩せず』と、『記憶』が分かったような分からないような囁《ささや》きを伝えてきた。

まずはベルシュマン男爵領の窮状を当然よく知っていたので、新産業の必要を理解してくれた。

また公爵は、国全体を考えると今までのような寡占《かせん》で高価になっている塩の流通に危惧を持っていたという。塩は人間の生存に欠かせないもの。それを一地域の生産だけに頼るのは危険だ。極端な話、もしベルネット公爵領を他国に奪われるようなことがあったら、我が国はその国に頭を下げないと存続できない事態になってしまう。

ベルシュマン男爵領の塩の生産量がすぐその事態を改善する規模になることはあり得ないが、少なくとも国の目指す方向性として悪くないことだ、と言う。

ただ、今すぐ塩の流通市場に大変革を持ち込むのは、国内外への影響を考えると危険だ。当面は公爵領産の塩の流通にそのまま区別せずに紛れ込ます形から始めてはどうか、と提案された。

南の海での製塩は、冬場には出荷量が減少する。国全体を見ると、その不足分をまず補うという利点を考えたい意味もある。

父としては、従来の価格水準で販売が始められたら何の不服もない。喜んで、その申し出に同意した。

だがそれも、我が領地産の塩の品質が低く、公爵領産のものまで評価を落とすようだと、問題がある。

当然のことながら、契約を結ぶ前に現物を持参して専門家に検証してもらうことになった。

その結果、驚くべきことが分かった。我が領地産の方が、わずかながら質が高いという結果が出たのだ。

原料となる塩水の差か、製法の問題か。この点でも、父と公爵は腹を割って情報交換をした。

原料の差は、すぐには判断できない。塩水の煮詰め方と乾燥に回す見極めは、差がないように思われる。

しかしそこに加えて、腹をくくった父が打ち明けた情報に、公爵は目を瞠《みは》ったという。

最後の乾燥に、加護の『光』を利用している、という事実だ。

父としても公爵の度量に感服し、国のために役立つならこの点の秘匿はやめよう、と判断したわけだ。

興奮気味に公爵は、自分の領でもそれを試してみようと言い出したらしい。

そのような工夫でさらに品質を向上できるようなら、将来的には品質の低い安価な塩ともう少し高級な品との差別化ができるかもしれない、という考えだ。

双方で今後も研究を続ける、ということで両者は合意した。


一方で、セサミについてはもっと事情が複雑だ。

既得権益が、他国からの輸入業界だからだ。

こちらについては喧嘩を売る相手が外国で、へたをすると国際問題になる。

ここでも父は、ほとんど正面突破の方法をとった。

上司の宰相に内諾を得た上で、ほぼ独占販売をしている輸入業者と交渉をしたのだ。

当然ながら業者にとっても、取引量が増えること自体は悪い話ではない。問題は、輸入元の隣国ダンスクを刺激する心配だけだ。

結果、今流通しているセサミの価格水準に影響の出ない量を見極めながら、取り引きを始めることになった。

なおこちらにも、我が領地産のものの品質を検証してもらったところ、輸入物と差がないことが分かった。

価格水準に影響の出ない量、ということで計算を進めたところ、来年の収穫期までの間に今の我が領の在庫すべては出荷できないことが分かった。

それならいっそ、セサミをそのまま出荷するのは半量程度に抑え、残りは付加価値を高めた加工に回そう、という発想になる。

業者に打診すると、セサミから採れる油の輸入はこれまでのところない、という。

父は、セサミ油製造に本腰を入れることにした。

父の、と言うよりヘルフリートの調査により、製油産業自体はダンスクに存在することが分かった。そこで使われている油を絞る道具の概観を入手できた。その情報をもとに、王都で道具を再現したい、という。

そのように、諸々《もろもろ》の施策が動き出している。

1 赤ん坊、使者と会う

十二の月の最終週になると、王都での祭りへの出店作業が本格化している。それが佳境に入るはずの水の日、つまり年の最後の日の三日前、父が領地に帰ってきた。

「あとの面倒は、ヘルフリートに全部任せてきた」と宣《のたま》って。

まあ確かに、前段階の根回し等が終わってさえいれば、一般市民の祭りに貴族の当主は邪魔なだけかもしれない。

その点はともかく、

「息子が初めての新年を迎える瞬間に父親が立ち合っていなくてどうする、とヘルフリートに毎日訴えていたら、ようやく折れてくれた」

という動機は、どうしたものだろうか。

ちなみにこれ、本人が言うほど理路整然とした訴えではなく、ほとんど「いやだいやだ」と駄々《だだ》をこねる有様で、ヘルフリートが匙《さじ》を投げたというのが実状らしい。

ともかくも帰宅するなりベティーナの腕から僕を奪いとり、居間のソファに収まって父は家人たちと情報交換を行った。

父からは、前回手紙で伝えてきた諸々《もろもろ》の件の、続き。

黒小麦パンとコロッケの販売について、『年送り祭り』の屋台での売り上げが期待通りなら、その後領地にある余剰の黒小麦とゴロイモ分を一の月中《じゅう》程度で売り切ることができそう、とのこと。

それと、塩とセサミの販売の目処《めど》が立ったことからの試算を加えて、一の月末にはディミタル男爵からの借金の利息分と元金のかなりの部分を返済できる。つまりは例の「東の森全体を含む土地と領地の徴税権の一部」を譲渡しなければならない事態は免《まぬが》れることになる。

前からの想像が正しければ、『年送り祭り』の売り上げ結果次第で相手からの妨害が強まる恐れがある。領地でもくれぐれも注意してもらいたい。

「それにしても、ウォルフに続いてルートルフを狙うなど、ただじゃ済ません。はらわたが煮えくりかえって収まらない話なわけだが――」

――や、また苦しい、父上父上。

ぽんぽん腕を叩《たた》くと、僕の腹への締めつけは緩んでくれた。

例の『赤目』という殺し屋については、王都の警備隊の捜査でねぐらを探し当てることはできた。最近のその周辺の動きで、どうも貴族の使用人と思われる男が出入りしていた形跡はあった。

しかし、それ以上の情報はない。似顔絵を作れるほどはっきりした目撃はないし、ねぐらに書き付けなど記録は見つかっていない。

結局は、殺し屋の依頼者が貴族である可能性がある。それだけ止まりだ。

「とにかく皆で一致団結してあとひと月、何としても必要分の返済を目指す。それが当面の目標だ」

父の言葉に、一同真剣な顔で頷《うなず》いていた。

こちらから父への報告として、あまり新しい事項はない。

わずかな朗報は、数日前にベッセル先生から聞いたことくらいか。

「ベッセル先生が大学に提出したゴロイモの調理法に関する論文が、無事受理されそうということです。大学側でも実験を行って、記述内容が正しいことが認められたようで。予想していたよりも速い動きだと、先生も喜んでいました」

「おお、それは一つ、明るい材料だな」

兄の報告に、父は大きく頷いた。

そこそこの興奮のしるしに、また僕の腹への圧力が強くなる。

まあ苦しくて仕方ないということはない程度なので、男親とはこんなものなのだろうと、甘受することにする。

「それも含めて、ウォルフに許可をとりたいと思っていたのだがな」

「何でしょう」

「このゴロイモの調理法に、天然酵母、それにクロアオソウの栽培法もかな、すべてウォルフが領地のために考えてくれた、画期的な発想なわけだが。私はこれらを、王宮を通じて広く国内に知らしめるべきだと思っている」

「国内——全国ですか」

「うむ。これらはすべて、国民の生活を豊かにし、国全体を富ませる情報だと思う。王国すべての利益を思えば、我が領だけで独占していいものではない」

「ああ、はい確かに」

真面目な顔で、兄は頷く。

一方で、父の脇に立つヘンリックは首を傾《かし》げていた。

「それはそうでございましょうが、旦那様。これらの情報はまだ、こちらの利益に繋《つな》げる余地を十分に残していると存じます。ゴロイモに関しては来年の収穫分の価値を高めるために早期に広めることに価値はあるでしょうが、天然酵母などはもう少し実体を伏せて商売に繋げることはできるのではありませんか」

「うむ。それは私も考えた。天然酵母の製法を高額な情報料をとって一部貴族から販売を始める、という手があるのではないかと」

「さように存じます。天然酵母は白小麦のパンの質も大きく高めるわけですし、毎日食べる主食に関することですから、需要は大いにあるのではないでしょうか」

「そうだ。このような情報は、ある程度広まってしまえばその後は秘密でもなく自然に知られてゆくものだから、最初が肝心だ。最初の情報料を高額にしておけば、買った方も貴重なものとして秘匿するだろうから、ある程度その広まりの速度も抑えられる。利益を得ようとすれば、最初にがっつりととるべきだろうな」

「御意にございます」

「しかしそれだと、これが一般庶民まで知れ渡るのに、長い時間がかかることになる」

「そう、なりましょうな」

「これが貴族平民を問わない主食に関することであるだけに、私は平民にこそ伝えるべきだと思うのだ。特に贅沢《ぜいたく》な材料などを用いることなく、毎日の食生活を豊かにできる。平民にこれを浸透させることこそ、国を富ませることができる手段だと考える」

「それはそうでしょう……が」

「青臭い理想で、恥ずかしいのだがな。先日、ベルネット公爵と塩の流通について話していて、大いに感じ入ったのだ。貴族のあるべき姿は、自分の家や領地だけを富ませることではない。王家から拝命した爵位を持つ以上、考えるべきは国益、国民全体の生活を豊かにすることのはずだ」

僕のお腹《なか》を撫《な》でる父の手が、どこか優しくなっていた。

隣から、兄がこちらの意を探る視線を投げてくる。

こくり頷くと、にっと兄は笑顔になった。

「私も賛成です、父上」

「そうか、同意してくれるか」

「この黒小麦パンの作り方が知れ渡って、領内の人々の笑顔が増えました。この笑顔が全国に広がるべきと、私も思います」

「そうだな。しかしこのウォルフの考えた情報は、ヘンリックも言う通りやりようによって利益を生むことができる。ここにいる家の者たちにも、もっと贅沢な暮らしをさせる可能性を持っているわけだが」

ちらり、父が隣を見ると。

ほんわりと、母が笑い返していた。

「わたしは特に、贅沢な暮らしなど望みません。借金さえなければ、あとは領民も家の者も健康で元気に生活が送られる、それで十分と思います」

「其方《そなた》も、欲のない性分だな」

「旦那様にお似合いと、よく言われます。贅沢がほしければ、この家に嫁《とつ》いではいません」

「そうであったな」

見ると、周囲の使用人は皆、笑いを堪《こら》える表情だ。

護衛二人と僕だけが、少し乗り遅れた雰囲気。

我が家の常識として、両親の婚姻時に何かあったのかもしれない。後で兄に聞いておこう。

思いながら、腹に回された父の腕をなでなでしていると。

いきなり、その抱擁がずり上げられた。

「そうか。ルートルフも賛成してくれるか。そうかそうか」

――痛い。父上、お髭《ひげ》痛いから。

ひい、と泣き出しそうな声を漏らすと、慌てて父は膝上に戻してくれた。

こほん、と咳払《せきばら》いをして、話を続ける。

「あとクロアオソウの栽培、と言うより加護の『光』の使い方、だな。これはどれだけの効用がありまた応用が利《き》くものか、まったく未知数だ。しかしこれが本当にいろいろな作物の栽培に効果があるなら、やはり国中に利益をもたらす可能性のある情報、ということになる。そこを考えて、何人か私と親しい領主に伝えて、その気があれば各領地でそれぞれ試してもらう、ということから始めてみたい」

「はい。いいと思います」

「この辺は少し、裏の目的もあってな。王宮や各領地にいくらかでも恩を売っておいて、春先の野ウサギ狩りの人手を借りる当ても作っておきたい」

「ああ、それもありましたね」

やや冗談めかした話し方になっているが、野ウサギ駆除は残された最重要課題だ。

協力を仰げそうな領主の名前、人数など、夕食の後も兄やヘンリックと話している。

固い膝の上で適度に揺すられながら、僕は眠りに誘われていった。

今回の父の帰郷目的のいちばんは、僕とともに新年の日が変わる瞬間を迎えること、だという。

しかし年の終わりの日、家人一同居間に集《つど》って年変わりを祝う宴《うたげ》の中、夜の八刻頃には僕は眠りに落ちていたようだ。

夜中の一刻が近づく頃に僕を無理矢理《むりやり》起こそうとした父が母に叱られていた、という話を後から聞いた。

年始めの日はことさら祝い事のようなことはせず、日常の生活を始めるのが習いらしい。

この日は、兄とザムを従えた父に抱かれて外を散歩したのが、いちばんのイベントだった。村に顔を出すと、領主父子は熱狂的に迎えられた。

そのように寛《くつろ》げた時間はほんのわずかで、年始めの二日目には、父は慌ただしく王都に戻っていった。

父が滞在中の家族同衾《どうきん》から日常に戻り、僕は兄のベッドで就寝した。

そこでようやく質問できたこと。父と母は駆け落ちに近い結婚だったらしい。

母は某侯爵家の二女で、男爵である父との結婚は家中から反対された。それを押しきってほとんど家出の形で、幼時からの側仕えイズベルガ一人を伴ってこの領地に赴いたのだとか。
母の実家は外聞を配慮して婚姻自体は認めたが、その後の交流は拒んでいるという。
そんな事情から、未《いま》だに兄もその実家の家名さえ教えてもらっていないらしい。
両親にそんな恋愛事件があったとは、なかなかの衝撃だ。
とともに、母のふだんからのおっとりのほほんとした様子と、妙に芯の強さを思わせるところが、少し理解できた気がする。

一の月の四の風の日。父から鳩便《はとびん》が届いた。

年末のパンとコロッケの屋台販売が好調だったので、今後のために黒小麦とゴロイモの補充が必要になる。今週中に契約している商人の使いが運搬のため領地入りするので、対応を頼む。塩とセサミについては知られないように配慮しておくこと、という連絡だ。

「塩の生産はいくらでも進めておきたいところですが、今週は休みにして、作業場は閉じておくことにしましょう。黒小麦とゴロイモの出荷分の準備と合わせて、村の者に伝えておきます」

「そうだな。塩の生産中断は少し惜しいが、もう四の週が始まっている。製塩作業の煙と蒸気は、すぐには隠せないからな。早急に連絡してくれ」

「かしこまりました」

兄と打ち合わせをして、ヘンリックは出ていった。

僕は今日もザムのお尻に摑《つか》まって玄関ホールで『あんよ訓練』をしながら、それを見送る。

こちらを見守っているベティーナに、兄が指示をした。

「王都の商人はまずここに挨拶に来るはずだ。ザムを見せて騒ぎにしたくないから、馬車を見たらベティーナは、ルートとザムを二階に連れていってくれ」

「かしこまりましたあ」


その商人の使いが到着したのは、四の光の日の昼過ぎだった。

指示通り馬車の姿を見るとザムを連れて二階に上がり、僕はベティーナに抱かれて階段の上から訪問者の様子を眺めた。

領主邸前に停《と》めた商家のものだろう紋章のついた馬車から降りてきたのは、固太りの体格でちょび髭を生やした中年の男と、それより少し若いがっしりした体格の剣を腰に下げた男、さらに体格のいい人足らしい男が二人、だった。

ヘンリックの迎えを受けて、ちょび髭の男は丁寧に挨拶をする。

「フリード商会の副店長を務めております、クルトと申します。ベルシュマン男爵閣下にはたいへんお世話いただいております。こちらは、使用人のギードでございます」

「遠くからご苦労でございました。すぐ村にご案内します」

商家の使用人を領主邸でもてなすのは大げさなので、一行の宿は村に用意している。

今回は一泊の予定になっているが、こういう客や行商人などの宿泊のために、不定期営業の宿屋のようなものは存在しているのだ。

なお、かなり積雪が増えてきていて、馬車が通れるほどの除雪がされているのは南の街道から領主邸までになっている。そのため馬車はここに置いて、一行は宿まで徒歩移動してもらう。代わりと言ってはなんだが、運搬する品は、村の者が橇《そり》を使ってここまで運ぶ手伝いをすることになっていた。

ヘンリックの後ろから、兄が姿を現した。

領主の長男と紹介されて、商人たちはいっそう深い一礼で応える。

「これは、お噂《うわさ》を伺っております。たいへんお若いにもかかわらず、ご立派な次期領主様でいらっしゃるとか。王都で評判のコロッケも、ウォルフ様の考案されたものだそうで」

「大げさな噂は、鵜《う》呑《の》みにしないでくれ。今日は気を遣わせて申し訳ないが、私も村まで同道する。私と弟は散歩を兼ねた村の視察を日課にしているのでな。こんな田舎《いなか》の地だ、あまりかしこまらずつき合ってくれ」

「は、はい。もったいないお言葉で。せっかくですのでご一緒させていただいて、村の様子など拝見させていただきたいと存じます」

「うむ」

商人との品の受け渡しは村人だけでは心許《こころもと》ないので、ヘンリックが立ち合うことになっている。さらに時間が合えば兄と僕もそれこそ散歩がてら参加しようと、事前に打ち合わせしてあった。

厚着をした僕がベティーナに抱かれて降りていくと、外にはテティスとウィクトルが出ていて、一行と話をしていた。

今日はこれから、ウィクトルは僕らと同行しての護衛、テティスは屋敷に残ることになっている。

ウィクトルの「道中、特に湖沿いの辺りは大変だっただろう」という問いに、御者をしていたらしいギードという男が、熱心に頷いている。

「へい。道は雪が多くなって滑りますし、盗賊が多い場所と聞いていますんで、まったく気が抜けない道中でした」

「商人の遠出というのも、危険が伴うのだろうな。その馬車の横板も、矢の痕が残っているではないか」

「へい。つい先月遠出をした折、襲われたものでして。幸《さいわ》いこっちが反撃したら相手はすぐ逃げて、被害はありませんでしたが」

「そうなのか。何か、間抜けな盗賊だな」

「こちらの村とは今後もよろしく取り引きをお願いしたいので、あの街道の安全は国にも訴えていきたいところです」クルトがにこやかに口を入れた。「幸いうちの者は、ギードも他の二人もそこそこ腕に覚えがありますもので、少人数の盗賊なら追い払えるのですが」

「なるほど。ギードとやらは確かに、剣を使い慣れているようだな」

「騎士様にそう言っていただけるには、恥ずかしい腕前でして」

兄とヘンリックが支度を調《とと》えて出てきて、村へ向けて出発した。

先頭で兄の横にヘンリック、隣にクルト、その後ろに僕を抱いたベティーナとウィクトル、最後尾に商家の使用人が三人、というなかなかの大所帯だ。

歩きながらの会話は主にヘンリックとクルトで、それに時おり兄が加わっている。

「こう言っては失礼ですが、こんな北の果てのような小さな村で、今王都で大評判をとっている商品が生み出されたなど、まだ信じられない思いです」

「たまたま、ですね。数少ない地産品を活かしたいという、苦肉の策と言《い》いますか」

「黒小麦もゴロイモも確かに、こちら以外ではほとんど採れないものですからねえ。それでもそれを立派に活用したということで、王都ではベルシュマン男爵閣下とそのご子息の評判は鰻登《うなぎのぼ》りですよ」

「それは光栄な話です」

「一部からは、ウォルフ様には農業の神が降臨していらっしゃるのではという声が出ているほどです」

「大げさな噂はやめにしてもらいたいな。本当にこっちは、苦肉の策でいろいろ試してみた結果だ」

「あのコロッケという素晴らしい料理もですが、何と言っても不思議なのは、黒小麦パンの神がかりと思えるほどの柔らかさです。調理場を提供している私どもの店にも秘密を教えていただけないのですが、使用人の中には、ベルシュマン男爵領の人が使う石窯《いしがま》には魔法がかかっているのではないかと言い出す者がいるくらいです。それもこれも、ウォルフ様が神の祝福を得ている証拠なのではと」

「それこそ大げさだ。そうやって煽《おだ》てても、まだ秘密は教えないぞ」

「それは残念です」

からからと、商人は笑った。

男爵子息と話していてもまったく物怖《ものお》じする様子がない、なかなか肝の据わった男だ。

ちら、と後ろのこちらを振り返って、お追従《ついしょう》を続ける。

「弟君《おとうとぎみ》もお兄様に負けぬほどご聡明《そうめい》の様子で。今後当分、ベルシュマン男爵領は安泰と言えそうですな」

「そうであればよいが」

宿屋に荷物を置いて、一行はさっそく、出荷する農産品を集めた蔵を確認に行った。

予《あらかじ》め報《しら》せを受けた数名の村民が、説明をする。

「こちらが黒小麦、製粉まで済ましてあります。こちらの袋がゴロイモ。領主様から指示された分を揃《そろ》えています。ほぼこれで今出荷できる量のすべてでさ」

「ふうむ、たいした量だ」クルトが頷いた。「しかしちょっと、小麦に比べてゴロイモの量が少なくはないですかね」

「指示された通りで。これでほぼもう限界なんでさ」

「なるほど、そうですか」

頷き、クルトとギードは木板に書かれた数字と現物を比べて確認していく。

「うん、まちがいありません。では、この運び出しをお手伝いいただけるということでしたね。よろしくお願いします」

「へえ」

いくつか開いていた袋の口を閉じて、クルトはこちらに笑いかけてきた。

「皆様もご足労ありがとうございました。しかしこんなことを言うのも今さらですが、この黒小麦とゴロイモ、これらが貴重な売り物になるなど、私どもも少し前まではまったく考えたことがありませんでしたよ」

「実を言いますと、我々もです。ほんの数ヶ月前まではこんなもの、捨てるか飢え死にする前の最後の食料かという認識でした」

「返す返すも、ウォルフ様の素晴らしい功績ですな」

ヘンリックと頷き合って、クルトはからからと笑った。

ギードと人足二人は、村人たちと協力して袋を運び出し、橇に載せる作業を始めている。

今日のうちに馬車に積み込んで、明日早くに出発できる準備を整えるのだ。

外に出て作業を眺めながら、クルトは村の佇《たたず》まいを見渡した。

昔に比べて人口が減少しているということで、夕食の支度で煙をたなびかせている家に交じって見るからに静まり返った空き家も点々と見られる。

その中の三軒ほどがこのところ大活躍している作業場で、今日は静まっているが、戸口前の雪には多くの足跡が見えていた。

「いやあ、一見閑散としているようですが、なかなか雰囲気のある佇まいの村ですなあ。ここで貴重な農産物が採れている、今後発展が期待される、ということを思うと、また見た目も変わってくる気がします」

「まあ、これから活気が出てきたら何より、と思いますな」

商人の言葉に、ヘンリックは穏やかに応えた。

「そうなりますよ」と、クルトは頷きを返す。

そちらへ、ヘンリックは会釈を向けた。

「では、我々は失礼します。何もないところですが、宿屋には精一杯もてなすよう伝えてありますので、ゆっくりお寛ぎください」

「ご配慮、ありがとうございます」

屋敷へ戻る道すがら、馬車への積み込み作業を終えた一行とすれ違った。

力仕事後の村人たちに、僕は愛想の手を振ってみせた。

家へ帰って、いくつか打ち合わせ。

しばらく家の中に押し込められていたザムは、ウィクトルに連れられて外に出ると、元気に駆け出していった。


夜も更けて。

月の翳《かげ》った闇の中。

一軒の空き家の戸口で、異様な物音が響き出していた。鉄の棒のような道具で、木の扉をこじ開けているのだ。

やがて、扉が外され、数人の人影がそこを覗《のぞ》き込《こ》む。

その姿を、いきなりいくつかの光が照らし出した。

「何だ？」

「そこまでだ。四人とも、大人しくそこに膝をつけ」

大股で歩み寄って声をかけたのは、ウィクトルだった。

その後ろに十人ほどの村人が従い、『光』の加護持ちの者が賊たちを照らし出している。

戸口で振り向いた四人は、もちろんクルトたちだ。

「抵抗しても、無駄だぞ」

「知るか。おい、逃げろ！」

クルトの号令に、一斉に走り出しかけ。

そこへ、次々連続して、ウィクトルの剣が走った。足を狙って、刃のない方での打擲《ちょうちゃく》だ。

一人だけそれを避《さ》けたギードが後方へ抜け出しかけ、

「ウォン」

「え、な——オオカミ？」

ザムに吠《ほ》えかけられて、足を竦《すく》ませ立ちつくす。

そこへ、背後からウィクトルが剣を突きつけた。

「抵抗はやめろ」

「は……はい」

足を打たれて転がった三人は、村人たちに縄で拘束されている。

ギードもすぐ、同じ運命になった。

静かになったところで、僕たちは物陰から出ていった。僕をおんぶした兄と、付き添うテティスが一緒だ。

「やはり、その空き家を探るのが目的だったようだな」

兄が声をかけると、足の痛みに呻《うめ》いていたクルトが、顔を上げる。

「畜生――見張ってやがったのか」

「戦利品を持ってすぐに逃げないのは、まだこの村の秘密を探る目的があるのだと思ったからな」

「最初から疑ってたのか？」

「いや、疑いはちょっとだけ程度だったのだがな。さっきウィクトルが街道の南方面を調べに行って、見つけた。道から外れた雪の下に埋められた死体が四つ、明らかに本物の商人たちだな」

「くそ――」

「農産品を奪い、情報を探り出し、どう見てもうちの商売を邪魔するのが目的だな。誰に頼まれた？」

「知らん」

「まあそれじゃあ、屋敷へ連れ帰って話を聞こう」

村人たちは二人を残して家に帰し、縄がけした四人を引き連れて屋敷に戻った。

屋敷では万が一に備えて、ヘンリックとランセル、夜番の村人三人が警固を強化している。

賊の捕縛にはウィクトル一人で十分だということだったが、その後衛と逃亡防止要員にテティスとザムを伴うことにした。

僕と兄はザムへの指示出し係だ。捕縛現場にくり出す危険は当然論議されたが、ザムの有用性と護衛が二人ついている安心とで、家人一同の納得を得ていた。

クルトたちへの疑いは、ヘンリックも怪しさを覚えていたようだが、兄と僕の協議でかなり決定づけられた。

クルト自身の追従過剰の話し方は、かなり胡散臭《うさんくさ》さはあっても、商人として不自然というほどではない。

問題は、その内容だ。

いちばんは「ゴロイモの量が少なくないか」と言っていた点。

我々の感覚ではあの用意された量、多少の誤差はあっても黒小麦とゴロイモで大きな不釣り合いを覚えるほどではない。あの発言は明らかに、ゴロイモの使用できる分は見た目の十分の一以下、という従来の常識に沿ってのものだ。

王都でのコロッケの調理は、フリード商会の用意した設備で行っている。調理法は部外秘だと断りを入れてはいるが、商会の者に秘密にはしていないのだ。最初はゴロイモの扱いに大いに驚かれたそうだが、商会内部の者に今や、十分の一常識は存在しない。

何よりも、農産物を受けとりに来た使者が、その見た目分量を予め承知していないはずはないのだ。

また、パンの作り方についても、商会の者に工程自体は秘密にしていない。秘密なのは天然酵母の正体だけだ。

もし商会の者が『魔法』などという言葉を使うとしたら、『あの謎の液体』に対してであって、クルトが口にしたような「石窯に魔法がかかっている」という表現はまずあり得ない。

外部で噂を聞いて「商会の者にも秘密らしい」という情報から、話のうまいあの男が捏造《ねつぞう》した『使用人の弁』だろう。

つまり自称クルトたちの正体は、王都でベルシュマン男爵とフリード商会が組んで始めた商売について、外部からかなり詳細に探りを入れた人間の息がかかった、殺人、強奪、諜報《ちょうほう》の役目を担う集団と考えられる。

フリード商会の使用人がベルシュマン男爵領へ商品の材料を受けとりに出かける、という情報を摑んだ。

行きの街道で盗賊として待ち伏せ、使用人一同を皆殺しにし、それになりすます。

目的は、材料の農産品の横どりと、男爵領でまだ隠されているはずの秘密を探り出すこと。

領主の息子と執事に目通りを果たし、話巧みに秘密を聞き出そうとしたが、空振りに終わった。

代わりに、村で空き家なのに大勢が出入りしている家屋を見つける。

夜闇に乗じてその空き家を捜索し、怪しまれないうちに荷物を積んだ馬車を引き出して逃げよう、と計画する。

といったところだっただろう。

こちらとしては、そこまでを想像して、確証を摑む動きに出た。

おそらく本物の商人の死体が隠されているだろうと推測される地域へ、ウィクトルとザムに捜索に行ってもらったのだ。

巧みに隠されているとしたら捜索は困難、ザムの鼻に頼る他ないだろう、という判断だったが、けっこうあっけなく見つかったらしい。

街道に馬を走らせながら、ザムの吠え声とほぼ同時に、ウィクトルも道脇の不自然に踏み荒らされた雪原に目を留めたということだ。

往復六刻（三時間）程度で戻ってきたウィクトルの報告を聞いて、こちらで夜の計画を立てた。

ウィクトルの目で四人の戦闘能力を見極めたところでは、ギードという男は多少剣が使えるが、まとめて自分一人で無力化できるとのこと。テティスもそれに同意を示したので、信用して今回の動きとなったものだ。

屋内に入り、縄がけした四人を武道部屋の中央に座らせた。護衛二人と村人たちで協力して、その足も縄で縛り、自由を奪う。

そうしてから、ウィクトルとテティスは並んでその前に立ちはだかった。

「さて、話してもらおうか。お前たちはどういう集団だ？　誰に頼まれた？」

「知らねえな。そんな口の軽い根性なしだと思われちゃ迷惑だ」

ウィクトルの質問に、クルトはせせら笑いで応えた。

聞いて、テティスは剣呑《けんのん》に片目を細めた。

「貴様、自分の立場が分かっているのか？　身動きできない状態で、生きて身体を切り刻まれても何も抵抗できないのだぞ」

「今の王国の法律で、私的拷問は禁じられているということ、ご存知《ぞんじ》ですかね。へたを打つと、王都で主《あるじ》の男爵閣下の立場がなくなりますぜ」

「なるほど、自分に都合のいい知識にくわしいことは、分かった」

唇を歪《ゆが》めて、テティスは隣の同僚の顔を見た。

ウィクトルも、疲れたしかめ面を返す。

「まあ、法律が王都以外ではほとんど効力を持っていない現実はあるがな。現実問題、拷問など各爵領ではそれぞれの地での裁量任せだ。それは抜きにしても確かにわたしとしては進んで法律違反をする気はない。汚い野郎どものさらに汚いざまを見たいとも思わぬ」軽く肩をすくめて、テティスは後ろを見た。「今夜はもう面倒なので、いつも通りの配置で皆様に休んでもらうことにしよう」

「そうだな」

ウィクトルも頷きを返すのを見て、四人の顔にわずかな安堵《あんど》が浮かんだ。

しかしすぐ次の瞬間、その表情が一様に凍りつく。

「な――」

「何だ、そいつ？」

戸口からゆっくり、白銀の毛並みの獣が歩み入ってきたのだ。

ふんふんと匂いを嗅ぐ動作で二人の護衛の脇を過ぎ、部屋の隅で毛布の上にうずくまる。

「何でオオカミがここにいるんだ？」

「何でって、そこがこのオオカミのねぐらだからだが？」

叫ぶようなギードの問いに、テティスはふんと鼻を鳴らして返した。

「いつものようにみんなで休むと言っただろう？　このオオカミにはここをねぐらに提供しているが、基本行動は自由で、好きなように出歩いて好きなように餌をとることになっている」

「何だと？」

「ザム、美味《うま》そうなものから食ってもいいぞ。できれば一人くらいは命を残しておいてもらいたい気もするが、別に強制はしない」

「そうだな」

ウィクトルも頷いて、二人は戸口へ向かった。

代わりにのっそり立ち上がり、ザムは床の匂いを嗅ぎながら四人の身動きとれない人間たちに近づいていく。

「な――こら、来るな」

「ま、待て、お前ら。俺たちを置いていくな」

「やめてくれ」

「オオカミに食われるのは、まっぴらだ」

「お前ら、これは拷問と同じだぞ。俺たちがここでオオカミに食われたら、王都の警備隊が黙っちゃいないぞ」

「心配するな」怠《だる》そうな顔で、テティスは振り返った。「ザムに食い残しがあったら、そこの馬車と一緒に商人たちの遺体の近くに運んでおいてやる。四人の盗賊は商人を襲った後、オオカミに食われて死んだ。この領地には誰も来なかった。それで何の問題もない」

「王都の商人たちの到着が遅れている、と鳩便を飛ばせば、警備隊が探しに来て明日か明後日には見つけてくれると思うぞ。王都の警備隊は、有力商人の頼みは身を入れて聞いてくれるからな」

「ふざけるな、こら！」

「誠意のない犯罪者たちの相手は疲れたからな。わたしたちはもう、休ませてもらう」

「あとは任せたぞ、ザム。好きにやってくれ」

「待て、待ってくれ――」

後ろ手を軽く振って、二人は部屋を出た。

残されたザムはそのまま、ふんふんと男たちの周りを嗅ぎ歩いている。あたかも、どいつがいちばん美味《うま》そうか嗅ぎ比べるかのように。

「待て、頼むから」

「何でも話すから、助けてくれ」

「オオカミの餌は、やめてくれ」

「頼む、助けて――」

ザムがふと顔を上げ、くわっと大きく開いた口に牙を覗かせた。

「ひや――」

「助けて――」

「約束する、何でも話す」

「言うことを聞くから――」

扉を閉じかけていたテティスは、見物していた僕らの顔を見回し、苦笑した。

時刻は、夜中の二刻を回っている。

赤ん坊の身としてもう限界で僕はベッドに入ったので、くわしい話は翌朝になってから聞いた。


ザムの牙を見て怯《おび》えきった四人は、一人ずつ食堂に引っ張り出してヘンリックとテティスが尋問すると、ほぼ抵抗なく自白したという。

この四人、王都に巣くう非合法活動請負業の集団だという。諜報活動、暗殺業等、それなりの実績を積んで、裏社会で名を売っているらしい。最も得意とするのは相手の不意を突いての暗殺と、変装と話術を駆使しての潜入諜報活動、だとか。

今回の件は、ディミタル男爵家の文官モーリッツと名乗る人物から依頼された。依頼者の動機の善悪は問わないが、嘘《うそ》は許さない、そこに理が通っているかは事前調査をするので、相手がそのディミタル男爵家の使用人であることはしっかり確認している。

依頼の動機は、東の森を手に入れるための借金返済阻止、ということで疑問なく納得した。

こうして聞き出した詳細は、朝早く王都の父に向けて鳩便で飛ばされた。

罪人の護送と被害者遺体の回収に、またロルツィング侯爵領の傭兵《ようへい》を依頼するか王都の警備隊を動かすか、父に判断を委ねる。

夕方になって戻ってきた返事によると、警備隊が動くことになったようだ。

警備隊は王都の治安を護《まも》るのが任務で、こんな僻地《へきち》まで出向いてくることはほとんどない。ただ今回は、被害者側の有力商会から強い要望があったこと、犯人が王都を拠点とした裏で名の知れた犯罪集団であったことから、都の治安に大きな意味を持つという判断がされたらしい。

実際警備隊の動きは速く、翌日の昼前には先行部隊の三名が騎馬で到着した。先行隊がまず状況把握を徹底し、遅れて来る馬車で護送が行われるという。

その後、警備隊の馬車が到着。少し遅れて、フリード商会の馬車も着いた。使用人の遺体の回収と、本来搬送するはずだった農産物を載せた馬車を伴って帰るという。

様々に調査、確認、謝辞や礼、といったやりとりが、行き交った。

さすがに僕は同席するわけにもいかず部屋に引っ込んでいたので、これらもまたほとんどすべて、後から聞いた話だ。

嵐のようにすべてが去って、領地には元の平安な生活が戻ってきた。

製塩業も再開、それに加えて王都から油絞りの機械が届けられて、セサミ製油作業も始められた。

王都へ護送された罪人たちのその後については、父からの便りで知らされた。

ザムの脅しなしにまともな証言は得られるものか案じていたのだけれど、もう観念したらしく王都に戻っても彼らは同様の自白を続けたという。

新しく判明したところでは、最初にこの屋敷に侵入した二人の賊は、例の『赤目』という殺し屋と、今回のギードと名乗っていた男だったらしい。ギードがキッチンで情報を探る役、『赤目』が兄の命を奪う役、という分担だ。

もともとは所属組織の異なる二人だが、面識はあった。今回は同じ依頼者からの案件で、得意分野を考慮して協力体制をとったと見られる。

つまり『赤目』への依頼者も『ディミタル男爵家の文官モーリッツと名乗る人物』と見られ、警備隊が突き止めた彼のねぐら周辺の聞き込みでも、同一人物らしき者の出入りが確認された。

「これで、ディミタル男爵が関係していたことが証明されたわけか」

という兄の問いに、手紙を読み上げていたヘンリックは渋い顔を振った。

「一応、警備隊からの質問は受けたようですが。ディミタル男爵は関与を否定しているようです」

「それが通るのか？　ここまで状況が判明して」

「当家の文官を勝手に名乗った無関係の人間だろう、という主張のようです。実際モーリッツという名の文官は登録されておらず、該当しそうな使用人の罪人たちへの面通しは、拒否している、と」

「それで済まされてしまう？」

「平民の罪人と貴族と、どちらの主張を尊重するか、という問題になりますからな。ここを疎《おろそ》かにすると、王国の支配体制の根幹から揺るぎかねないわけで」

「しかし……」

「まあそれでも、この件は王宮や他の貴族の間にも知れ渡ったわけですから。これ以上ディミタル男爵がうちに干渉してくることは、まずなくなったと思っていいでしょう。あと、早期に借用契約の規定分の金額を返済すれば、東の森の所有問題は解決になるわけです」

「はあ……」

「それだけでも、たいそうな安心材料ですね」

溜息《ためいき》をつく兄を横目に、母は小さく笑った。

まあ不満はあっても、王都警備隊や王宮の判断に異を唱えるのは得策ではない。

とにかく今は、追加の材料が運ばれたパンとコロッケの販売、塩とセサミの売れ行きを見て、借金返済を急ぐのが最優先だ、という方針に変わりない。

十二の月には雪が多い冬かと思われていたのだが、一の月後半から暖かい日が続き、積雪は減ってきた。この調子だと、例年より雪解けは早いかもしれない、という話だ。もちろん、二の月になって大雪に見舞われるというのも、珍しいことではないらしいが。

それでも今年は特にそんな積雪状況が気になるのは、野ウサギ駆除の都合があるからだ。

雪が少なくなると、野ウサギが外に出てくるようになる。その時期を過《あやま》たず、狩りに入りたい。駆除の効果は、早いほど確実性が見込まれる。

ヘンリックはそんな情報を、頻繁に王都の父とやりとりしているようだ。

僕は相変わらず、ザムに摑まって『あんよ練習』の日々。未だに、手を離すと数歩進まずに尻餅をついてしまう。

兄には「お前、頭が重すぎるんじゃないか？」と、真面目とも冗談ともつかない顔で心配された。

この自足歩行についても、カーリンに先を越された。この点は、諦めるしかない。

ただ少し困ってきたのは、カーリンが元気よすぎでじっとしていることが少なく、ウェスタの台所仕事に支障が出てきたことだ。

このため、ベティーナが赤ん坊二人を一緒に見ることにして、カーリンは僕の傍《そば》に置かれることが多くなった。

これも一つの務めと観念して、僕は父に贈られた積み木や木製玩具を広げ、彼女の相手をすることになった。「相手をする」とは言ってももちろん、傍目《はため》には仲よく対等に遊んでいるようにしか映らないだろうけど。

一緒にいると、カーリンは何でも僕の真似《まね》をして、嬉々《きき》として積み木に熱中したりしている。数日経《た》つうち、とにかく僕の傍から離れたがらないようになった。

「るーしゃま」「るーしゃま」と呼んで、積み木で僕と同じ建築物を作ろうとする。

もちろんまだ十分に口は動かないし、主筋への配慮など望むべくもないのだけど、とにかく「しゃま」だけはつけるように、それだけはウェスタが躾《しつ》けたようだ。

当然の流れとして、午後からの散歩も一緒につき合うようになった。ザムの背中の上、僕の後ろにぴったり貼りついて、きゃっきゃとご機嫌だ。

「おんま、おんま」「たかーい」と、足をぱたぱた、両手はひしと僕に抱きついてくる。

ちなみにカーリンは、初対面からまったくザムに警戒心を持たない最初の人類として記録に残ることになった。それどころか顔を合わすなりいきなりオオカミの首に嚙《か》みつきそうになって、慌てたベティーナに抱き留められたほどだ。

「嚙みつき」とは言ってももちろん、彼女特有の家族や仲間への親愛の表れだ。近くに寄るのは初めてでも、以前からキッチンや食堂に寝かされていてザムが歩き回るのは見ていたので、家族同様と刷り込み済みだったようだ。

散歩の間は、背中にカーリン、両脇にベティーナとテティス、と異様に女子率の高い道行きになっていた。

まあとにかくも、平和な日々が続いている。

2 赤ん坊、研究者と歩く

二の月に入って、数日。この日もそんな顔ぶれで、屋敷を出た、ときだった。

街道の南方面から、歩いてくる人影が見えた。まだ若い男のようだ。

まだ領主邸の門の中にいるこちらを見つけて、軽く頭を下げてみせる。

「すみません、こちらベルシュマン男爵領の領主邸でしょうか」

「いかにも、領主邸だが。領主に用だろうか」

テティスが一歩前に出て、応える。

男は門近くまで歩み寄って、もう一度軽く会釈した。

近くで見ても若い、まだ十七～八歳くらいか。こざっぱりした身なりは貴族でもおかしくないが、一人旅らしい様子を見ると高い身分ではないのだろう。

旅の汚れを拭えばそこそこ美麗そうな顔に、人懐こい笑みを浮かべる。

「いえ、こちらの領にいるはずのニコラウス・ベッセルという人を訪ねてきたんです。ああ私、アルノルト・フイヴェールツという、貧乏貴族の三男です」

「そうか。わたしは領主邸の警備をしているテティスという。申し訳ないが、最近物騒な出来事が続いて警備を強化しているところなので、差し支えなければ用向きなど聞かせてもらえないだろうか」

「ああはい、噂《うわさ》には聞いています。私はベッセルさんの学校の後輩でして、最近の先輩の研究内容について話を聞きたくて参ったところです」

「なるほど」

少しの間、テティスの視線は男の頭から足の先までを往復した。相手の戦闘能力を見極めているようだ。

会話の間に、僕らの後ろには警固番の村人三人が出てきている。南方面から村に入る通行人の監視も彼らの任務なのだ。

三人に軽く頷《うなず》きかけて、テティスは男に目を戻した。

「申し訳ないが、少しだけ待ってもらえるだろうか」

「はい、構いませんよ」

村人警固にこの場を任せて、テティスは玄関口に戻った。

つまりはテティスの戦闘能力判定として、この男の相手は村人三人とザムで対応できるということなのだろう。

様子に気づいて出てきたらしいヘンリックと数語交わして、また戻ってくる。

「ベッセル先生の下宿先は、あの村の中にあります。ちょうど我々もそちらに向かうところだったので、案内しましょう」

「それは、助かります」

一応の警戒は下げたらしく、テティスの口調がやや丁寧になっている。

貴族の子弟ということだしベッセル先生のお客らしいので、行商人などよりは上の扱いだ。

「なお、こちらはベルシュマン男爵のご次男のルートルフ様です」

「そうですか。ルートルフ様、お初にお目にかかります。アルノルト・フイヴェールツと申します」

ザムの背に跨《また》がる僕に向けて、アルノルトは丁寧な礼をとった。

オオカミの背の上の赤子への礼とは、する方もされる方もなかなか経験できることではない気がする。

「それにしても、こちらオオカミですよね？　子どもを背に乗せて大人しくしているオオカミとは、相当に珍しいのではないですか」

「他に例を聞いたことはありませんね。しかしこのザムは躾《しつけ》が行き届いていて、危険なことはまったくないので、安心してください」

「そうですか」

「ただし、ルートルフ様に危害を加えようとする者に対しては、その限りではありません。まちがっても彼にそう見えるような行為はしないよう、注意願います」

「……肝に銘じます」

村への道を、横並びになって行進する。左からアルノルト、テティス、僕らを乗せたザム、ベティーナの順だ。

メンバー構成上、道行き中の客人の話し相手は、テティスがするしかない。

「私はこれほど北の地に来るのが初めてなのですが、やはり雪が多いのですね。南のロルツィング侯爵領を出たとたん道の積雪が段違いになって、驚きました」

「冬を過ごすのはわたしも初めてなのですけどね。住民の話では、二の月の初めとしてはこれでも例年より少ないのだそうです」

「そうなのですか。例年はこれ以上、と。なるほど、北の地の人たちの生活の苦労が想像されます」

「アルノルト殿は、ベッセル先生と同様にそのような分野の研究をされているのですか？　民衆の生活についてなどがご専門？」

「ええ、そうです。ただベッセル先輩がこのような地方の生活が専門なのに比べて、私は節操なく地方も都市部もひっくるめて、という感じなのですが」

「なるほど。それで、最近のベッセル先生の研究に大いに興味惹《ひ》かれたわけですね。雪解けを待てないほどに」

「そういうことです」

言って、アルノルトは口の端を緩めた。

「この領地に最近いろいろ新しい技術が生まれて、まだ他に知られたくないものがあるらしいこともお察ししています。外部からの訪問者はそういうことで警戒されるのでしょうが、予《あらかじ》め知られていいこととといけないことについて教えていただければ、不必要な詮索はいたしませんので、できれば信用いただければと。私の目的は先輩の最新の論文内容の実態を知りたいことと、あとできたらそれ以外も、という感じなのですが、部外秘事項についてはお断りいただければよけいな興味は抑えますので」

「なるほど」

テティスの質問の意図を察して、先手を打ってきたということのようだ。

ついと視線を上げて考えてから、テティスは続けた。

「そういう心積もりであれば、こちらもよけいな配慮をせずに済みそうです。ただその『知られていいこといけないこと』の区分については、わたしには判断がつきませんので。うちの執事かご長男のウォルフ様から沙汰のあるまで、お待ちいただければと思います」

「了解いたしました」

笑顔で、大きく頷いている。

なかなかに誠実そうな人懐こさを窺《うかが》わせる顔だが、裏に何かあるのかないのか、人生経験の浅い僕には何とも判断のつかないところだ。


通り過ぎようとしている脇に木立が迫るこの辺りは先日僕らが襲撃を受けた場所で、未《いま》だにここを通るたびテティスもベティーナも緊張を思い出す素振りを隠せないでいる。

ふとテティスは顔を上げ、辺りを見回す様子を見せた。

「どうしました？」

「いや――何か気配を覚えた気がしたのですが……気のせいでしょう。わたしより索敵能力の高いザムも何も感じていないようだし」

苦笑で、右脇のオオカミの頭を撫《な》でる。

確かに、周囲の殺気や敵意を感じとるザムの能力は、神がかりに思えるほどだ。そのザムが今は、平常運転の様子で足を運んでいる。

「おんまおんま、じゃむじゃむ」とはしゃぎ続けるカーリンの声が妨げになっているとも思えない。

そんなやりとりをしているうち、村に入る。

ベッセル先生の下宿先を訪ねると留守番の老婦が、先生は作業場に行っている、と応えた。テティスに指示されて、ベティーナが呼び出しに行く。

異様に盛んな煙と蒸気を吐き出している数軒の家屋が目に入っているのだろうが、先刻の断りを律儀に守ってだろう、アルノルトはことさらに視線を向けないようにしているようだ。

すぐに戻ってきたベティーナは、三人の男を伴っていた。ベッセル先生の他、居合わせていたらしい兄とウィクトルだ。

こちらを認めるなり、「アルノルト様？」と先生は声を上げた。

「いや先輩、『様』は困ります」アルノルトは、苦笑を返した。「実家の格が少し違う程度で。私は後輩として教えを請いに来ているのですから、そのようにお願いします」

「あ、ああ、そうだね、アルノルト……君。いやそれにしても、思いがけず嬉《うれ》しい訪問だ。王都では、変わりなかったかい」

「こちらは相変わらずの生活なのですが。先日の先輩の論文を拝見して、居ても立ってもいられず、押しかけてしまいましたよ」

「それは何とも――ああ、いや、そうだ――」

珍しく興奮気味にしどろもどろになりかけながら、先生は居合わす顔ぶれを見回した。

二人の再会の挨拶が終わるまでと、兄も傍《そば》で黙して待機しているところだ。

「そちらの人たちの紹介は済んでいるのだろうね。こちらは男爵のご長男ウォルフ様と、護衛のウィクトル殿です。ウォルフ様、こちらは私の後輩のアルノルト――」

「貧乏貴族の三男で、アルノルト・フイヴェールツと申します。お初にお目にかかります、ウォルフ様」

「ウォルフ・ベルシュマン、です」

少し迷った様子ながら、兄はとりあえずいくぶん丁寧口調になった。

相手が貴族の子弟で、先生の後輩であることを考慮したようだ。今し方アルノルトも言っていたように、学院生活や研究職のやりとりなどでは、家の格よりも先輩後輩の間柄の方が優先されるらしいので、そういう配慮が働いたのだろう。

「今言っていた先生の論文とは、ゴロイモに関するものですか？」

「ええ、そうです。いや研究者の中には、ゴロイモなどとるに足らない、と言う者もいるのですが。あれ、画期的な発見じゃないですか。もし今後国の大半が小麦の不作に見舞われることがあったとしても、国民が飢餓から救われる可能性がある、という」

「そうなんだよ、アルノルト君。それに、あの論文には書かなかったが、あの発見の発想はこのウォルフ様がもたらしてくださったんだ」

「それは、すごい」

目を輝かせて、アルノルトは兄に向き直った。

「すごいな。いや何よりも、領主のご子息が領民の食生活を慮《おもんぱか》ってお考えになった、ということなんですよね。なかなか聞かない話です」

「確かに。こんなお若いご子息はもちろん、アルノルト君の同年配やそれより上でも、そんな視点で領地経営に気を配ることができている者など、見たことがありませんね」

「そんな大げさな。そうだとしたら、要するに領主や子息がそこまで躍起にならなければならない貧乏領地が他にないというだけのことじゃないですか？」

「いや、それはまちがいではないかもしれませんが」アルノルトは苦笑で応えた。「貧乏かそうでないかにかかわらず、領地の持つ可能性を突き詰めて向上を考える領主は希《まれ》で、そんな現実がこの国の発展を妨げているのではないかと私は思っています。ベッセル先輩や私たちが地域の風土などといったものを研究対象にしているのは、そうした国の行く末に貢献できればという目的を見据えてのものですから。ウォルフ様は我々研究者に先んじて、その方向での実践を行ってみせてくださったのです」

「やはり、大げさですよ。私たちが行っていることは、とにかく死に物狂い、他になすすべなく綱渡りをしているようなものですから」

「いやあ、このゴロイモのことについても王都で話題の黒小麦パンやコロッケなるものについても、そんな綱渡りで絞り出しただけで発想できるものではないと思いますよ。おそらく他にも考えていることもあるのでしょう？　差し支えなければの範囲で構いませんので、そんな発想の源について、研究の参考にお聞かせ願えればと思います。微力ながら、私の知識でお役に立てることもあるかもしれませんし」

「はあ……」

数瞬の間、兄は若い研究者の顔を見つめていた。

ややしばらく考えて「先生」と声をかける。

「すみません、少しだけ相談に乗っていただけないですか」

「ああ、そういうことでしたら。私はしばらく離れていましょう」

自分に聞かせたくない内緒話と察したらしく、アルノルトは笑顔で離れていった。

テティスが横について、村についての説明をしているようだ。

ベッセル先生はこちらに寄ってきて、僕を乗せたまましゃがんでいるザムの横で、兄の話を聞く。

ちなみにカーリンは後ろ向きになって、ぱたぱたはためくザムの尻尾と夢中で戯れている。

先生に顔を寄せて、兄は声を落とした。

「先生を信用して伺うのですが。あのアルノルト殿の話に、まちがいはないでしょうか。こうした地方についての研究は、国の発展を願ってのもの。彼自身は特定の領地や商会などとの利害関係はないということで？」

「その点は、私が保証します。彼の目が向いているのは、国全体の利益です。むしろその『国全体』という視野に関しては、私よりしっかりしています」

「それにまちがいがなければ、意見を聞いてみたいことがあります。父上とも相談していて、今我々が進めていることについて、新しい段階を検討したいと思っているので。先生にもまだ話していないことがあります。合わせて、相談に乗っていただくことはできますか」

「それは構いません。ただ認識してもらいたいのは、私だけならともかく彼に話すということは、中央の研究職の者や王宮まで、情報が流れる可能性が出るということです。その点、覚悟を固めてください」

「実を言いますと、むしろそれは好都合なのです」

「ずいぶん、風向きが変わったのですね。そういうことであれば、私や彼の立場も知識も、お役に立てる部分はあると思いますよ」

「ありがとうございます。でしたらまず、アルノルト殿に製塩の作業場を見てもらいたいと思います」

「いいのですか？」

「ええ。秘密にする必要もかなりなくなってきたので」

声をかけると、アルノルトはにこにこと早足で寄ってきた。

「アルノルト殿のお申し出に甘えて、こちらの情報を公開した上で、相談に乗っていただければと思います。今まで外向きには秘密にしてきたこともあるのですが、状況が変わってその必要もあまりなくなってきました。ただ虫のいい言い分なのですが、まだ今のところは積極的に広めたくはない。もう少し経《た》ったら効果を見て中央や王宮なども含めて広めたいものもあるので、そういう段になったら陰からでもいいのでご協力いただければと。本当に勝手な言い分なんですが」

「何だか大ごとめいてきましたね。ますます興味惹かれます。好奇心には勝てないので、ウォルフ様のご意向に従うと、誓いますよ」

「ありがとうございます。ではまず、あちらを見ていただきます」

先に立って歩き出し、兄は製塩の作業場へ向かった。

一同ぞろぞろと、その後に従う。

村人が大勢動き回る作業場で湯気の立ち昇るどろどろの液体を見て、アルノルトは目を丸くした。

「いったい何です、これは？」

「塩を作っています」

「塩って、こんな山の中で？」

森の中で塩水が採れるのだと説明すると、ますます驚愕《きょうがく》の目が丸められる。

作業の大雑把《おおざっぱ》な説明は、実際に参加しているベッセル先生が行った。

その間に、僕は不機嫌を装って「うーうー」と兄に両手を差し出した。

「ちょっと失礼します」と兄は僕を抱き上げ、あやしながら部屋の隅へ向かってくれる。

簡単な打ち合わせの後、元の場所へ戻った。

カーリンは居眠りを始めて、ベティーナに抱かれている。

そこの説明を終えて、次はクロアオソウの栽培小屋に向かった。

僕一人、ザムの背中の上。カーリンはベティーナの腕の中だ。

冬場に野菜が育てられていること、地熱と加護の『光』が利用されていることを聞いて、ますますアルノルトは呆然《ぼうぜん》とした様子になっていた。


栽培小屋の見学も終えて、先生の下宿に戻る。

少し広い部屋が借りられるということだったので頼んで、一同テーブルを囲んだ。

僕は兄の膝に乗せられ、カーリンは離れた椅子に座るベティーナの膝で熟睡の様子だ。

二人の護衛とザムは、戸口近くに待機する。

それから、兄は説明の続きをした。

領民の食糧事情改善のため、クロアオソウの栽培、ゴロイモの扱いの見直しなどをしたこと。

借金返済のため、黒小麦パンとコロッケに加えて塩とセサミの販売を目指し、ようやく軌道に乗ってきていること。

返済の目処《めど》が立ち、塩の生産元も噂に上るようになってきたので、そろそろ秘密にしておくのも限界と考えられているということ。

「塩とセサミって――」アルノルトは額に掌《てのひら》を当てて、呻《うめ》いた。「確かどちらも、これまでほとんど独占で販売ルートができ上がっているはずじゃないですか」

「どちらも父がその独占ルートに相談して、一緒に販売に乗せてもらえる段取りをつけました」

「よく、そんなことが……」

「セサミの輸入業者は、価格に影響が出ないなら仕入れ量が増えることは歓迎ということでしたし。塩を生産しているベルネット公爵は、別な思惑があって受け入れてくださったようです」

「別な思惑？」

「国民の生活に必要な塩を独占生産しているのはよくない、ということです」

ベッセル先生とアルノルトは、揃《そろ》って目を瞠《みは》った。

「いや、それは確かに正論だが」

「それで自領が潤っている公爵が、それを言い出すか？」

「ええ。そしてうちの父も、それに賛同しました。そこで、ここからがお二方への相談なんですが。いやその前に、確認させていただきたいんですが」

一呼吸置いて、兄は質問を口にした。

さっき僕が耳打ちしておいた疑問だ。

「先ほどアルノルト殿は、自分たちの研究は国の行く末への貢献を考えてのもの、と言われましたが」

「確かに、言いました」

「こう言っては失礼ですけど、研究者の大義名分としては当たり前ととれるような言い回しをあそこで強調されているのが、少し気になりました。そんな国益のようなものを今特に強く考えるような事情が、もしかすると中央にはあるのでしょうか」

「ああ、なるほど」アルノルトはやや目を丸くして、頷いた。「よくそんな感覚、気がつきましたね。まだ大っぴらにするほど確たるものではないんですが、一部で囁《ささや》かれている懸念があるんです」

「どういうことです」

「近隣国、特に西のダンスクですね、そちらがいろいろ特産品を開発して貿易の力をつけてきているのです。そういった特産品のあまりない我が国は、このままだと貿易赤字が膨らむ、つまり金が出ていくばかりで国力が弱っていく一方になるという説です」

「なるほど、そういうことですか」

「だから私の周囲の研究者仲間の間の意見として、国力をつける、それと他国へ売り出すことのできる特産品のようなものを探る、そういった点が急務と考えられているわけです」

「そうですか。そういうことなら、その方向での意見が伺えそうです」

「どういうことです？」

「まずさっきのベルネット公爵の考えも踏まえてなのですが、父と私は、塩、油、小麦、といった生活に欠かせない生産品の価格はもっと低くあるべきだと思っています。まずそうした点で国民の生活基盤を固めることが、国力をつけるための第一歩なのではないかと」

「それは確かに、そうでしょうが……」

「本当にそんな発想、当の生産地の領主から出るものではないですよ」先生も、大きく首を捻《ひね》っている。「生活必需品だからこそ、高価格でも売れる。自領の寡占状態なら儲《もう》け放題《ほうだい》だ、というのがふつうの発想です。本当にそれ、お父上も同意されていることですか？」

「年変わりの帰郷時に話をして、意見は一致しています。それにこれらの件はもともと息子の発想から出たことだから、ある程度はお前の判断で扱いを決めていいと言われています」

「うーーむ」

腕を組む先生の横で、アルノルトも首を傾《かし》げて問いかけてきた。

「これらの件、と今言われていましたが。そうするとこの話、塩だけに限るわけではないのですか」

「ゴロイモの調理法、新しいパンの製法、クロアオソウの栽培方法、皆同じだと思いませんか。広く民間に普及すれば、国全体を豊かにできるという点で」

「いやまさか、それは嘘《うそ》でしょう？」

「うまくすれば数年は莫大《ばくだい》な利益を生むかもしれない知識を、損得抜きで広めようというのですか？」

「我が男爵家の総意として、ですね。とりあえず今の借金を返済する程度には利益を得たいが、それ以上の贅沢《ぜいたく》は望まない、ということになっています」

「あり得ないでしょう！」アルノルトの声が裏返った。「いやそれ本当に、ウォルフ様の理想、というだけじゃないんですか。本当にお父上も同意の上だと？」

「むしろ最初に父から出てきた意見なんです。ベルネット公爵とも意見が一致したそうですよ。王家から拝命した爵位を持つ以上、貴族の考えるべきは自分の家や領地だけを富ませることではなく国益、国民の生活を豊かにすることのはずだ、と」

ぐう、とアルノルトの喉が妙な音を立てた。

ベッセル先生の顔も、呆然と固まっている。

「いや、ベルネット公爵という方も一廉《ひとかど》の人物と聞いてはいましたが……」

「それ以上に、ベルシュマン男爵の発想の方が飛んでしまってますよ。公爵家の方はまだ、家の財政的にも領地の状況にしても余裕があるんでしょうが、男爵家はそうではないのでしょう？」

「それはそうですけど、借金さえなければ別に、ふつうに生活はできます。領民たちも、さっき作業場で見たでしょう。飢えさえしなければ、ただ身体を動かして働くことが嬉しい、という人たちなんです。それに、国全体が富むということは、回り回ってこの領地や男爵家にも利益になるはずなわけですから」

アルノルトの意気込んだ問いに、兄は笑って応える。

「それはそうですが……」と若い研究者は、深い溜息《ためいき》をついた。

「前に話したとき父からその近隣国との貿易の話は出ていませんでしたが、当然頭にあったのだと思います。私も今伺って、ますます意を強くしました。父は王宮に勤めていて宰相とも意見を交わす機会が多いということで、これらの情報の広め方について相談して検討を進めているようです。そちらは任せるとして、この方針について学術的見地からどう思われるか、お二方の意見を伺いたかったのです」

「学術的……」

「今言ったようなことを全国に広めることができたら、国民の生活向上と貿易赤字が膨らむのを抑える、ですか、そういったことに役に立つでしょうか」

「国民の生活にいちばんありがたいのは、塩の価格でしょうね。次はパンの製法でしょうか。この二点はまちがいなく、生活向上に繋《つな》がるでしょう。ゴロイモはまだ全国的には出回ってさえいない地域が多いので、限定的ですね。クロアオソウの栽培はどれだけ他で通用するか、まったく見当がつきません。

また、新しいパンは他国への輸出品としても通用するでしょう。日保《ひも》ちの関係で製造場所と運送方法が鍵になりそうですが」

「そうですか。それならあえて広めるだけの意味はありそうですね」

「ですね」

「クロアオソウの栽培については、父が親しい他領で別の作物について試してもらうと言っていますので、その方針でよさそうですね」

「ですね……」アルノルトは、溜息混じりに言葉を継いだ。「本当に、父子ともに本気のようですねえ」

「もちろんです」

毒気を抜かれたような二人の様子に、兄は笑いかけた。

一息置いて、さらに続ける。

「ただ、ここまで偉そうなことを言ってからで申し訳ないんですが、あるいはこの一年の状況次第で話が変わることもあり得ますので、そのつもりでいてください」

「どういうことです？」

「この領地に、春以降危機が迫る可能性がありまして。森で野ウサギが大繁殖して、その被害で農作物が不作になったら、よそのことを考える余裕はなくなることになります」

「野ウサギ、ですか？」

野ウサギの生息数が増加していること、オオカミの姿が消えているのが影響していると考えられることを、兄は説明した。

これについてはベッセル先生が、前にも話していた野ウサギの繁殖力の強さについて補足する。聞いて、アルノルトは今までにも増して真剣な表情になった。

「大変な話じゃないですか！」

「ええ。これを阻止できる唯一の機会は、雪解けの時期だと思われます。父が今王都で、狩りの人手の協力を集めているところです」

「王宮に強く訴え出るべきだと思いますよ。一領地の問題で済まないかもしれない。この秋に爆発的に野ウサギが増えて畑を襲うようになったら、そのままここを食い尽くして南のロルツィング侯爵領まで侵食していくことも考えられます」

「ああ」ベッセル先生も真顔で頷いた。「そうだ。その可能性まで考慮すべきだったね」

「この領地の被害だけで済まないかもしれない？」兄が目を瞠った。「まさか全国に広がるなんてことはないでしょうね」

「ここまでのところでこの領地以外に野ウサギは見つかっていないわけで、生息に南限のようなものがあるのか分かりませんが。天敵のいないまま繁殖を続けたら、大げさに言えば無限に増え続けるわけですから、どこまでも広がっていくことを覚悟した方がいい気がします」

アルノルトは口元を押さえて、真剣に考え込んでいる。

「それにしても、何だってそんな……いったいオオカミはどうなったっていうんです？」

「理由は分かりません。森を調査した限りで、まったくオオカミの姿は見つからなかったということだけです。この秋に見つかったオオカミは、怪我《けが》をしていたそこのザム一頭だけなんです」

さすがに、某男爵への根拠のない疑惑をここで話すわけにもいかない。

そこまで話して、初めて気がついたように兄は目を丸くした。

「そうか。うちの領地以外に野ウサギはいない、ということは、他領から狩りの人手を借りても野ウサギ狩りに慣れた者はいないということになりますね」

「ですね。南方の森で狩る獣と言えば、ふつうは野ネズミです。同じように肉は食用になりますが、個体としては小さい」

「ここの野ウサギはかなり賢くすばしこくて、猟師の弓が届く範囲にはなかなか入ってこないという性質があるんです。野ネズミ狩りしかしていない者に、対応できるでしょうか」

「野ネズミについては、そういう苦労は聞いたことがないですね。的が小さいという苦労はあるようですが、生息数が多いところに狩りに行った者は、たいていかなりの数を仕留《しと》めてきているようで」

「助《すけ》っ人《と》を募っても、対応はなかなか難しいということになりそうですね」

唸《うな》って、兄は僕の腹を抱く手に力を込めた。

野ウサギ狩りの経験を積んだディモでも、最近は手を焼いているのだ。

個体数の増えた野ウサギに、賢さ慎重さが鈍ることは期待できるか。

騎士の修業を積んだ弓の射手なら、平民の猟師より射程距離を伸ばしての狩りが望めるか。

王都や他領には、もっと別の効果的な猟の知識が存在するか。

どれも、ここで考えていても回答の出ない疑問だ。

しかし実際助っ人を集めて森に入ってから手に負えないことが分かっても、もう手遅れだ。雪解け時のタイミングを逃したら、ますます討伐は困難になってしまう。

加護の『光』の狩りへの適用を教えたら、おそらく騎士修業の経験がある狩人《かりうど》なら、すぐに実行できるだろう。この際、背に腹は代えられない。この情報を公開すべきか。

しかしどうしても僕には、その決断を思い切ることができないのだった。

一度教えたら、『光』加護持ちに以降その使用を禁ずることはまず絶対にできない。特に騎士絡みの社会で、ずっと他の加護に引け目を覚え続けてきた『光』持ちにとって、人生が百八十度転換しかねない知識なのだ。

もしかするとこの情報開示によって、一時的には軍事力の面で他国に対する我が国の優位性を作り上げることができるかもしれない。しかしその過程やその後の進展で、いったいどんな弊害、影響が出るか、僕の想像力では及びもつかない。

控えめに想像しても、この世界の軍事の歴史がひっくり返ってしまう。

この僕に、そんな責を負う腹はくくれない、のだ。

そうした歴史を脅かす次元での影響と、今回の野ウサギの影響を秤《はかり》にかけて、どちらを選択するか、だが。

とりあえずは、野ウサギ駆除の方法に別案はないか、ぎりぎり知恵を絞ろう、という結論の方を選ぶしかないのだ。

「父に連絡をして、この観点で検討してもらいますよ」

「そう……ですね。それしかないでしょう」

兄の発言に、口元を押さえたままアルノルトは頷く。

ベッセル先生にしても、騎士の技量や猟師の技術についてくわしい知識はなく、これ以上の言及はできないようだ。

「この地域で雪解けというと、いつ頃になるのですか？」

「例年でいくと三の月の末頃なのですが、もしかすると今年はもう少し早まるかもしれません」

「あとひと月かそこら、ですか……」

さらに沈痛な顔で、アルノルトは唸る。

素人考えでも、これから狩猟面子を募り、経験のない野ウサギ対策を身につけさせるには、かなり心許《こころもと》ない残り時間だ。

「王宮を動かすには、性急すぎる……宰相の辺りで準備を進めているか……」

ほとんど独り言のように、アルノルトはぶつぶつを続けていた。

ベッセル先生も腕組み姿勢で、沈思黙考の様子だ。

頭の上の兄の顔は見えないが、やっぱり長考に入ったらしく、言葉が途絶えている。

そうして座が沈んでいるうち。

扉にノックの音がした。

ウィクトルが応対して開いた戸口に現れたのは、ヘンリックだ。

「失礼します。ウォルフ様とベッセル先生がこちらと伺いました。ご歓談中、申し訳ありませんが」

「急用か。どうした？」

「王都の旦那様から、鳩便《はとびん》が届きまして。コロッケの販売に問題が起きているということなのです」

「何だと！」

ヘンリックの話では。

コロッケを販売する店に、王都市民を名乗る男が怒鳴り込んできた。

「この店では、ゴロイモの毒の部分を除かずに調理していると聞いた。俺たちを殺す気か？」と言うのだ。

例の十分の一にしない調理法をしているのは事実だから頭から否定はできず、この方法で安全だと証明されているのだと説明したが、納得しない。

「人殺し」「毒を売るのはやめろ」と怒鳴り続け、仲間を引き連れて店の前に座り込みを始めている、という。

「何だ、それは」兄が怒鳴った。「明らかな営業妨害ではないか」

「そうは言いましても、口での説明では納得させられず、彼らの言い分を否定する証拠を出せないでいる、ということです」

「ベッセル先生の論文が認められて、安全性は証明されているはずだろう？」

兄が向かいに目を向けると、「確かに」と先生が頷く。

ヘンリックもそれに、何度も頷き返した。

「確かに、それで証明されるはずなのです。しかしながら旦那様も至急大学に問い合わせてその論文内容の公開を願い出たのですが、どうも手続きに手間がかかりそうなのです。何よりも、著者のベッセル先生が王都を離れたここにいらっしゃるわけですから、公開許可の認証を得るにも早馬で何往復もする必要が出るそうで」

「面倒なものなんだな」

「そこで、たいへん申し訳ないのですが、ベッセル先生にお願いがありまして」

「王都に行ってほしいということですね？」

「はい。私がご一緒しますので、明日の早朝、騎馬で出発していただけないかと」

「分かりました。もともとこの目的のために、ウォルフ様の功績を横どりする形で執筆したものですから。必要とあらば、出向きますよ」

「ありがとうございます。よろしくお願いいたします」

取り急ぎ、翌日出発する算段を詰める。

なお、アルノルトも一緒に王都へ戻りたいと申し出たが、馬は二頭しかいない。今夜はベッセル先生の部屋に泊まり、アルノルトは徒歩でロルツィング侯爵領まで戻って馬を借りることになった。

そのゴロイモに関する騒動に立ち合いたいし、今日ここで見聞きした内容について王都に戻って検討を進めたいと、気が急《せ》いているらしい。

その場は解散して、僕らはヘンリックとともに屋敷に戻った。

帰途の道すがら、兄は苦い顔で吐き出した。

「こんな時期での妨害行為、これもかの男爵の息がかかっているのではないか？」

「十分あり得そうですな。旦那様は今、必要な返済分を確保して準備を進めているところですが、相手はそこまで感知していないと思われます。もう一押し邪魔をすれば返済を阻止できると考えているやもしれませぬ」

「大学から論文公開の許可が出たとして、この営業妨害を排除できるのか？」

「警備隊の力も借りて、座り込み自体は追い払えると思われます。しかし一度傷つけられた信用をどれだけ回復できるものか、難しいところです」

「くそ――返済の目処が立った後だというのが、せめてもの救いだな」

「さようでございますな」

一同、憤懣《ふんまん》やるかたない様子で帰宅。

翌日、ヘンリックとベッセル先生は慌ただしく出立していった。

アルノルトが領主邸に挨拶をして、徒歩で南に向かうのも見送った。


七日後、ヘンリックは先生を伴って帰ってきた。

販売店に論文の該当部分の写しと大学の内容証明を貼り出して、ベッセル先生が客たちに説明を行ったという。

加えて、近所の主婦を中心に招待して、ゴロイモの調理法を実践指導する催しを開催した。それでかなり客の忌避感の払拭に成功したようだ。

座り込みをしていた男たちはその後も「そんなの信用できるか」と騒いでいたが、警備隊に排除されたとのこと。

それでも以前より売り上げは落ちているが、少しずつ回復の兆しは見えているらしい。

ヘンリックが店の経営を見守り、その間にヘルフリートが裏の調査に動いた。

その結果、座り込みをしていたリーダー格の男がディミタル男爵の懐刀の文官と連絡をとっていることを、確認した。

それだけでかの男爵の指示という断定はできないし、その男の行為自体犯罪と取り締まられるものではない。それでも、こちらの心証としては十分な確認だ。

二人が帰宅して数日後、父から連絡が来た。

ディミタル男爵邸へ出向いて、借金の今期返済約束分より多い元金の八割に当たる額を納めてきたという。

相手のくわしい態度などは記載されていなかったが、表立っての問題は起きなかったようだ。

約束分以上の返済を果たして、これで正式に東の森の所有は守られたことになる。

「当家がすでに塩の販売を始めていることはまだ知られていないようですが、知った暁にはあちらの御仁、歯嚙《はが》みをして悔しがるやもしれませんな」

ヘンリックの言葉に、家人一同安心するとともに、少しばかり溜飲《りゅういん》の下がる思いになった。

当面の問題を片づけて、次の段階へ。

父は王宮や交流のある領主に働きかけて、野ウサギ駆除の助力を願い出ている。

しかし兄が気づいたように、そうして集めた助っ人に経験のない野ウサギ狩りがどこまで可能か、見当もつかない。

そうした問題点は承知の上で、とにかく人手を集めなければ始まらない、と協力依頼を続けているところだ。

そんな状況で、三の月を迎えた。


パンパカパーン――はそろそろ自粛するけれど、朗報です。

僕は自力歩行ができるようになりました。

なんと現在の自己最長不倒記録、十五歩。

――ショボい……。

それでも何とか、ザムの尻から手を離してよたよた歩き。

限界で立ち止まり、よろけかけて踏《ふ》み留《とど》まり。

その瞬間、息を呑《の》んで見守っていた周囲から、一斉に拍手を頂戴した。

幸運に居合わせていた母がたちまち駆け寄って、抱き上げられた。

「すごいすごい、ルートルフ、すごいです」

拍手よりも賛辞よりも嬉しい優しい抱擁を、僕は心ゆくまで堪能した。

年明け頃に予想されたように、結局この冬は積雪が少なめで、平地には早くも土の色が見えるようになってきた。

森の中も雪解けが始まって、野ウサギも行動を始めたらしい。防護柵の外にちらほら姿を見かけるようになったと、村人から報告が来た。

兄がウィクトルを連れて視察に行き、森の入口付近で見かけた個体に矢を射かけてみた。しかしやはり賢く射程圏内に入ってこない相手に、命中はできなかったという。

同伴したウィクトルも弓は得意で兄より射程距離は長いのだが、それでも仕留めることはできなかった。

「賢さやすばしこさは変わらない。それでいて生息数は数倍になっていると予想される、というわけだ」

母とヘンリックに報告して、兄は嘆息した。

聞いて、ヘンリックも難しい顔をしかめる。

「ウォルフ様が案じられていたように、救援の他領の狩人たちの弓で、駆除は困難ということになりそうですな」

「弓の腕では予備隊でトップクラスだったウィクトルで苦戦するなら、他領の救援の者にもほぼ難しいと思われます」

テティスが言葉を添える。

「手前味噌《てまえみそ》ですが、自分もそう思います」とウィクトルも続けた。

頷いて、兄は首を振った。

「数を頼んで野ウサギの群れを包囲するなどできればまた違うかもしれないが、それまでの余裕は持てないだろうな」

「野ウサギの数が増えているということで、あるいはうまくするとそういう機会が作れるやもしれませぬが、期待を持つには難しいと思われますな」

「とにかくも、やってみるしかない、か」

父の方では、騎士団や他領の護衛の中から特に弓の得意な者を貸し出してもらえないか、交渉を続けているらしい。

宰相の協力が得られたのだろうか、王都の騎士団からも派遣してもらえそうな流れになっているというのが、けっこうな朗報だ。

しかしもう日数の余裕はない。確保できた少数の援軍で動き出すべきか、父も見極めどころを探っているという。

兄はもう一度、ウィクトルとディモを伴って少し森の中まで踏み込み、見つけた野ウサギの討伐を試みた。

しかし三人とも、猟果は皆無だった。

個体数は確かに増えているようで、狙うだけなら選び放題なのだが、昨年よりいっそうすばしこさを増したかのようにすぐ射程から抜け出してしまうのだという。

ディモの目に、兄の結果は昨秋と雲泥の差に映っただろうが、まだ雪の残る不安定な足場のせいと慰めてくれたらしい。

夜の兄の部屋で兄弟二人、難しい顔を見合わせた。

「騎士団の弓の名手を連れてきたとしても、あれは難しいと思う。野ウサギ相手も、こんな雪の残る狩り場にも不慣れなんだろうから」

「……だね」

「こちらの矢が届かない範囲なら悠々と姿を曝《さら》す、という点では変わらない。弓の名手があの距離でも届くというなら、また話は違うんだが」

「ん」

溜息混じりに話しながら、兄の頭にも当然一つの案は浮かんでいるはずだ。

兄からは言い出しにくいだろうそれを、こちらから口にした。

「やっぱり……ぼく、いく？」

「うーむ……」

昨秋と同じように射程範囲外に悠々と姿を曝すということなら、僕の『光』は使える可能性が高い。

兄との話し合いで「一歳になるまでは加護の使用を控える」ということにしていたけれど、その期限はこの月末で、もうほとんど大差はない。

僕の体調も当時とは大違いで、歩行ができるまでになっているのだ。心配していた身体への影響は、もう気にしなくていいだろう。

「それしか、ないか……」

「ん」

数日後には父が助っ人たちを連れてくる、という連絡が来ている。

やるとしたら、その前だろうか。

しかし、何点か問題がある。

まず、兄が僕を背負って猟に臨むとしても、必ずウィクトルが同行している。僕の『光』の使用は、ディモならともかくウィクトルの目を誤魔化《ごまか》すのは至難の業だろう。

それはどうにか工夫するとしても、さらに先を予想すると、暗澹《あんたん》とした気にしかなれない。

あの野ウサギたちの賢さだ。兄と僕のコンビでたとえば数百羽を狩ることができたとしても、そのうち学習して人間の目が届く範囲に姿を曝すことをしなくなるのではないか。

個体の顔が判別できる距離なら、僕の『光』は有効だ。しかしほとんど点ほどにしか認識できない遠さなら、まずどうしようもないのだ。

正確な数は分からないが、現在の野ウサギの生息数は少なく見ても千羽を超えているのではないかと思われる。数百羽程度を狩れたとしても『焼け石に水』なのではないか。

野ウサギたちが学習する前にその大半を討伐するのは、おそらく兄と僕だけでは体力的に無理だろうと思われるのだ。

それに、この学習が助っ人たちの到着前に実現していたら、ますます彼らの弓が通用しない状況を作り上げてしまうことにもなる。

そんなことを話し合い、兄と僕は「うーーん」と腕組みで唸ってしまっていた。

「十分あり得そうな話だよな……だとして、根本的な解決になりそうないなら、俺としてはお前に無理はさせたくない」

「ん……」

僕の方も、何としても無理をするとは主張しにくい。

現段階で体力と加護の限界がどれくらいか、まったく自分でも分かっていないのだ。

無理をしてたいした成果もないままただ母を泣かせる結末など、考えてみたくもない。

「それを考えると、お前を連れていくにしても、父上が連れてくる援軍の成果を見てから、かな」

「ん……」

結局、傍目《はため》には何とも煮え切らないと言われても反論できないような、そんな結論に落ち着くしかなかった。

これだけいろいろ検討し準備を進めたつもりなのに、はっきりした成果を望めそうにない。へたすると「何もやらないよりはまし」程度にしか期待を持てないというのが、何とも情けない。

「まあ悲観するのは早い。もしかすると、騎士団の弓の名手がすごい成果を出してくれるかもしれないしな」

「……ん」

ほとんど慰め程度の言葉を交わして、その夜は眠りにつくことになった。

3 赤ん坊、森を抜ける

二日後に領地に到着する、と父から連絡が届いた。

弓の腕に覚えがある精鋭、十人が確保できたという。

十人――。

人数を頼んで獲物を包囲した狩りをするには、心許《こころもと》ない。

一方、昨秋の兄のように一人で百羽以上を狩ることが可能なら、十人合計でそれなりの成果を出すことができる。

といった点で、微妙ではあるが、期待するしかない。


三の月の三の光の日。二階に上がる途中の窓から見た空には、満月が輝いていた。

援軍の到着前に明日はもう一度森の中の状況を確認に行く、という兄の予定を聞きながら、ベッドに入った。

抱きしめた腕の温かみに安心して、意識は溶けていく。

その腕のいつにない動きに揺り起こされたのは、眠りについてそれほど時間の経《た》たない頃合いだったようだ。

「なに？」

上体を起こしている、兄に向けて問いかける。

以前襲撃を受けたときのような緊迫は、感じられない。兄自身、戸惑いの様子でベッド脇を見下ろしているようだ。

見ると、そちら側の兄の腕に、ザムが鼻先を擦《す》りつけているのだ。

「どうした、ザム？」

兄の問いかけに、大きな反応はない。何か異状を知らせるならもっと気忙《きぜわ》しい動きを見せるはずだが。

二人の目覚めを確かめてか、ザムはさっと窓際に駆け寄った。

前足を枠にかけて、がすがすと窓板に鼻を擦りつける。

「何だ？」

そうしてから急に、ザムは身を翻《ひるがえ》した。

戸口の扉に駆け寄り、かりかりと前足で引《ひ》っ掻《か》いてみせる。

「外へ出たいのか？」

片手に僕を抱いて起き出し、兄はドアノブに手をかけた。

するとザムは首を伸ばし、僕を抱いた兄の袖口を咥《くわ》えて引っ張る。

「まさか……」

「俺たちにも一緒に来いというのか？」

問いかけに、ザムは明らかな頷《うなず》きを返してきた。

いつもの遊びに興じる様子はなく、見るからに真剣な表情だ。

兄の視線が下がり、二人頷きを交わす。

ザムの真剣な懇願なら、聞いてやりたい。

「ちょっと待てるか？」

ザムに声をかけてから、兄はベッドに戻った。

ロッカーを開き、二人の防寒着を取り出す。手早い手つきで僕と自分の外出支度を調《ととの》える。

僕は兄の背にしっかりおんぶされる格好だ。

その間も、ザムはドアを鼻でつつき続けていた。

少し遅れて、ノックの音がした。

「ウォルフ様、何かありましたか？」

不寝番をしているテティスの声だ。

剣と弓矢も装備し、支度を終えて兄はドアを開いた。

「え、ウォルフ様、そのお姿は？」

「ザムの希望だ。ちょっと外出してくる」

「え、え？」

いつも冷静な女騎士が素っ頓狂な声を返したこと、誰も責めはできないだろう。

開いたドア外へ向けて、ザムは兄を引っ張ろうとしている。

「ちょっとお待ちください。ヘンリック殿に声をかけてきます」

「急ぐようだ、長くは待てない」

慌ただしくテティスが階段を降りていく。

僕をおんぶしザムを従えて、兄もその後に続く。

テティスの呼びかけに、すぐヘンリックとウィクトルが起き出してきた。

武道部屋の戸口に、村人の夜番だったらしいディモも顔を覗《のぞ》き出している。

「ウォルフ様、どういうことですか？」

「俺もくわしくは分からない。ザムの希望だ」

「そんな……」

「くわしくは分からないが、俺はザムを信じている。希望は叶《かな》えてやる。たぶん危険はないはずだ、行ってくる」

「ちょ――ちょっとお待ちください」

「待てない。急ぐようだ」

そんな執事とのやりとりの間にも、ザムは兄の袖を引っ張っているのだ。

一度姿を消したウィクトルが、すぐに完全装備、剣と弓矢を携えて現れた。

「私がお供します。テティスはここの警備を頼む」

「了解した」

そのやりとりを理解したように、もうザムは玄関に向かっていた。

すぐ兄が、小走りに後を追う。

玄関を開くや外に飛び出し、ザムはすぐ土の上にうずくまった。

「背に乗れということか？」

ためらいなく、兄はその背中を跨《また》いだ。

後ろから追いかけて、ウィクトルが駆け出してくる。

それを待たず、僕らを乗せてザムはすっくと立ち上がった。

屋敷の角を回り、裏の森を目指すようだ。

慌てた様子で、ウィクトルは馬を引き出している。

「ウォルフ様、少々お待ちください！」

「待てない！　ついてこれないなら置いていく！」

「そんな……」

兄と意を一つにしたように、ザムはどんどん足を速めていた。

屋敷の裏手から、木立の間に入る。残雪の道なき坂を駆け降りる。降りた先の幅のある川を、ためらうことなく飛び越える。

兄と僕二人の重みを感じる様子もなく、いつもの軽やかな疾走の様《さま》だ。

「ま――待ってください、ウォルフ様、ザムうーー」

裏返りかけたウィクトルの声が、次第に遠ざかる。振り向くと、何とか馬で川の飛び越えには成功したようだ。

木々の間を縫って、何の障害もないかのようにザムの足どりは軽やかだ。騎馬のウィクトルがついてくるのは困難だろうが、少し回りながらなら馬の通れる余地もありそうだ。残雪にザムの足跡が印《しる》されているはずだから、遅れてなら追ってくることは可能だろう。

ぐんぐんと、ザムは森の奥へと進んでいく。

例の洞窟や野ウサギの狩り場を目指すのかとも思ったが、方向は違う。今まで僕らが行ったことのない奥地に向かっているようだ。

森の中には、他の動物の姿は見えない。まあもちろん、小さな動物はいたとしても、ザムの姿に身を潜め息を凝らしているのだろう。

夜行の鳥の声もなく、ついてくるのは木枝の陰に輝く満月ばかり。

時刻は夜半過ぎ、といったところだろう。

馬よりも速いだろう疾走に風が頰《ほお》を打ってくるが、兄の背に押し当てていれば冷たくはない。

生まれて初めて経験するこれほどの速度に、爽快さを覚えてしまうほどだ。

木々の間を抜け、溶けかけの雪をはね上げ。

走る、走る。闇を切り裂き。

走る、走る。

一刻ほども、疾走は続いただろうか。

わずかに木立が開け、前方に幅広い岩山が見えてきた。

隣のディミタル男爵領との間を隔てる、境界だ。

横方向には見渡す限り絶壁が続き、間を抜けるただ一つの道は、ほとんど獣しか通れないような狭い裂け目状のものだけだという。それも冬期間は積雪と凍結で、ネズミさえ抜けられない難所と言われる。

今はようやく雪が溶けて、辛うじて通れるということなのだろう。足を止めることなく、ザムは狭い裂け目に駆け入っていた。

「隣の領へ行くのか」

「そう、みたい」

兄の呟《つぶや》きに応えて。何となく、行き先の予想がついてきた。

いくつか大きな岩に駆け昇り、飛び降り。止まることなく、オオカミは駆け続ける。

走る、走る。

走る、走る。

やがて岩の合間を抜け、また木立の下へ入った。

ここから、ディミタル男爵領だ。話に聞いたように、ここら辺はうちの方より積雪の量が多いようだ。

まだ白い雪をはね上げ、木々の間を。

走る、走る。

走る、走る。


間もなく。

木々が途絶え、行く手に雪原が開けた。

その手前、最後の木の陰で、ザムは足を止めた。

見ると。

開けた雪原の少し先に、新たな小さめの森があるようだ。

ただ異様なことに、その森を高い木の柵が囲んでいる。

そしてその柵の一角に篝火《かがりび》が焚《た》かれ、その下に人影――三人ほどが立っているようなのだ。

人の姿が、野ウサギが弓の射程外で姿を曝《さら》しているときより少し大きいかくらいに見える、そんな距離だ。

篝火は、その人の二倍ほどの高さに組んだ細めの丸太の上に焚かれている。

見たところ、人間たちは何かの見張りのような様子だ。遠目で明瞭ではないが、弓、槍《やり》、剣などを持ち、防具もしっかり装備しているように見える。

「何だ、あれは」

兄が、小声で囁《ささや》く。

この距離で、なかなか向こうまで声は届かないだろうが、本能的に潜める気になったようだ。

ザムの目的地はここだろうか。思っていると。

くい、とザムは顔を空向きに上げた。続いて、
ウオオオオーーーン
その口から、遠吠《とおぼ》えの声が唸《うな》り出た。

長く続き、声は月夜空に尾を引きながら消える。

少しの間を置いて、
ウオオオーーーン
遠くから、同じような声が返ってきた。

正確な位置は分からないが、おそらくあの、柵の内側からだ。

「ザムの仲間か？」

兄の問いに、オオカミは頷きを返した、ように思えた。

向こうでは、今の遠吠えの交錯に驚いたらしく、三人の人影が右往左往、何か言葉を交わしているようだ。しきりとこちらを指さしているようだが、篝火の下の人影があの程度にしか見えないのだ、暗いこちらの姿はとうてい目視できていないだろう。

しかし、背後方向の声は気にする様子なく、こちらばかりを指さしているということは――。

「あの柵の中に、オオカミがいる。あいつらはそれを承知の上、逃げないようにか、探しに来る者がいないかとかを、見張る役目なんだろうな」

「ん」

「ここはディミタル男爵領だ。あれだけ大がかりな柵が作られていて完全装備の騎士風の人間が守っているとなると、領主の意を汲《く》んだ設備と見るべきだろう。そこに、山向こうの森から消《き》え失《う》せたのと同じ種類のオオカミがいるらしい――」

「こたえ、ひとちゅ」

「ああ。オオカミを誘導できる植物とかで、あの柵の中まで連れてきて閉じ込めたんだろうな」

「ん」

「これを、王都に報《しら》せれば――」

父に報告を上げれば、王宮なりに訴え、調査が入り、と進められる、かもしれない。

しかし。

「でも」

「何だ？」

「これ、いほう？」

「ん？」

オオカミを柵の中に閉じ込めることを禁じる法は、あるだろうか。

隣の領地から無断で連れ出してきたということが明らかなら、窃盗の罪くらいにはなるのかもしれない。

しかし、勝手に山を越えてきたオオカミを危険だから閉じ込めた、と主張されたら、罪に問うことはできないのではないか。

「違法――かどうか、難しいところかもしれない、か」

「ん」

王宮に訴え出て、争うことはできるかもしれない。その結果支持を得て、オオカミを返してもらえるという可能性も、なくはないかもしれない。

しかしまちがいなく、それには時間がかかる。今回の野ウサギ駆除が不十分だった場合の、秋の農作物被害阻止に間に合わないことが大いに考えられる。

今すぐなら、森にオオカミが帰れば、これ以上の野ウサギ生息数増加に歯止めをかけられるかもしれないのだ。

おそらく、あの柵のどこか一部を破壊すれば、それが実現できる。現在オオカミたちにどんな食料や住環境が与えられているかは分からないが、彼らにとって理想なのは、あの森での野ウサギ相手の生活なのではないか。

オオカミの立場になったことのない僕らに断言できることではないけど、かなりの確信を持って推測できる。何よりも、今夜ザムが僕らをここに連れてきたのが彼らの解放を願ってのために違いない、この点賭けてもいいぞ、とさえ思えるのだ。

そう話し合って、兄と僕は頭を捻《ひね》った。

ここで柵の破壊などという暴挙に出て、いいのか。

そもそも、そんなことが僕らに可能なのか。


小声で相談しているうち。

がさがさ、と背後から音がした。

あちらに見つかったか、と肝を冷やして振り向くと。木陰から現れたのは、疲労困憊《ひろうこんぱい》の様子で馬に跨がった、ウィクトルだった。

雪上で蹄《ひづめ》の音が消されて、気づくのが遅れたようだ。

「はあ……やっと追いつきました。ここで何されているんですか？」

「静かに」

兄が注意すると、「は」と応えて、護衛騎士は馬から降りた。騎手も馬もまだ息の弾みが治まらない様子で、ここまでの行程の労苦が偲《しの》ばれる。

ザムの足跡を追ってきたとはいっても、かなりの部分同じ箇所を通ることはできず、遠回りを余儀なくされたはずだ。特にあの岩山の隙間など、どうやって馬で越えてきたのか、時間があればじっくり話を聞きたいほどに思える。

しかしもちろんそんな余裕もなく、兄は簡単に事情を説明した。

聞くや、ウィクトルは肉体の疲労も忘れたように激昂《げきこう》の顔を見せた。

「我が領のオオカミを誘拐なんて、言語道断の所業じゃないですか。構いません、あんな柵など破壊してしまいましょう！」

「あの三人の見張りの目をかいくぐって、それができるか？　少なくとも、うちの領の者の仕業だという証拠を残すことは許されないぞ。後でどんな問題になるか、分かったものではない」

「横手の目の届かない場所へ回っての工作は――難しいでしょうね。丸太を切る道具など持ち合わせていないし、あったとしても気づかれないように音を抑えるというのはかなり難しい。火を点《つ》けるにしても、すぐ気づかれるでしょう。いちばん破壊というか開放が容易《たやす》そうなのは、あの見張りがいる場所ですね。開閉できる門のように見えますから、閂《かんぬき》か何かそんなものを壊すだけでよさそうです。とするとやはり、見張りたちの息の根を止めることですか」

「ウィクトル一人で、あの三人を倒せるか？」

「残念ながら、一人ならともかく、三人は難しいと思います。気づかれないように近づいて弓で一人を倒し、それで気がついて向かってくるところ、あと一人を剣で倒せるか。まず三人は無理かと思います」

「冷静な分析だな。それにもしかするとあの見張り、離れたところに交替要員などがいて、異状があればすぐ報せる設備を用意しているかもしれない。三人だけと考えるのは、危険だ」

「そうですね」

「火を点けるのがいちばん簡単そうだが、そうあっさり燃えてくれるものかな」

「見たところ柵に使われている木材は、この辺の森に多いキタノヒノキという樹木ではないかと思われます。真っ直《ます》ぐなので丸太などによく使われるのですが、他の木に比べて油分が多くたいへん燃えやすい性質があって、家の建材などには避けられているものです」

「ということは、期待は持てるわけか」

「ですね。ふつうの薪《まき》の大きさでも火を点けたらあっという間に燃え広がって、数分で燃え尽きてしまう。着火用として重宝されますが、火保《ひも》ちがしないので薪には適さないとよく知られています」

「うーむ」

唸る兄の、肩を軽く叩《たた》く。

首を振り、「少し考えさせてくれ」と言って、兄はザムにそぞろ歩きをさせ始めた。

ウィクトルから少し離れたところで、その耳元に囁きかける。

ふんふん頷きながら、少し時間を要した。

あまり離れず木立の間を一回りして、護衛のもとに戻った。

「ウィクトル、あの左手の小さな林の中から、見張りの気を惹《ひ》くことはできないか。何か音を立てるとか。大事なのは、こちらの顔や姿を見られないのはもちろん、足跡なども極力残さない、できれば人の仕業ではなく獣などのせいだと結論づけられるようなのがいい」

「はあ。ご命令とあれば。しかし、ウォルフ様。まさか――」

「俺は、危ないことはしない。誓うが、この場所から動かない」

「約束ですよ。もしウォルフ様があちらに近づいて見つかるとか、あいつらがここに気がついて打って出るとかしたら、今の注意は忘れて私は、三人相手に斬り込みますからね」

「分かった。絶対そうならないようにする」

「しかしそうすると、ウォルフ様、何をするつもりで？」

「詳細は秘密だ。とにかく今言った使命を果たしてくれ」

「は……」

首を捻りながら、それでもウィクトルは馬を引いて左手に向かった。

やがて、その後ろ姿が木立の中に消える。

ややしばらくして、遠くでこちらの森からくだんの林の方へ移動する影が、かすかに見えた。

その間に、僕と兄は見張りの篝火の方を凝視していた。

三本足の形に組んだ篝火の細めの支柱も、その奥の柵と同じ種類の木材ではないかと思われる。

見比べて、僕はまず見張りより少し離れた右側の柵に目をつけた。丸太を組んだ柵の下の方、ここから見ても黒ずんだ部分がある。

しばらく待つうち、その部分から煙が立ち昇り始める。

本当に燃えやすい木材らしい。長く待つこともなく、それは赤い口火に変わっていた。

一息で駆けつけられそうな距離なのだが、まだ見張りたちは気がつかない。

少しずつ、赤い火は大きくなる。

そのとき。

がさがさ、と左手から大きな音がした。木が揺れる響きだが、ほとんど風もない中、自然のものとは思われない。

見張り三人が一度集まり、槍を持った一人が林の方へ駆け出した。

残った二人も、そちらを注視している。その背後で、柵に点いた火は次第に大きくなっていく。

次に、僕は篝火の支柱に目を転じた。三本のうち、いちばん柵に近いもの。その下方で、黒ずみの見える部分。

待つうち、煙が昇り出す。それがやがて赤らみ、発火。

支柱にはっきり炎の形ができたところで、見張りたちも気がついたようだ。

慌てて右往左往しているが、消火の水の用意はないらしい。一人が、着ていた上着を脱いで炎を叩き出す。

しかし、火の勢いは弱まらず。

「わあーー」という悲鳴が、こちらまで聞こえてきた。

火の点いた支柱が折れて、篝火が大きく傾き出したのだ。押さえる暇もなく、柵の方へ向けて倒れ込んでいく。

その間にも、最初に発火した柵の炎は燃え広がっていた。

念のため、僕は少し離れた柵の別の箇所にも、同じ操作を続けていた。

黒ずんだ部分へ向けて、ごく細めた『光』を照射するのだ。

それだけで、思った以上にあっさりと、木材に点火することができている。

ごく細めているし、篝火の明るさの中にいる見張りたちに、この『光』は目に入っていないだろう。

同じ操作を、さらに数箇所。

その間に、最初の発火点ではもう縦の丸太一本分が燃え尽きようとしている。

林へ向かっていた一人も慌てて引き返してきて、三人が分かれて消火に当たっているが、なかなか果たせない。その間にもどんどん発火地点が増えている。

離れたこちらからは、何か無声の喜劇でも見ているかのようだ。ばたばた人が駆け回り、処置の甲斐《かい》なく火は燃え広がり続ける。

「な、な——何ですか、あの火は？」

素っ頓狂な声を上げながら、ウィクトルが戻ってきた。

兄とザムが元の場所に留《とど》まっているのを確認して、大きく息をついている。

「本当にウォルフ様、ずっとここにいらしたんですね。でもじゃあ、あの火は何なんです？」

「知らない。気にするな」

「気にするなって——」

「それよりも、この後が大事だ。目を離すな」

「は、はい」

凝視している先、間のやや広い柵がついに焼け落ち崩れた。

踊るように見張りたちが駆け寄り、柵を立て直そうと奮闘している。

そこへ、

ウオオオオーーーン

ザムの口から、遠吠えの声が放たれた。

間を置いて、

ウオオオオーーーン

柵の奥から、返す声。

見るうち、見張りたちの動きがますます慌ただしくなっていく。

柵の中を覗き込み、それからすぐに、慌てて左右に分かれた。

音は聞こえないのに。どどどど、と響きが感じられる気がした。

闇の中に、一瞬白い点が見え出した。見る間にそれが大きくなり、数が増え。

あっという間に白っぽい獣の群れの形をなして、崩れ落ちた柵の部分へ殺到してきたのだ。

大群が通り抜ける、その只中《ただなか》に、見張りの一人が矢を射かけた。

あ、と肝を冷やして目を瞠《みは》ったが、獣に命中はしなかったようだ。

次の瞬間、駆け続ける群れの中から一頭が飛び出して、その見張りに飛びかかった。堪《たま》らず仰向《あおむ》けに倒れる、喉元に食らいついているようだ。

慌てて仲間たちが救助に入る。素速くオオカミは飛《と》び退《の》き、たちまち元の群れに戻っていく。

こちらで、ザムが「ぐうう」と喉で唸りを漏らした。

「わああ！」

すぐ脇で、ウィクトルが悲鳴を上げた。

見る見るうちにその大群の先頭が、こちらへ向けて近づいているのだ。

いち早くザムが横へ移動し、ウィクトルと馬も慌ててそれに倣う。

数呼吸も待たないうちに、白い獣の疾走は今まで僕らが立っていた地点を駆け抜け、森へ突入していった。

横手から満月に照らされた、それは神々しいまでの白銀色のオオカミたちの駛走《しそう》姿だった。

数えきれないが、おそらく数十頭に上るだろう。脇目も振らず雪をはね上げ、森の奥へ消えていく。

疑いなく、さっき僕たちが通ってきた道を辿《たど》り、元住んでいた森を目指しているのだ。

それを見送って、兄は護衛に声をかけた。

「よくやってくれた、ウィクトル。木を揺すって音を立てたのだな」

「はい。木の上の方に紐《ひも》をかけて、少し離れて引っ張りました。上に積もっていた雪が落ちたので、周りに足跡は残っていないはずです」

「うむ。よくやった」

くり返し褒《ほ》め称《たた》えて、兄はちらりと僕を見た。

二人ともに、少し申し訳ない気があるのだ。ウィクトルに頼んだ理由はもちろん、見張りの目を逆方向に引きつけるためだが。実を言うと最も重要なのは、彼に僕の『光』を見せないことだったのだから。

「ただしウィクトル、命令だ。今の出来事については、誰にも言うなよ。俺たちが見ている前で、偶然あの篝火が倒れて火災になった、それだけだ」

「はあ……」

「それじゃ俺たちも行くぞ、ザム」

軽く首を叩くと、嬉《うれ》しそうにザムは仲間たちの足跡を追い出した。

「あ、ウォルフ様」

「ついてこないと、置いていくぞ」

「ま、待って――」

慌てたウィクトルの声が、一気に遠くなる。

まあ往《い》きと同じく、馬がザムにぴったりついてくるのは無理だろう。

しかし帰りは迷う心配もなく、追っ手に追いつかれさえしなければ何ということもない。

その追っ手の方はまだ消火に大わらわで、馬を準備した様子さえ見えないのだ。

岩山の難所を軽々と越え。僕らは自領へ戻った。

先行したオオカミの群れはもう影さえ見えないが、足跡が続く向きはあの洞窟、つまりもともとの彼らの群棲地《ぐんせいち》がある方角だ。

確認して兄がそっとザムの首を左向きに押しやると、素直に屋敷の方へ進路をとってくれた。今夜の目的は達したということらしい。

家に帰り着いたのは、まだ暗いうちだった。

玄関に入ると、武道部屋でディモたちと待機していたらしいヘンリックとテティスがばたばたと出てきた。

「済まない、心配かけた」

「ウォルフ様、いったいどちらへ」

「隣の、ディミタル男爵領だ」

「はあ？」

目を丸くする執事に、兄は簡単に説明する。

岩山を越えたすぐ先に柵で囲まれた森があり、オオカミが閉じ込められていたこと。どうしようかウィクトルと相談するうち、見張りの篝火が倒れて、柵が燃え出した。柵が焼け落ちた隙間から、一斉にオオカミたちは逃げ出してきた。足跡を辿ると、無事元の生息地に戻ったようだ。

「えーと……」難しい顔で、ヘンリックは首を捻った。「ウォルフ様たちが見ている間に、偶然篝火が倒れた、ということでございますか？」

「誓ってもいいが、俺たちはその柵に近づいていないぞ。それより、大事なのはこの後だ。俺は少し眠るが、テティス、朝の一刻に起こしてくれないか。こんな騒ぎにして申し訳ないが、ヘンリック、家の者はいつも通り朝から活動を始めてくれ。それからディモ、夜が明けたら村の者たちに報せを回してくれないか。オオカミが戻った以上、森の野ウサギたちに動きが見られるかもしれない」

「へい」

「テティス、もう少ししたらウィクトルが戻ると思う。彼にも、朝一刻まで休んだら動けるようにしてくれと、伝えてくれ」

「かしこまりました」

ほとんど相手に質問の余裕を与えないまま次々と指示を出して、兄はザムと僕を連れて部屋へ戻った。

手早く重装備を脱ぎ捨て、僕を布団の中に入れる。

横になる前に、ベッド脇にうずくまるザムの頭を、僕はぐりぐりと撫《な》でてやった。

「ざむ、まえはあそこにいた？」

「だろうな。でないと、さすがにあそこまで迷いなく走り着くことはできないだろう」

最初は他の仲間と一緒に、あの柵の中に閉じ込められたのだろう。

そしてたぶん、まだ子どもだったザムだけが抜けられる隙間があって、外に出ることができた。元の森へ向かおうとしたところを見張りに見つかって、矢を射かけられ、前足に傷を負ったのではないか。

完全に想像でしかないが、さっき仲間に矢を射かけられるのを見たときだけ、ザムが冷静さを失っていた。そんな様子から、ある程度確信が得られる気がする。

「これでザムも満足したんだろうな。ここへ帰ってきてくれたということは、仲間のもとへ戻らずこのままいてくれるということか」

「ん」

「ならとりあえず、安心してひと眠りしよう。ルートも朝、大丈夫そうか？」

「たぶん」

「じゃあ、二三刻ほどしかないかもしれんが、とにかく睡眠をとるぞ」

「りょうかい」

僕の方は帰りの道々、少しはうとうとくらいできたのだけれど。やっぱり夜更かしは応えたようで、たちまち眠りに落ちていた。

指示の通り、僕らはテティスに呼ばれたというベティーナに起こされた。

階下に降りていつもより早い朝食をとっていると、母も起き出してきた。ヘンリックから夜中の件について初めて説明を受けて、目を丸くしている。

「母上、ご心配をかけるような行動をしてたいへん申し訳ありませんが、誓って危険なことはしていませんので」

「それは、真《まこと》ですか」

「はい、神に誓って」

最初から最後まで訳の分からない話で、母にとっては息子を叱責するにしても焦点が絞れないようだ。

首を傾《かし》げながら、警備体制に戻っているウィクトルにも確認する。

護衛の大男も、戸惑い気味ながらはっきり返答した。

「確かに、ウォルフ様も私も、その柵の方には近づいておりません。突然篝火が倒れたのが好都合すぎて、まさか魔法でも使ったのかとさえ思ったのですが、ウォルフ様の加護は『火』ではありませんし、もし『火』の加護持ちでも『風』でも、あの距離では届きません」

「そうですか」

「もうこれは、ウォルフ様が神に愛されているのだと思うしかない気がします」

実際ウィクトルにとって、あの林で陽動《ようどう》行動をとったことを隠している以外、正直な述懐のはずだ。信じられない思いは本心で、その発言に迷いは感じられない。

そんな話をしているうち、玄関に声が聞こえてきた。

テティスが確認に出て、すぐ戻ってくる。

「ディモの息子のアヒムという少年が、ウォルフ様に話があると来ています」

「通してくれ」

すぐに、息を切らしたアヒムが駆け込んでくる。

「ウォルフ様、親父《おやじ》から伝言さ。防護柵の外に、どんどん野ウサギが集まってる。村の弓を持つ者たちを連れて、親父は狩りに行ってる、でさ」

「分かった、すぐ行く。ディモたちには、柵を抜けられそうなところを調べて、そういうところを優先して野ウサギを狩るように伝えてくれ」

「は」

すぐにとって返すアヒムを見送る。

急ぎ食事を終えて、兄は立ち上がった。

「母上、私も野ウサギ狩りに行って参ります。ウィクトルを連れていきます」

「危ない真似《まね》はしないのですよ」

「はい。今日は森に入ることにはならないはずです。防護柵の中から向かってくる野ウサギを弓で狩る、ということだけで終わると思われます」

「分かりました」

「それから、ルートルフを背負っていくことをお許しください」

「え、何故《なぜ》ですか？」

「私の弓は、ルートを伴っていると命中率が上がるのです。今も言いましたように、今日の狩りに危険はありません。絶対にルートが危ない目に遭うことはしないよう気をつけます」

「ですが……」

一度難しい顔を小さく振って、それから母は頷いた。

「分かりました。ルートルフを伴っていれば、ウォルフもいっそう安全に気をつけるでしょうからね」

「はい」

二階に上がって、外出装備を調える。

僕の支度に手を動かすベティーナは、しきりと「ルート様が危なくないようにお気をつけて」と兄に向けてくり返していた。

僕を背負い、剣と弓、ありったけの矢を携えて、兄は玄関に向かった。言われなくても、ザムが従ってくる。

玄関口にはウィクトルに並んで、珍しく弓を手にしたテティスも待機していた。

「ウォルフ様、わたしもお連れください。ウィクトルほどではありませんが、弓は使えます」

「構わないが、大丈夫か？　徹夜明けだろう」

「二刻ほどしか睡眠をとっていないウォルフ様やウィクトルと、大差ありません。むしろ昨日の昼まで休んでいたわたしの方が、遠出していたお二人より体力を残しています」

「そうか。なら、来てくれ」

「はい」

遠距離ではないが、気が急《せ》いている。兄はザムに跨がり、護衛たちは馬に乗った。

村中を駆け抜け、森の入口方向へ。

防護柵の出入口付近に十数人の男たちが集まり、木の柵の隙間から弓を射ているのが見えてきた。

声をかけると、すぐにディモが振り返る。

「見てくだせえ、ウォルフ様。とんでもない野ウサギの数でさ」

「すごいな」

4 赤ん坊、騎士団長と会う

遠目からも、柵の向こうから飛びつく小動物の姿がいくつも判別できていた。しかし近づいて見ると、とてもそんなものでは済まないことがすぐに分かる。

森と柵の間のそこそこ開けた残雪の草地が、白やら茶やらの野ウサギの群れでほぼ埋め尽くされていたのだ。おそらく、何百羽という数だろう。

今のところ柵を越えてくるものはいないようだが、森から殺到してきて突き当たったところで折り重なって、今にもこちら側まで溢《あふ》れ出してきそうな勢いだ。

「これだけ必死に出てきているということは、森の中では戻ってきたオオカミたちの狩りの真っ盛りなんだろうな」

「そうなんでしょうねえ」

「よし。とにかく狩れるだけ狩るぞ。ウィクトルは左手に向かってくれ。テティスと俺は、右手だ」

「は」

「かしこまりました」

ザムから降りて、村人から少し離れた右手に向かう。

途上、僕は兄の肩を叩《たた》いて囁《ささや》きかけた。

「そうだな」と頷《うなず》き、兄はザムを連れてもう一度柵の入口へ向かった。奥を指さして指示すると、ザムはすぐに納得したようだ。

入口を細く開いて、ザムを送り出す。付近にいた野ウサギたちは、必死の様子で跳《と》び退《すさ》った。

周りを威嚇しながらザムは一気に草地を抜け、森へ入る寸前で振り向いた。

もうほとんど森から出てくる野ウサギはいない。逆に、弓から距離をとって逃げ戻ろうとする獲物たちをそこで待ち構え、逃亡を防ぐのだ。

柵の中からの矢は、そこまでは届かない。のびのびとしたフットワークで、ザムは付近の野ウサギたちを蹴散らした。

「よし、撃て！」

少しの間中断していた斉射が、ディモの声で再開される。

前には矢衾《やぶすま》、後ろにはオオカミ。進退窮まって右往左往しながら、次々と野ウサギは射貫《いぬ》かれていった。

何しろ柵にぶち当たったところでの混雑ぶりで、いつものような弓と距離をとる余裕が持てないのだ。逃げ惑いながらも仲間とぶつかり、重なり合い、得意の逃げ足も発揮できないでいる。

それは狩りと言うより、一方的な殺戮《さつりく》だった。とにかく狙いをつけるまでもなく、矢を射れば当たる。次々と、残雪の上が赤い血に染まっていく。

兄に背負われた僕が『光』を使う必要も、まったくなかった。

やや横手からながら、村人のものよりも射程の長い兄とテティスの弓が放つ矢は、脇へ膨らみかけていた群れの大きさをどんどん減じていった。

さしもの大群も、一刻あまりでほとんど殲滅《せんめつ》されていた。

ディモの号令で、斉射が止められる。村人たちが柵の外へ出て、間に合うものから血抜きを始める。

離れた森の入口付近では、ザムが悠々と自分の獲物で食事をしていた。

「この数では、村の食用としても持て余してしまうのではないか」という兄の問いに、ディモは笑って応えた。

「村の端の蔵に残った雪を運び込んで冷やして保存できるようにするんで、しばらくは食っていけるんでさ」

「なるほどな」頷いて、兄はもう一度成果を見回す。「これでざっと、五百羽といったところか。森の中には、まだいるんだろうな」

「へえ。まちがいなくまだ、これ以上の数は残っているですさね」

「明日には、父上が応援の弓衆を連れて到着するはずだ。森の中に狩りに入っても、今日のような混乱ぶりならいいのだが」

「こんなのは、奴《やっ》らが慣れた森の中じゃ望めないでしょうさねえ」

「だろうなあ。それでも、今日これだけ狩ることができてよかった」

「まったくですさね」

満足したらしいザムが、戻ってくる。

後処理を村人たちに頼み、護衛二人に一羽ずつ獲物を持たせて、兄は帰途についた。

結局早朝だけで決着がついて、まだふだんなら朝食が終わるかどうかといった時間帯だ。

居間で、兄は母とヘンリックに首尾を報告した。

防護柵に殺到してきていた、推定五百羽程度の野ウサギを鏖殺《おうさつ》したこと。

この時間の激しい流出は止まったが、森の中にはまだ同数以上の生息が残されていると思われる。

今回は相手に距離をとる余裕がなかったため射殺は容易だったが、明日父が連れてくる援軍の森の中での狩りは、やはり困難を伴うかもしれない。

「今朝の異常事態は、戻ってきたオオカミが一斉に狩りを始めたので、恐慌に陥った野ウサギたちが後先見ずに逃げ出してきたため、というわけですな」

「うむ。しかしオオカミの方が圧倒的に数は少ないのだから、ひと通り腹を満たして狩りが終わったので、あれ以上森から出てくるのは止まったのだと思う」

「そうすると確かに、明日の野ウサギの動きは予想できませんな。今日の狩りの結果で数は減ったのだから、森の中で動き回る余裕ができて、オオカミからも人間からもある程度距離をとれるようになっているかもしれませんか」

「だな。オオカミが戻ったとはいっても、彼らは自分の腹を満たす以上の狩りはしない。まだ以前の数倍程度の野ウサギが残っている状態でこのまま森の中が落ち着いてしまえば、やはり繁殖を続けて生息数は増加一方になることが予想される。できれば今のうちに元の数近くまで減らしてしまいたいわけだが、明日来てくれる援軍でそれがどこまで可能か、だな」

「旦那様と十分打ち合わせをして、森に入ってもらう必要がありますな」

夜中の騒動に加えて早朝から一日分の労働を終えた感覚で、この日は皆、明日に備えて休養をとることにした。

徹夜のテティスには、いつもより遅い睡眠をとらせる。ヘンリックと僕らも、昼まで少し仮眠をとることにした。ウィクトルの仮眠は、テティスと交替の後だ。

午後からも外出はやめにして、兄とヘンリックは翌日に向けての打ち合わせ。僕はベティーナに付き添われ、武道部屋でカーリンと一緒にザムと遊んで過ごした。

部屋の中でザムに乗って歩くだけで、カーリンはきゃっきゃと喜び、隅で手作業をしている警固番の村人たちが笑って眺めていた。朝から運動と食事を満喫したザムも、ご機嫌に元気いっぱいだ。

翌日、朝食を終えた朝四刻過ぎ、外が騒がしくなった。

ウィクトルと村人警固番が外を確かめると、十頭程度の騎馬がこちらに近づいているという。おそらく、父と応援部隊だ。

家人たちが出迎え準備を整えるうち、玄関先に次々と馬が到着し、揃《そろ》って弓を背にした騎手が降りてきている。

ヘンリックが出迎える先、父が騎士らしい大柄な男を伴って入ってきた。残りの男たちには、武道部屋で休むよう指示をしている。

大柄な騎士を見て、僕らの脇にいたテティスが目を瞠《みは》った。

「これは――騎士団長閣下」

「うむ。テティスとウィクトルだったな。警固、ご苦労」

大男は、いかつい口髭《くちひげ》の下の唇を緩ませた。

父は、並んで立つ家族の方を示した。

「騎士団長閣下は、うちの家族は初めてでしたな。妻のイレーネ、長男ウォルフ、次男ルートルフです。皆、こちらは王都の騎士団長、ハインリヒ・アドラー侯爵閣下だ」

初対面の挨拶を交わす中、父はもうベティーナから僕を奪いとって抱き上げている。

ひと通り挨拶を済ませて、改めて兄は丸くした目を父に向けた。

「団長閣下ともあろう方が、直々《じきじき》いらしてくださったのですか」

「言わば、弟弟子ロータルの弔い合戦ですからな」

「まあ、ロータルの？」

「はい。騎士団予備隊では気の合う後輩でした」

母の問い返しに、騎士団長は真顔の頷きを返す。

一同の顔に、神妙な色が浮かぶ。ところへ、ヘンリックが小さく首を傾《かし》げた。

「なるほど。そういう建前で周りを説き伏せたわけですな」

「ヘンリック？」

「何事も鵜《う》呑《の》みにしてはいけませんぞ、奥様。こちらの団長閣下の狩猟好きは、内々では有名な話ですので」

「はは。ヘンリック先輩には敵《かな》いませんな」

呵《か》々《か》、と騎士団長は破顔した。

そう言えば、ヘンリックは昔騎士団にいたと聞いた。どうも、その頃からの知り合いのようだ。

「北の野ウサギ狩りには一度挑んでみたいと、常々思っていましたのでな。こんな好機を部下だけに任すわけには参りません」

「騎士団長ともなれば、やすやすと王都を離れられぬ重職でしょうに」

「いやあ、副団長に任務を押しつけ、陛下の承認をいただくのに、さんざん苦労しました」

「まったく、この方は」

「まあその辺のいきさつはともかく、我々としてはこの上なく力強い援軍をいただいたのだ。国王陛下と騎士団長閣下に感謝しよう」

苦笑で、父は僕を揺すり上げた。

「とにかく、時間が惜しい。応援の方々にはこの後すぐにも狩りに入っていただくことになっている。その前に、打ち合わせが必要だ。ウォルフとヘンリック、詳細の説明を頼む」

言って、父は騎士団長を伴って執務室に向かう。

会議机を囲んで、兄からここ数日の経緯が詳説された。

隣領地の囲み柵の中からオオカミが解放され、森に戻っていること。

昨日の朝にはそのオオカミの狩りから逃れた野ウサギの大群が森から出てきて、おおよそ五百羽程度を仕留《しと》めることができた。

それでもまだ、その同数以上が森の中に生息していると思われる。

今回の目標としては、その生息数を半減させたい。

父も騎士団長もオオカミ解放の件は初耳で、何とも苦い顔になっていたが、とりあえずは当面の問題に、と話を先に促していた。

「騎士団長閣下もお聞き及びでしょうが」ヘンリックが引きとって続けた。「ここの野ウサギはたいへん賢く、なかなか弓の射程内に入ってこないのが難点ということです。この点、何かうまい方策などありましょうか」

「うむ。今回の遠征狩猟チームは私の他、騎士団から四名、ベルネット公爵領とロルツィング侯爵領から三名ずつ、狩猟の経験が豊富な者を派遣してもらっています。その結団の打ち合わせの折に全員から意見を聞いたのですが、野ウサギ狩りの経験があってうまい方法を身につけている者は、残念ながらいないのです。出た意見としてもせいぜい、大きな音を立てて野ウサギの混乱を誘う、といった程度で。威張れた話ではないのですが、こういったところを試して、あとは出たとこ勝負、という心積もりです」

「なるほど」

「ただ全員、野ウサギ以上にすばしこくて的の小さい野ネズミ狩りの経験は積んでいますのでね。相手を混乱させて射程に入れることさえできれば、成果は十分に見込める算段です」

「そういうことだそうだ。ウォルフはこの点、どう思う？」

父の問いに、しばし兄は考え込んだ。

「昨日の様子を見ても、野ウサギがかなり混乱状況にあることは期待できると思います。昨年の数倍に増えた野ウサギのほとんどがオオカミという脅威に対面したのは初めての経験のはずで、まだその困惑の最中《さなか》にあると考えられます」

「うむ。それは十分に考えられるな」

「そういうことであれば」騎士団長が意気込んで、「奴らが落ち着きを取り戻す前に、早急に乗り込んで狩るのが得策でしょうな」

「そういうことでしょうな」

「よし、では、いざ参りましょう。その野ウサギの賢さ、いかなるものか一戦交えてみましょうぞ」

右拳を左掌《てのひら》に打ちつけて、団長は豪胆に笑う。

細かいことはともかく、ただ早く狩りに行きたいとだけ主張しているように見えるのは、僕の思い過ごしだろうか。

武道部屋で小休止していた十名の騎士たちも、もう旅の疲れを見せない臨戦態勢だった。

父と騎士団長が彼らの前に立ち、出陣前の注意を告げる。

オオカミが森に戻っていること。

野ウサギという餌が十分ある状態で人間に向かってくることはまずないので、こちらに敵対の様子を見せない限りオオカミに弓は向けないようにすること。

野ウサギに対しては、射程に入ったら迷わず射かけること。射程外の相手に無駄撃ちは慎むべし。

兄と僕も前日と同様の説明で、父から参加許可をもらっていた。

僕を背負い、ザムを従えて兄が玄関先へ降りていくと、恒例の驚きの反応をいただいた。

「本当に危険はないのか」と及び腰の騎士に、「大丈夫ですよ、ほら」とテティスがザムの首を撫《な》でてみせる。自分たちも一度通った道なので、テティスもウィクトルも先輩騎士たちへの優越感を楽しむ顔だ。

父と騎士団長、十名の騎士たち、兄と僕にテティスとウィクトル。僕を除いた全員が弓を携えて、何とも物々しい行進になった。

村を抜けて防護柵の出入口に着くと、予《あらかじ》めの指示通り、ディモを中心に五人の村の男が待機していた。

全員弓を手にしているが、この日の彼らの役目は主に道案内と、獲物の後始末だ。

ディモの話では、昨日あの後交替で見張りを立てていたが、ほとんど野ウサギの出没はなく数羽狩った程度、今日はまだその姿を見ていないということだ。


ディモを先頭に、森に入る。

僕にとってこの方向の道行きは久しぶりだが、木の根元などに残雪が見える程度で昨秋と見た目に大きな変わりはない。ただ細い道の地面は昨日の野ウサギ大移動のせいだろう、一面小さな足跡に踏み荒らされ、雪が土と混じったぬかるみになっていた。

いつもの狩り場付近まで来ても、野ウサギもオオカミも姿は見せない。

一同が声を潜め、警戒の視線を巡らせている。

鳥の声も絶え、木立の中、静まり返った。ところへ。

ウオオオオーーーン
ふと上を向いたザムの口に、遠吠《とおぼ》えの声が唸《うな》り出た。

ぎょっと、一同の目がオオカミに集まる。

その声が、木々の間に尾を引きながら消え。

少しの間を置いて、
ウオオオオーーーン
遠く、我々の正面奥から、反響しながらの返る声があった。

ウオオオオーーーン

ウオオオーーン
続いて、右手、左手の奥からも、さらに遠く小さな声が。

「何だ？」

騎士団長が、林奥とザムの顔に、困惑の視線を往復させる。

それから、兄の方へもの問いたげな顔を向けてくる。

その口が質問を発する、前に。

異変が起きた。

正面、左右の茂みの奥から、がさがさがさと小さなけたたましい音が近づいてきたのだ。

慌てて一同が弓を構えると、右の木立の間から小さな固まりが跳ね出してきた。

茶色い、野ウサギだ。十分、射程距離内に。

それも一羽だけでなく、次々と。正面からも、左からも。

「撃て！」

即座に団長が叫び、騎士たちの弓から矢が放たれる。

目の前を猛スピードで横切りかけた小動物に、過《あやま》たず矢は命中した。

茂みからの飛び出しは様々な方向、後から後から続き、その個体すべてを次々と矢が射貫いていく。

射程に入れることさえできれば彼らの腕にまちがいはない、という団長の言葉に嘘《うそ》はなかった。

小動物の速度をものともせず、矢はほとんど外れることなく射貫き続ける。

見る見るうちに、僕らの正面には野ウサギの死骸の山ができ上がっていた。

間もなく野ウサギの飛び出しは止まり、騎士たちは弓を下ろした。

村人たちが駆け出して、獲物の処理を始める。

一同一息ついたところで、騎士団長が父の顔を見た。

「何だったんでしょうな、今の一幕は」

「よく分かりませんが、この野ウサギたち、奥地からオオカミに追われてやってきたんじゃないですか」

「聞こえてきた声の様子だと、そう思うしかないようですが――」

気味悪そうに、団長は木立の奥を見回す。

「オオカミの姿は、見えませんな」

「ええ、まるでオオカミの奴、獲物をここまで追い込んだだけで満足して帰っていってしまったような」

傍《そば》にいた騎士が、どこか呆然《ぼうぜん》とした顔で頷き返した。

合わせて、団長も何度も頷く。

「うむ、まるでそんな感じだ」

判然としない顔で、父は兄を振り返る。

しかし兄も訳分からず、首を傾げるだけだった。

ちなみに今の一斉射撃、騎士団長とこちらの護衛二人は参加していたが、父と兄は出遅れて後ろから見ているだけだった。騎士たちの見事な連射に、出る幕がなかったというのが正しいかもしれない。

百羽を超えていそうな猟果だが、村人たちは間もなく処理を終えた。

辺りを窺《うかが》い、「もう少し奥へ進もう」と一同は歩き出す。

そうしているうち、
ウオオオオーーーン
ウオオオオーーーン
また、右手、左手の奥から、遠く小さなオオカミの声が聞こえてきた。

「またか？」

騎士団長が停止を指示し、木々の奥を窺う。

数呼吸の後、また、がさがさがさと小さな音が近づいてきた。

「構え！」

木立の間から小さな固まりが跳ね出す。

「撃て！」

それからは、まったくさっきの再現だった。

次々と飛び出す野ウサギが矢に射貫かれ、死骸の山が積み上がる。

おおよそ百羽は超えたか、という頃に、野ウサギの狂騒は止まる。

村人たちが、処理を始める。

そんな同じくり返しが、さらに二度続いた。猟果は、もう全員で分担しても持ち帰れるかどうかという量になっていた。

それから少しの間耳を澄ませていたが、もうあのオオカミの遠吠えは続かなかった。

騎士団長は、父と顔を見合わせた。

「さすがにもう終わりですかな、この不思議な現象も」

「そうですな。仕留めた数としてももう十分、目標を達したのではないかと」

「それなら満足な狩りだった、というところですが――」苦笑で、団長は首を傾げた。「この成果も、ほとんどオオカミに助けられただけのようだな。我々が来た意味はあったのか、という疑問が残りますな」

「いや、十分助かったと言えるでしょう。今のような事態に遭っても、村の者やうちの手数だけでは、これだけ仕留めることはできません。皆さんの腕があってのものだと思います。あのすばしこさについていけず、大半を取り逃がしたと思います。今日の成果は、皆さんの腕があってのものだと思います」

「そう言っていただけると、ありがたいですな。私個人としては初体験の種類の狩りで十分な結果が得られて、満足なわけですが」

周りで聞いている騎士たちも、笑顔でうんうんと頷いている。

狩り好きの人たちにとっては、十分満足していただけたらしい。

しかし、とまだ苦笑で団長は周囲を見回した。

「森に入って、まだ二刻経《た》ったかどうかというところですぞ。昼までもまだ余裕がある。こんなに早く目的を達するとは思わなんだ」

「団長」近くにいた騎士が、呼びかけた。「もう少し、自由に狩りをさせてはもらえませんか。どれだけ野ウサギが残っているか分かりませんし、初めての猟場でまだ腕試しをしてみたいです」

「うむ。もう急ぐことはないから、それもいいか」

「道案内の村人から離れないことに気をつけてもらえれば、昼までくらいはいいのではないですか」

騎士団長に目を向けられて、父も頷く。

頷き返して、団長は騎士たちに告げた。

「では、中天を目処《めど》にここに集合。それまで自由を許可する」

「わあ！」

「かしこまりました」

喜声を上げて、騎士たちは散っていった。

我々の傍には、護衛二人が残っていれば十分だ。

一同を見送って、父はディモを呼んだ。

「せっかくだからウォルフとディモ、例の洞窟というのに案内してもらえぬか。ここから遠くないのだろう？」

「へえ」

「すぐそっちです、父上」

立ち去りかけていた騎士団長が、聞きつけて振り向いた。

「おや、何か面白いものがあるのですか」

「面白いというか――今後の人間とオオカミの共存の上で、確かめておきたい場所がありまして」

「ほう。私もご一緒して構わないだろうか」

「問題ありませんよ」

気安げに、父は頷く。

中の塩湖の存在は知らせず、周りのオオカミの生態を確認するという名目だけなら問題ない、と判断したようだ。


少し入口方向へ戻ってから、森の奥へ向かう分かれ道に折れる。

木立の影が濃くなり、頭上の鳥の囀《さえず》りが遠のくように感じられてくる。

次第に静けさが深まる中、足を運びながら騎士団長が「むう」と唸った。

それに頷き返すように、先頭のディモが振り返る。

「いますさね。オオカミの気配、感じますです」

「やはりそうか、これは。一頭や二頭ではないな」

「へえ。しかし、近づいてこない――むしろゆっくり遠のいているさね」

「人に害なす気はない、ということか。こちらが弓を持っているので、警戒している？」

「警戒するつもりなら、もっとあっさり逃げていきそうなもんですさね。様子見というか、遠慮しているというか、そんな感じがしますです」

「オオカミが遠慮して道を空けてくれるというなら、こちらも助かるのだがな」

父の言葉に、「そうですさね」とディモも頷く。

背中から僕が一言囁くと、兄は「ん？」と首を捻《ひね》り、それから頷いた。

「ディモ、例のキノコが採れるのは、この近くだったな」

「へい。すぐそこのところを右に入ったところでさ」

「キノコ――ルートルフの身体にいいというものだったか？」

父の問いに、「そうです」と兄は頷き返した。

それから騎士団長の顔も見て、説明を加える。

「以前からよいキノコが採れる場所として知られていたのですが、近年はオオカミの生息地となって採取しにくくなっていたのだそうです。昨年の秋はオオカミが姿を消していたので辛うじて採ることができたのですが、彼らが戻ってきたので、今後どうなるか気になるわけです」

「なるほど」

「今のようにオオカミが遠慮して場所を空けてくれるなら、採取もしやすいのだがな」

父が引きとって言った。

「そうですさね」とディモも同意する。

「この先、開けたところにオオカミが群れていることがあるんで、気をつけてくだせえ」

ディモの注意に、「うむ」と父は弓を持ち直した。

ウィクトルは弓に矢をつがえ、テティスは剣の柄《つか》を握っている。

木立が疎《まば》らになったそこは、葉の落ちた今なら少し先に岩山と洞窟の口が見える場所だ。

足を止めて観察すると、予想通り数頭のオオカミの姿がある。ちらとこちらを見ると、彼らはゆっくり横手の木立の中に下がっていった。

それを見て、「ううむ」と騎士団長はまた唸っている。

「やはり、こちらに怯《おび》えて逃げるというより、落ち着いて場所を空けてくれているように見えてしまうな」

「そうですさね」

戦闘や狩猟に慣れた団長にも、ディモにも、意外なほど相手の落ち着きが感じられるという。警戒心や殺気のようなものは感じとれず、妙に平和に受け入れてくれている感覚なのだそうだ。

そう言われてみれば、横にいるザムの様子も、それを裏づけているかのように思える。敵を警戒するようでもなく、仲間に近づいて喜ぶようでもなく、ただ平常通りの様子で僕らに従っているばかりなのだ。

兄と僕を護衛する気満々の彼にとって、ここはまったく警戒の必要がないということの表れだろう。

父が頷いて、兄の顔を見た。

「こうしてオオカミが平和に場所を空けてくれるなら、村人たちのキノコなどの採集にも期待が持てそうだな」

「そうですね。しばらくは弓の使える者をつけて警戒しておく必要はあるでしょうが。試してみてもよさそうです」

部外者の団長の耳を憚《はばか》って『キノコ採り』にかこつけているが、当然本題は『塩水運搬』についてだ。狩人《かりうど》の護衛をつける程度で運搬が可能になるなら、この先も今まで通りの製塩作業を進められることになる。

ディモも話を合わせるつもりのようで、何度も頷いた。

「分かりやした。村の者が来る際には猟師の誰かがつくように、申し合わせておきますです」

「頼む」

父とディモが話す横で。

髭面の騎士団長は、しきりと首を捻っていた。

「それにしてもここのオオカミ、平和的に過ぎる気がするな。何頭も気配はするのに危険は感じないなど、ちょっとあり得ない状況ですぞ」

「そうなのですか」

父は相槌《あいづち》を打っているが、説明を求められても誰にも返答はできそうにない。

僕と兄にとって「監禁から解放された恩義を覚えているのか」という予測程度はできなくもないのだが、それだって何の根拠もないのだ。

ザムにならもしかすると何か分かっているのかもしれないが、そんな問答をするすべもない。

そのザムは、正面の洞窟方向には興味を失ったように、右手の森奥地側に顔を向けている。

その喉元に「ウウ」という唸りが漏れて、慌てて兄は隣を見た。

「どうした、ザム？」

「ウウ……」

耳を澄まし、風の匂いでも嗅ぐ仕草。

それからザムは、兄の袖口を咥《くわ》えて引っ張った。

「何だ、おい」

袖を引かれて、たたらを踏む。兄と僕を乗せて軽々と疾走する大きさになっているザムの力は、子どもではそうそう抗《あらが》いようがない。

いつになく強引に兄を拉致しようとするザムの様子に、居合わせた大人たちが慌て出した。

「おいウォルフ、どこへ行く？」

「そちらにはオオカミが潜んでいるかもしれません、危険です」

駆け寄りザムを静止しようとするウィクトルの手を、兄は止めた。

「オオカミが潜むなど危険のあるところへザムが連れていこうとするなど、絶対にない。何か我々にとって大事なものが、そっちにあるのだと思う」

「しかし……」

父と騎士団長も、判断に窮して顔を見合わせている。

「父上、先日そのオオカミたちが封じ込められていた場所へ案内したときと、ザムの様子が似ています。同じような何かを教えたいのだと思います」

「……そうか。それなら、行ってみよう」

騎士団長と頷き合って、父は僕らの後を追ってきた。

ウィクトルとテティスがザムのすぐ後ろで兄の両側を固め、続いて父と騎士団長、最後尾にディモがついてくる。

オオカミや野ウサギが踏み荒らしたらしい、雪と土が入り混じった木立の間の地面を縫っていく。

騎士団長とディモの話では気配は感じられるようだが、やはり他のオオカミたちは近づいてこない。その他の小動物たちも同様だ。

先日のザムの疾走とは違ってこんな奥をゆっくり歩くのは初めてで、面白い形の葉を残す木や、ぽきり折れると粘りのある白い液を垂らす木など、僕には興味深い観察物だった。

木の入り組みを迂回《うかい》して何度か方向を変え、ふだんの僕らなら来た道が分からなくなりそうな進行が続いた。ただずっと辿《たど》る細道には多数のオオカミらしい足跡が印《しる》されていたし、雪解け地面に今の我々の足跡も残される。まちがっても、帰りに迷うということはなさそうだ。

まだ新しい、こちらへ向かう多数のオオカミの足跡が残っている。ということは——と、僕にも行く手の見当がついてきた。

先夜、オオカミの大移動が行われた、その元の方向だ。

ややあって、兄も同じことに気づいたらしい。

「ディミタル男爵領へ続く道か？」

「ディミタル男爵領だと？」

「はい、父上。先夜オオカミが逃げ出してきた道を辿っているようです」

「そちらにまだ何かあるのか？　それにしても、この顔ぶれで隣の領へ無断侵入するわけにはいかぬぞ」

「分かっています。そちらへ入る前に、ザムを止めましょう」

間もなく。予想通り、森の木立が終わって先に岩山が見える場所に達していた。

すぐ正面に、例の領の境界を越える狭い裂け目が見えている。

そこへ向かうかと思っていると、まだ森を出る直前で、ザムは足を止めた。

改めて耳を澄まし、匂いを嗅ぐ動作をして、行く手を変える。

わずかに進路を外れた横手に入り、家一軒ほどの距離をとって、大きな木の陰に回ってしまうのだ。

「何だザム、隠れるということか？」

「ウウ……」

兄の問いに、どうも肯定の意味らしい低い唸りが返った。

首を傾げながら、大人たちもとりあえずそれに倣う。

いちばん納得のいかない様子を見せているのは、やはり騎士団長だ。

「あの岩の隙間の出入りを見張る、ということだろうか？　しかし、何だって――」

「何がとは分かりませんが、あの辺りに不審なものが近づく気配を感じているのだと思います。問題はそれが、あちら側から来るのかこちら側からのものか、という点でしょうが」

「そもそも、そのオオカミの感知能力なのか勘なのか、どちらにしても、信用に足るものなのかね」

「そこらの人間とは比べものにならないレベルで信用できると、私は思っています」

「ふうむ……」

兄の返答に、団長は釈然としないと言わんばかりの唸りを返す。

しかしこの待機にとりあえず実害はないと判断したらしく、息を殺す姿勢につき合いを始めた。

何が起こるか予想できないにしても、当然ある程度の危険に動じない肝は据わっているのだろう。


長く待つまでもなく。ややしばらくして、気配が伝わってきた。

岩の隙間の通路奥から、数名の人影が忍び出てくる。いずれも腰に剣を提げた騎士風の装備。弓やら何かズダ袋めいたものやらを、それぞれ背負っているようだ。

あまり広くない草地に、次々降り立つ。全員揃ったらしいところで数えると、総勢八名だ。

「何とも、怪しげな集団だな」

「どうします、呼び止めて問い詰めましょうか？」

父の呟《つぶや》きに、テティスが問いかけた。

同じ国内でことさら人の出入りは制限しないが、やはり他領から武装した集団が境界を越える際には届けが必要だし、それを誰何《すいか》する権利はこちらにある。

少し考えて、父は小さく首を振った。

「いや、もう少し観察しよう。彼奴《あやつ》ら、あそこで何かするつもりのようでないか」

確かに。そのまま森の中に踏み込むのかと思いきや、八名の騎士たちはまだ枯れ草だけが広がる平地の上に荷物を下ろし始めている。

リーダーらしい一人が、地面を指さして指示しているようだ。

その姿を見やって、「彼奴は……」と騎士団長が呟いた。

「見覚えがあるのですか？」

「いや、確信が持てませぬ。もう少し近づいて見なければ」

父の問いかけに、団長は首を振る。

それならばと観察を続けていると、騎士たちは妙な作業を始めた。

開いたズダ袋を逆さにして振り落としているのは、何かの枯れ枝のように見える。それを足でずり集めて、こんもりとした小山を作る。

続いてリーダーが指を立てて確かめているらしいのは、風向きだろう。こちらでもつられて確認すると、岩山の方から森の中へとそこそこの強さの風が感じとれる。山の岩肌を下って地面に当たった空気が広がり出す、自然現象ではないだろうか。

騎士たちが、枯れ枝めいた小山に向き直る。

あの形を見たら誰でも連想するだろう、その通りの用途だったようだ。

一人が指をかざし、その先の小枝に赤く火が点《とも》る。加護の『火』らしい。

しかし連想そのままの焚き火《たびび》の様相にはならず、そこからは炎の代わりに灰色の煙が立ち昇ってきた。

見る見るうちに煙の量が増し、森の中へ流れ込んでいく。

自然の風向きに加えて、数名が加護の『風』でそれを押しているようだ。

5 赤ん坊、失敗に気づく

「何のつもりだ、あれは？」

「さあ、分かりかねますな」

団長の疑問に、父は首を傾《かし》げた。

これが森の木に引火しそうな状況なら、放火の現行犯としてすぐに取り押さえに動くところだろう。

しかし燻《くすぶ》る小山は森の木々とそこそこ距離がとられているし、そもそも火が燃え上がる様子もない。ただ煙だけが、流れ広がっていくばかりだ。

広がる煙は、わずかながらもこちらまで届いてきた。

けほ、と軽くウィクトルが咳《せき》をする。

「失礼しました……しかしこれ、妙な匂いですね」

「そうだな。いがらっぽい中に何か甘みというか、そんな香りか」

父も、鼻頭に皺《しわ》を寄せて唸《うな》る。

「本当に何のつもりだ？　何かの呪術か、あれ――」

騎士団長の言葉が中途で途切れたのは。

ぐいと、足元を押しのけられそうになってのことだった。

「おいどうした、ザム？」

いきなりその場から躍り出そうとしかけていたザムを、慌てて兄が引き留めていた。

様子が、変なのだ。

これが獲物や曲者《くせもの》を索敵して駆け出す動きというなら、不思議もないかもしれない。しかし今のザムの動きは、自分の意志もなくふらふらと足が出ているという感覚だ。

「ザム、おいザム」

ぽんぽん首を叩《たた》かれて、正気を取り戻したような。しかしまだ、夢うつつ半ばのような。

屈《かが》み込《こ》んでその首を両手で抱き押さえ、兄は父の顔を見上げた。

「父上、もしかするとこれは、あれではないですか？　オオカミを誘い出すことができる、魔法のような植物とやら」

「ああ――」

険しい顔で頷《うなず》き、父は騎士団長を振り向いた。

「古文書にそのような記述があり、ディミタル男爵の文官がそれを研究していた節が認められました。先日柵に閉じ込められていたオオカミたちを連れ込んだ方法がそれではないかと、想像していたところです」

「そんな方法が？　聞いたこともありませんが、しかしこのオオカミの様子を見ると、確かにそれも現実かもしれぬと思われますな」

少しずつザムの藻掻《もが》きが強くなってきて、今にも兄の拘束を振り払いそうになってきている。ウイクトルがその押さえつけに手を貸し、テティスが自分の懐を探っていた。

「これ――この紐《ひも》を使いませんか？」

「ああ、助かる」

取り出した長い革紐を、兄は受けとった。

護衛二人の助けを借り、ザムの首に紐を結わえて、近くの木の幹に繋《つな》いでいく。

「これでとりあえず、ザムは押さえられます」

「うむ。それがいいだろう」

頷いて、父は騎士団長との会話に戻った。

団長は難しい顔で、向こうの騎士たちの行動を睨《にら》んでいる。

「そうするとあやつらの目的は、再びオオカミをこちらから誘い出すことというわけですかな」

「ではないかと思われます」

「しかしあの煙でここまで誘い出して、その先はどうするつもりなのだろうか」

「オオカミの囲い込みのための柵は、あの岩山の裂け目を抜けて、向こうに出てすぐのところだそうです。一度ここまで誘い出してからあの火を消し、次は向こうに出たところで同じ煙を出す、二段三段構えなのではないでしょうか」

「なるほど――まあ、あり得ますか」

向こうで枯れ枝の山を囲んだ騎士たちは、一心に森の中を注視しているようだ。

見ると、八名のうちの四名が弓を携えていて、今それに矢をつがえる準備を始めている。

オオカミ誘い出しの作業の中で自分たちに被害が及ばないようにという備えとして、不思議はない。しかし、もしかすると。

こちらでは、兄は木に繋いだザムの首を抱いている。そこから少し前に出て、護衛二人は守るように立ちはだかっている。

その距離を確かめて、ぼくは目の前の耳たぶに囁《ささや》きかけた。

「ぜんかい、なぜ、おおかみ、いかした？」

「……オオカミを生きたまま閉じ込めていた理由か？　まあ前のときは、いつでも殺せたはずだものな。そう――森を手に入れるつもりだったから、手に入れた後で元に戻せるように、か？」

「ん」

「それが？」

「こんどは？」

「今、オオカミを誘《おび》き寄せて――しかし森は手に入らない――あ！」

そこまでの囁きから一転、最後の叫びの声がやや高くなって、大人たちの注意を惹《ひ》いていた。

「どうした、ウォルフ？」

「父上、前回彼らがオオカミを誘き出したときは、森を手に入れる予定だったから、オオカミを生かしていたのだと思います」

「うむ」

「しかし今彼らがしている行為は、後のことは考えず、ただ我が領に被害を与えるとか、嫌がらせとかが目的なのでは？」

「それが――そうか、今度はオオカミを生かして連れ去る気はないかもしれぬと？」

「はい。あの弓の構えを見ても、その疑いが晴れない気がします」

「つまり──」

「オオカミをここまで誘い出して、根こそぎ殺戮《さつりく》するつもりと？」

父の言葉に、団長が声を重ねた。

「ベルシュマン卿《きょう》。今の行為だけで、あやつらを捕らえる理由として十分でしょう。あとは、捕らえた後で聞き出せばよい」

「さようですな」

「ディモと言ったな。あちらで狩りをしている騎士たちを呼んできてくれぬか。全員揃《そろ》わなければ、二三人でも構わぬ」

「かしこまりました」

即座に一礼して、ディモは森の中に足早に呑《の》まれていった。

残された四人で、額を寄せて相談を始める。

あれだけ怪しい行為をしているのだ。あの騎士たちがこちらの領の警備の尋問に応えないわけにはいかない。

ましてや、領主と王都の騎士団長が同行しているとあっては、抵抗の余地もないだろう。

オオカミに実際の害が加えられる前にあの火は消して、全員を連行することにしたい。

弓が森の方を向いているうちに、こちらから機先を制するのがいいだろう。

打ち合わせて、護衛二人が集団に近づいていった。

ウィクトルは相手に弓の照準を合わせ、テティスは剣の柄《つか》を握って。

距離を半分ほど詰めて、テティスが声をかけた。

「貴公たち、そこで何をしているのだろうか」

「な――」

八人が、一斉に振り向く。二人の接近に、気づいていなかったらしい。

森に向けて弓を構えていた者たちが向きを変えかけ、ウィクトルの構えを見て動きを止めたようだ。

「ここはベルシュマン男爵領である。我々は当男爵領の警備の者。他領の者が勝手に領内に害なす行為は認められない。貴公たちの所属と名前を聞かせてもらおう」

「――断る」

相手のリーダーが、低く応える。

一瞬で、両者に緊張が走る。

弓を持つ者たちは、その照準を変える呼吸を計っているようだ。向き直る瞬間はウィクトルの矢の方が早いだろう。しかし相手の弓は四人分だ。一人が射倒《いたお》されても、残り三人の矢で二人を始末することはできるという読みになる。

じりじりと、呼吸の計り合い。

そこへ、木々に隠れて近づいていた父と騎士団長が、姿を現した。

騎士団長も、弓を相手に向けている。

「抵抗はやめることだ」

「な――？」

「やはり、ロスバウトであったな」

「アドラー――騎士団長――と、ベルシュマン男爵？」

「久しいが、ロスバウト、今はディミタル男爵領の警備副隊長であったな。他領で不審な行為をした上、当地の警備の命に従わぬとあっては、明らかに王令違反だぞ。抵抗は、国家反逆に等しい」

「ぬ――」

「ここでは落ち着いて話もできぬ。その火は消して、大人しく縛につけ」

「く――」

ロスバウトと呼ばれたリーダーは、忙《せわ》しなく敵味方に視線を往復させた。

それから、喘《あえ》ぐような息を呑み込み、雄叫《おたけ》びを上げる。

「構わぬ、やれ！　全員始末しろ！」

叫ぶや、弓を持たない四人は横手に飛《と》び退《すさ》る。

弓は一気に照準を向け、矢を放つ。

一瞬早く放たれたウィクトルの矢が、弓を持つ一人の肩を射貫《いぬ》いた。

同時に、こちら四人は地面に転がり、矢を避《よ》けていた。

すぐさまテティスは身を起こし、父と団長を庇《かば》って木の陰に誘導する。

ウィクトルは次の矢をつがえ、相手の残る七人を牽制《けんせい》している。

木の陰から、騎士団長が叫んだ。

「馬鹿な真似《まね》をするな！　当地の領主と騎士団長に刃向かうなど、国家反逆だけでも済まぬ重罪だぞ！」

「全員の口を封じれば済むこと！　お前ら、数の有利はこちらにある、油断なく仕留めろ！」

「は！」

弓を持たない者たちは木陰や荷物の陰に身を潜め、持つ者たちは矢をつがえて照準を合わせ合い、膠着《こうちゃく》状態になっていた。

こちらの木陰ではテティスも弓を構えて、射手の数は三対三の互角だ。

先に射て外したらその瞬間相手の矢の餌食と、慎重に互いの呼吸を計っているように見える。

その緊張の中。僕を背負って元の位置に留まっていた兄が、動いた。

そっと手を伸ばし、ザムの首を巻いていた革紐を外す。

解放されたザムは、一気に駆け出した。

一度岩山近くまで駆け寄り、そこから回って、敵の陣営に向かう。

「え？」

「何？」

「オオカミ？」

慌てて、敵の弓方たちは向きを変えて矢を放った。

飛んできた矢を、ザムは急転回して避ける。

その隙に、こちらからの矢が放たれた。

ウィクトル、テティス、騎士団長の矢が、続けざまに三人の弓方を倒していく。

「くそ、やれ！」

矢が絶えた隙を突いて、残る四人が剣を抜いて殺到してきた。

こちらの三人も抜刀して、応戦。たちまち剣が打ち合わされ、鍔迫《つばぜ》り合《あ》いとなる。
ロスバウトは仲間と二人がかりで騎士団長に対する——かのように、見えたが。
数歩駆け寄るかに見せかけ、いきなり向きを変えていた。
全速力で、草地を駆け抜ける。
残された男爵に切りつける、でもなく。そちらに目もくれず。
こちら。僕を背負った兄の方へ、向かってきたのだ。
「あ、ウォルフ！」
気づいた父が、駆け出してきた。
だが、間に合いそうもない。
慌てて、兄は剣を抜く。
勢いよく殺到したロスバウトの剣が、横に払われる。
一閃《いっせん》、あっさりと、兄の剣は弾《はじ》き飛《と》ばされていた。
仮にも一爵領の警備副隊長、剣技の差は歴然だった。
「抵抗はやめよ」
次の瞬間、兄の腕は摑《つか》まれ、首元に剣が押し当てられていた。
が、剣はそこで止まる。
つまり兄と僕は、人質として目をつけられたということらしい。
敵に見つからないと見越して、大人たちと距離を置いていた。
残されていたザムまで、近くから離してしまった。

それが、まちがいだったようだ。

「大人しく、従え」

兄の腕が、ぐいと引かれる。

向こうを見ると、護衛二人は敵と切り結び中。

騎士団長は相手を屠《ほふ》り、こちらに駆け出している。

父は距離をとって、こちらに手を伸ばしている。

「卑怯《ひきょう》だぞ、その子を放せ！」

「男爵のご子息とお見受けする。子息の命が惜しくば、剣を捨てよ。警固にもそう命令せよ」

肩越しに、ロスバウトは言い放った。

父は立ちすくみ、逡巡《しゅんじゅん》している。

その脇近く、ザムが駆け戻って足を止めている。

――いける。

と、判断。

精一杯伸ばすと、小さな指先は正面の目すれすれまで届いた。

加護の『光』、サーチライト仕様。

それだけで、刹那、

「ぎゃあぁーー」

男は仰《の》け反《ぞ》り、兄の喉元から剣が離れる。

次の瞬間、

「ぎゃあああーー」

さらにいっそう高く、男の悲鳴が響き渡った。

その肩口に、ザムの口が食らいついていたのだ。

「わあああーー、やめ――助け、て――」

転がり回る男の肩に、ザムの牙は離れない。

すぐに、騎士団長が駆け寄ってきた。

父が、兄の肩を抱き寄せた。

「もういい、ザム」

兄が声をかけると、ザムは男を放した。

転がる男を、騎士団長が捕縛していく。

向こうでは、テティスとウィクトルも相手を斬り倒し終えたようだ。

「そこの火、消してくれ」

「はい」

兄が声をかけると、二人は揃って枯れ枝の山を踏みつけ出した。

立ち昇っていた煙が、たちまち絶えていく。

兄を抱きしめていた父が、苦笑した。

「ウォルフは、冷静だな。父はもう、生きた気がしなかったぞ」

「力及ばず、申し訳ありません」

「お前たちから離れてしまった父が悪いのだ。一生後悔するところであった」

「父上……」

「それにしてもさっきは、何をしたのだ？　あの男、いきなり悲鳴を上げて仰け反っていたが」

「その……隙を見て、指で目を突きました」

「ほお」

「騎士としてはあるまじき、卑怯な手かもしれませんが」

「いや、そんなもの関係ない。やられる方が未熟と笑われることだ」

笑って、父は抱く手に力を込めた。

背中の僕までまとめて、苦しい。

「本当によかった、二人が助かって。ウォルフ、でかした」

気がつくと、ザムが兄の足元に首を擦《す》りつけていた。

騎士団長はロスバウトを縛り上げ、肩の傷に布を巻いて血止めを終えている。

テティスとウィクトルが揃って駆け戻ってきた。

「向こうの七人全員、息はあります。縛り上げ、血止めをしておきました」

「ご苦労、よくやった」

ウィクトルの報告に、ようやく抱く手を緩めて父は労《ねぎら》う。

兄も、二人に笑いかけた。

「本当に二人とも、すごかった。弓の的中もよかったし、剣でも相手に打ち勝ったんだな。相手だって向こうの警備隊とかなんだろうに」

「はい。最後はまた例の『水』を利用することができました。ウォルフ様のお陰です」

「私も、ウォルフ様の教えとテティスとの研鑽《けんさん》を、初めて実戦で役立てることができました」

「よかった」

間もなく、ディモが狩りをしていた騎士四人を連れて戻ってきた。案内役の村人に伝言を残してきたということで、少し遅れて残りの六人も駆けつけてくる。

騎士たちで手分けして負傷した咎人《とがにん》の応急手当を行い、捕縛して引っ立てる。このまま領主邸に連れていき、王都に連絡して護送することになる。

結局この日の猟果は、野ウサギが六百羽あまり、人間が八人という、予想を遥かに超えたものになった。


領主邸に戻るや、騎士団長は王宮宛てに報告書を書いて鳩便《はとびん》で発送した。

戻ってきた返事によると、ただちに警備隊が動き、王都に滞在するディミタル男爵の屋敷を封鎖、男爵に謹慎が命じられたという。

ふつうなら爵領間の小競り合い程度に王宮が強く介入することは希《まれ》なのだそうだが、さすがに領主と騎士団長に剣を向けた行為は捨て置けなかったのだろう。

それに加えて。団長から返信を見せてもらった父が、説明してくれた。

「どうも、今回オオカミの強制移動行為が明らかになったことで、野ウサギの異常発生の誘発が重大視されているらしい。我が領だけに留《とど》まらず、王国全土に災いを広げかねない事態だと、判断されたようだな」

「ずいぶん迅速にそんな判断まで進んだものですね」

「どうやら、大学の研究者からそういう指摘があったらしいな」

兄の問いに、父は手紙を読み返しながら答えた。

騎士団長も苦い顔で、給仕された茶を口に運びながら頷く。

「ディミタル男爵もそこまで大げさなことをしている自覚はなかったろうから、この事態に大慌てしているでしょうな」

「確かに。うちに対する嫌がらせを考えていただけで、国家規模の騒乱を招くつもりはなかったでしょう」

「国家の一角を担う、領地持ち貴族としての自覚に欠けているのですよ」

主《あるじ》の後ろに控えるヘンリックが、辛辣な口調で吐き捨てた。

「かの男爵に限った話ではないかもしれんがね」と、団長は溜息《ためいき》をつく。

数日程度予定していた狩りが一日でほぼ目標を達成したことになるが、騎士たち一行は今回の咎人たちを護送する馬車が来るまで、ここに留まることになった。

なお、大量に仕留《しと》めた野ウサギは当地の食用としても持て余してしまいそうだが、父は事前に手を打っているとのこと。騎馬で急行してきた騎士たちより遅れて明日頃には、フリード商会の荷馬車が到着して肉を王都に運搬することになっている。

この季節なら王都に到着の頃にちょうど肉は熟成されて、高値で販売が見込めるのだそうだ。

夕食には、いつもながらの黒小麦パンと野菜スープが供された。ただふだんと違うのは、野ウサギの焼き肉がさしもの騎士たちでも持て余しそうな量でテーブルに載ったことだ。

自分たちが狩った獲物に、騎士たちはお祭り騒ぎの様相で食らいついていた。

咎人たちにも、パンとスープの食事が与えられる。

この夜は武道部屋に集めた咎人を、騎士たちが交替で見張ることになっている。

客用寝室で休むのは騎士団長だけだが、皆遠征中は雑魚寝《ざこね》が基本で、その方が落ち着くくらいだという話だ。


翌日、王都からの護送馬車を待つ間、騎士団長はクロアオソウの栽培小屋を見たいと言い出した。

案内として父と兄が同行し、ザムに乗った僕も一緒に、村に向かった。

僕が一緒なのは、父が片時も離したくないと言っている、それだけの理由だ。

ザムに寄り添い歩きながら、兄が話しかけていた。

「栽培小屋など、団長閣下が関心を持たれるとは思いませんでした」

「ウォルフ君は知らなかったかな。こちらの野菜栽培の方法は、今王都で、というか全国的に関心の的なんだよ」

「そうなのですか？」

「こちらベルシュマン男爵領とベルネット公爵領で試して実績を挙げたことで、王都や他の領からも俄然《がぜん》注目されている、ということでしたな？」

「ええ、あとロルツィング侯爵領でも試してもらって、効果が実証されました」

団長に問われて、父が頷く。

兄は、すっかり目を丸くしてしまっていた。

「そんなに急転直下で結果が出ているとは思いませんでした。ベルネット公爵領とそんな話をして、ほんの数ヶ月ですよね？」

「ベルネット公爵領でもロルツィング侯爵領でも、それぞれ別の作物で一ヶ月程度で結果が出てきたからな。冬場の食糧事情で悩んでいるのは、どこでも同じだ。あっという間に全国から問い合わせが来るようになった」

「そうなのですか」

父の説明に、兄は上気したように顔を輝かせる。

そこへ、騎士団長が笑いかけた。

「ウォルフ君、君の父上のすごいところは、この大発見とも言える知識を、出し惜しみすることなく皆に伝えていることなのだ。これで、王国全土が豊かになることが期待できる」

「それは、嬉《うれ》しいです」

「国王陛下もたいへんお喜びでな、ベルシュマン卿を何かの形で表彰する話も出ている。それ以前に、今回の野ウサギ駆除についても陛下直々の肩入れでね、私にもしっかり駆除に努めることと、評判の栽培方法の発祥の地を視察してくるようお言葉があったほどだ」

「そうなのですか」

騎士団長が来た理由は、ただ狩猟趣味が昂《こう》じたせいだけでもなかったらしい。

それにしても、この急展開は僕にとっても驚きだ。

数ヶ月前のちょっとした僕の思いつきが、こんな大きなことになっているなんて。

僕には『記憶』が告げてきた『温室』というイメージがあったため発想できたことだが、やはり今まで誰も『光』の栽培への利用は思いつかなかったらしい。

ちなみに当地には地熱という資源の優位性があったわけだが、温暖なベルネット公爵領などでは、壁と屋根で寒気を遮断して『光』を与えるだけで十分な効果が得られたそうだ。

団長の賛辞に興奮気味に、兄はザムに乗った僕の背を撫《な》でてきた。言葉交わさないまま、同じ喜びをこっそり噛《か》みしめ合う。

栽培小屋を視察して、団長は興味津々でいろいろ見て回っていた。

兄も僕も知らなかったことだが、アドラー騎士団長は侯爵として王都の北西に領地を持っている。ご多分に漏れず冬の食糧事情は深刻で、改善策を模索していたのだそうだ。

「他の野菜類の備蓄が尽きてしまうと、あとはキマメを茹《ゆ》でて食うくらいしかないのです」

「ああ。あれは茹でても硬いし、味は染みないし、喜んで食べたいものではありませんな」

何でも、煎って乾燥したくだんの豆は保存が利くので、軍隊の携行食としては重宝されるのだそうだ。

ずっとこの北端の地で栽培可能な作物を調べていた父にとって、キマメは可能性はあるが収益がさほど見込めない、他にいいものがなければ仕方ない導入を試してみようか、という位置づけだったとか。

「それよりも、ベルシュマン卿が可能性を広げてくれたゴロイモの方を、うちの領地でも取り入れてみようかと思います。あとこの『光』の栽培法で青物野菜が採れるようなら、ずいぶん事情は変わってきますな。今すぐ始めればこの春、従来の収穫期前に野菜を流通させられるかもしれない。キマメの出番を減らせる期待が持てるというもの」

「ぜひとも、すぐ始めることをお勧めします。それから、ゴロイモの種芋をお分けすることもでき

るかもしれません。侯爵領での必要量には足りないとは思いますが
「おお、それは助かります」

くわしくは王都に戻って相談しようと、侯爵と男爵は意気投合して領主邸に戻った。

翌日、父と助《すけ》っ人《と》騎士たちは王都へ戻っていった。

予定通り、野ウサギ肉運搬の商会馬車と罪人護送馬車の出立を見届け、それらに先んじての騎馬走行だ。


領地内は、野ウサギの騒乱の落ち着きを確かめて、日常に戻っていた。

製塩作業を続ける傍《かたわ》ら、雪解けの進む畑の世話が始まっている。

また、森に入っての塩水の搬出作業も、まったくオオカミの脅威を覚えることなく行えている。

塩とセサミ、コロッケ等の販売利益から村人たちへの作業報酬が支払われ、野ウサギ肉とクロアオソウの備蓄も十分とあって、この領地始まって以来の好景気に沸いている状態だ。

しかもこれが一時的なものではなく、野ウサギ肉を除くと、天候等に左右されることもほぼなく今後も継続が見込まれるのだ。


一方、王都では。

驚いたことに、四の月が始まって早々、異例の迅速な処理でディミタル男爵に沙汰が下った。

爵位剝奪《はくだつ》、財産、領地没収。

先日のうちの領地での事件から騎士団長の報告が上がり、早急に王都の男爵邸に捜査が入った。

そのため、隠蔽の暇なくいろいろな証拠が挙がったらしい。

いろいろな商会との黒い交際については、まだ継続捜査が必要ということだが。ここしばらくのベルシュマン男爵領への干渉について、確証が挙がった。

オオカミの幽閉について。

裏社会の人間を雇って、ベルシュマン男爵の子どもや農作物を狙ったこと。

残された文書からすべて明らかとなり、処分の決め手となったという。

オオカミの件ではやはり、その行為そのものよりも野ウサギの異常繁殖を招いて王国全土に脅威を広げかねなかったという点が重視されたらしい。

また、最近は貴族同士、領地同士のいざこざに関して箍《たが》が緩みかけていたが、王宮としてはそろそろその潮流に介入する機を窺《うかが》っていた。その機運にちょうど塡《は》まってしまったという事情もあるようだ。

ディミタル男爵も運が悪かった、という声が、あるとかないとか。

とにかくこれを契機に貴族同士の足の引っ張り合いが減ってくれれば、と宰相が父に話していたそうだ。

一方で対照的に、父の評判は鰻登《うなぎのぼ》りらしい。

今回の被害への同情と、野菜栽培技術公開の功績のためだ。

今までは派閥の中でうまく渡り歩くなどの存在感を見せることのなかったベルシュマン男爵が、

意外な形で一躍脚光を浴びるようになったことになる。

これも異例のことだが、臨時の領主会議が招集されて、その席で父は『光』利用の野菜栽培について説明発表を行ったということだ。さらにその後も、各領主から質問問い合わせが絶えないらしい。

親しく交誼《こうぎ》を結ぼうという申し出も多々あるようだが、これは一過性のものだろうと父は態度を曖昧にしているという。

とりあえずベルネット公爵、ロルツィング侯爵、騎士団長たるアドラー侯爵とは協力関係が深まって、今後も農産物の品質向上など情報交換をしていくことになっている。


こちら、領主邸では。

先日、僕はめでたく一歳の誕生日を迎えた。

とはいっても、特別なご馳走《ちそう》や贈り物があるわけでもない。というか、そんなのもらっても仕方ない。

この国の慣《なら》わしとして、離乳食の後期段階、少し固形物含有の多いパン粥《がゆ》を食べさせられ、見守るみんなが大喜びをするという催しだ。

『一升餅を背負わされるよりは楽でいい』と『記憶』が呟《つぶや》いていたが、意味不明。

僕としてはその後、長い時間母の膝に抱かれていたのが、いちばんの喜びだった。

離れてウェスタに抱かれたカーリンが、しきりと「るーしゃましゅごい、るーしゃまえらい」と手を叩いているのが、妙にこそばゆい思いだったけれど。

次の瞬間、母の一言で、頭が白くなりかけた。

「まあ、カーリンはお喋《しゃべ》りが多くなったこと。この点はルートルフは少し後《おく》れをとっているみたいね」

「お喋りは、女の子の方が早いと言いますから」

「そうですね」

ウェスタの慰めに、母は笑って頷いていたけれど。

――まずった……。

内心、僕はアセアセになっていた。

横を見ると、兄も半分白目になって天井を仰いでいる。

――話す方の成長を、周囲に見せるのを忘れていた。

傍目《はため》からすると僕は、生後六ヶ月で「かあちゃま」「にいちゃ」を口にして以来、それ以上の進歩をしていないことになるのだ。あとはどこかで「ざむ」くらいは言ったことがあるだろうか。

とにかく、ほぼ半年間、進歩なし。

兄と二人のときには好きなだけ喋っていて、その他では喋ることができるのを極力隠そうと努めていたので、『成長を見せる』ということをすっかり忘れてしまっていた。

その夜、兄のベッドの上で、二人並んでがっくりうなだれてしまった。

「忘れてたな……」

「ん……」

「今さら急にいろいろ喋り出すのもおかしい。少しずつ片言で始めるより仕方ないわな。カーリンより遅れているという点は、諦める他ないだろ」

「だね……」

「それにしても、さ」

生温《なまぬる》い視線を、兄は横に向けてきた。

何かな？

「考えてみると、お前の喋り、最初からおかしいんだよ。最初の『かあちゃま』『にいちゃ』から」

「なに」

「そもそも赤ん坊のお喋りってのはさ、周りの人の真似から始まるわけだろ。最近のカーリンの口癖の『るーさますごい』ってのも、もともとベティーナがよく言ってることだ」

「ん」

「それに比べて、お前のはあり得ないんだ。母上や俺を『母様』『兄様』と呼ぶのは誰もいないんだから」

「あ」

そうなのだ。

別に、ベティーナが母を指して『お母様ですよお』と教えたわけでもない。

兄の方はなおさらで、あの時点で誰も兄を紹介したわけでさえない。

事前に僕がベティーナとウェスタのお喋りを聞きとりする中で、いろいろ習得した単語から組み立てた言い方というだけだ。

おおよそ、赤ん坊の頭ですることではない。

「はは……」

「今後ぼろを出さないためには、周りの言い方の真似から口に出してみることだな」

「だね」

その後数日おいて、「まんま」「べてぃな」から披露してみると、予想通りまず、ベティーナが狂喜の反応を見せていた。

もちろん母も喜んでくれて、まずまずの成果だ。


四の月の中頃、朗報が届いた。

このところの父の功績に対して、王から褒賞が与えられる、という。

ディミタル男爵から没収された領地の三分の一程度をベルシュマン男爵領に組み入れ、残りは王の直轄とする、ということらしい。

元のディミタル男爵領も、ほぼ農業が主産業だ。春の農作業が始まるこの時期に、できるだけ早く領民の置かれた立場を明らかにすべきと、急いだようだ。

領土が増えることは喜ばしいが、新領地の経営計画を急遽《きゅうきょ》考えなければならない。

兄に対して「相談に乗ってくれ」と父からの言葉があった。

ヘンリックと話しながら、兄の視線がちらと僕の方を向く。

そっと、視線を外して。

僕は、カーリンとの遊戯に興じてみせる。

とりあえず、母の健康、領民の食生活、借金返済の目処《めど》、という最低目標はクリアしたのだ。

当分は平穏な赤ん坊ライフを享受していても、バチは当たらないのではないだろうか。

そういう意を込めた、つもりだけど。

ちらちらと、しつこく兄の視線がこちらに流れてくる。

はああ、と僕は秘《ひそ》かに溜息をついた。

赤ん坊らしい成長と、領地経営補助、結局今後も両方に気を配っていかなくちゃ済まないことになりそうだなあ。

カーリンの重ねる積み木を両手で押さえながら、そんな諦めを心に収めるしかなかった。

6 赤ん坊、目を覚ます

ある朝。

目覚めると。

僕は、分裂していた。

――――。


――いや、何言ってるか分からない。

落ち着いて、ことの次第を辿《たど》ってみよう。

ついさっき、僕は熟睡から目覚めた。――うん、問題ない。

窓の隙間から陽《ひ》が射《さ》し込《こ》んで、部屋の中はほんのり明るい。外から、小鳥の囀《さえず》りが聞こえる。

――うん、いつも通りの朝だ。

右脇を下に、横向きに寝ていた両手が、胸の前で空しく丸められている。抱きつくものがそこになく、物足りなく。――うん、仕方ない。

ほとんどひと冬の間兄と同じベッドに寝て、その腕を抱えて眠るのが習慣になっていた。春を迎えて暖かくなってきたことから、三日前から自分のベッドでの独り寝に戻っていたのだ。まだ新たな環境に慣れないのも、無理はない。

問題は。

少し前までの前面の温《ぬく》みが失われているのに、この朝は背中に何か温かなものが貼りついているのだ。いつもの習慣を変えて兄に背を向ける格好になってしまったかと、うっかり思い込んでしまいそうなほどに。

しかしそんな可能性はすぐに振り払えてしまうほど、背中の感触は違っている。

温かい、のは確かだけど。妙に小さい。紛れもない生き物の息遣いが、近い。異様なほど、湿っている。

そう思い。何とも不気味な、恐怖めいたものさえ感じながら。

身体を捻《ひね》って、肩越しに振り向いた。

すると。

僕が、分裂していた。


——いやいや。

もちろん、勘違いだ。

それでもそんな勘違いをするのも無理なく思えるほど、想定外に。

そこに見つけたのだ。

僕とそれほど変わらない大きさの、赤ん坊を。

ぴったり背中に貼りつき。はむはむと肩にしゃぶりつき。その部分に何とも異様な湿りが染み広がっている。

驚きに僕が身をよじると、あっさりその子は振りほどかれ、ことんと仰向《あおむ》けに転がった。

しっかり目を閉じたその顔に、「ふえ……」と不満のむずかりが歪《ゆが》み広がりかけた。

慌てて、僕はその小さな身体を抱き寄せ直す。

改めて僕の湿った左肩に顔をひっつけて。はむはむとその子は寝間着の布地をしゃぶり出した。

「むうう……」と満足げな深い息が漏れてきた。

――何だ、これは？

すっかり身も心も目覚めてしまい、頭の中をクエスチョンマークが埋め尽くす。

――誰か、説明、プリーズ。

見回しても、朝早い部屋に、誰もいない。

溢《あふ》れんばかりの困惑の中、しかし少しでも動くとこの子が泣き出しそうな予感で、身を起こすこともできない。

大声を上げて人を呼ぶ気にも、とうていなれない。

仕方なく僕にできるのは、目の前に眠り続ける小さな赤ん坊を、観察することだけだった。

さっきは、僕とそれほど変わらない、と思ったけど。改めて見直すと、少し小さいようだ。

僕が生後一年を過ぎたばかりなのだから、おそらくは生後半年から一年の間といったところか。

着せられた寝間着がピンク色なところからすると、女の子なのかもしれない。

とはいえまちがいなく、ランセルとウェスタの娘のカーリンではない。

まだまばらな頭髪は、黒に近い焦茶色の僕のものよりかなり薄い色に見える。生《は》え揃《そろ》ったら綺麗《きれい》なブロンドになるのかも、と何となく思う。

しかし。それにしても、何にしても。

——昨夜寝るとき、まちがいなくこんな赤ん坊、いなかったよな。


その記憶で誤りがなければ、考えられる可能性は三つくらいだろうか。

1　僕が眠っている間に、誰かが連れてきた。
2　どこか別の場所から、この赤ん坊が転移してきた。
3　この赤ん坊が存在するパラレルワールドに、僕が転移した。

……いや、常識的に考えて、1しかあり得ないんだろうけど。

領主の息子たる僕の寝床に、それも夜中になって、よその赤ん坊を並べて寝かしつけるなどという事態。何をどうしたらそんなことが起き得るのか、想像もつかないのだ。

まさかこの子が一人で忍び込んできたはずはないし、誰かがこっそり侵入して置いていったことも考えられない。

二階廊下には今日も護衛のテティスが不寝番をしているし、部屋の窓はしっかり閉じて内側から閂《かんぬき》がかかっている。

とすると残る可能性は、家の者が承知の上でこの子を連れてきた、ということだけだけど。くり返し、思う。

——何をどうしたら、そんなことが起き得る？

僕の拙《つたな》い想像力では、及ぶべくもないようだ。

他にどうしようもなく、つらつら考えるうち。

僕の肩口の寝間着は、はむはむとしゃぶられ続け。

温《ぬる》い湿りとこそばゆい小さな口の感触が、ますます広がっていた。

——僕の肩、食べられてしまうんじゃないだろうか。

脈絡なく思いながら、それもあり得ないことは理解していた。

しゃぶり甘嚙《あまが》みをするような赤ん坊の口に、歯の存在もないようなのだ。

僕でさえ、最近ようやく前歯が上下二本ずつ生えてきたばかりだ。

もっと小さいこの子に、まだ歯がなくても不思議はない。

しかし、甘嚙みとしゃぶりはもごもごと止まらない。

こんなところ、何かおいしいのだろうか、と疑問を持ってしまう。

とにかくもそんな益体《やくたい》のないことばかり思い続けているのは、他にどうしようもないからだった。

動けない。声も出せない。

頭がはっきり目覚めてしまって、寝直すこともできない。

何とも情けない状況のまま、僕にはただ救助を待つことしかできないのだ。

その救助が現れるまで、ずいぶん時間が経過した、気がした。

実際にはそんな、長時間ではなかったのかもしれないけど。

「お早うございまーす。あ、ルート様、もうお目覚めでしたあ？」

扉を開いて覗《のぞ》き込《こ》むベティーナは、いつも通常営業の、元気いっぱい笑顔満開だった。

「ああよかったあ。仲よくお休みできたみたいですねえ」

布団から覗く赤ん坊二人の顔を見て、嬉《うれ》しそうに両手を合わせる。

――仲よくと言うか、何と言うか。

……他にどうしろと？

しかしまあこれで、少なくともベティーナはこの赤ん坊の出現に関与していることが分かった。

さっきの三つの可能性のうち、2はないことになりそうだ。

嬉しそうに掛け布団を捲《めく》り、ますます子守りの瞳が輝いた。

「まあ、仲よくくっついて。やっぱりご兄妹《きょうだい》ですねえ」

――…………

――…………

――…………

――はああ？

思い切り、目を丸くして。

内心、僕は絶叫を上げていた。

――何じゃ、そりゃあ！

――何で、僕に妹がいるんだ？

先に考えた三つの可能性のうち、思わず本気で3を信じたくなってきてしまった。

言うまでもなく、昨日までの僕に妹などいなかった。

そもそも生後一年を過ぎたばかりの子どもに、どうやったら生後半年程度の弟妹ができるというのだ？

あり得ない。とすると、残されているのは、それがあり得るパラレルワールドに僕が迷い込んだ、という可能性だけなのではないか。

訳分からなくなって。

精神衛生のために、僕は思考を停止した。

と言うより、続いて起きた事態の中、ゆっくり考える余裕が吹っ飛んでいた。

捲った布団に手を入れて、ベティーナが僕の隣の妹（？）を抱き上げる。

と同時に、妹（？）は火がついたように泣き出していた。

「ふぎゃあああーーー」

「あらあら、どうちましたあ、ミリッツァ様？　ご機嫌斜めですかあ？　あ、おしめですかあ？」

ベッドの足先の方へ移動して、ベティーナは赤ん坊のおむつ交換を始めていた。

その間も、妹（？）はけたたましい声で泣き続けている。

ほとんど息継ぎの間も感じとれない、酸素不足で息絶えが案じられそうな勢いだ。

「ふぎゃあああーーーー」

「はいはい、ミリッツァ様、換え終わりましたよお、ほら気持ちいいでしょう？」

「ぎゃああああーーーー」

「あらあらあら、どうしましょう」

慌てて抱き上げ、両手足をばたばたして泣き続ける赤ん坊の背中をぽんぽんしながら、ベティーナは部屋の中を歩き回った。

何とか上体を起こしておっちゃんこしている僕に、情けない視線を向けてくる。

……ちなみに『おっちゃんこ』というのは、『記憶』が囁《ささや》きかけてきたどこぞの地方の方言で『足を前に出して座る』という意味だそうな。……いや、なんでわざわざそんなマイナーな表現を教えてくる？

「ごめんなさいごめんなさい、ルート様。少し、お着替え待っててくださいね。ああ、どうしよう」

「ぎゃああああーーーー」

「ああ、ああ、もう――」

別にそれほど慌てる必要もない、赤ん坊が泣き止《な》《や》むまで待てばいいという気はするのだが。

すっかりベティーナは、パニック状態になっているようだ。

泣き疲れの気配も見せないミリッツァ（？）を抱いたまま、ベッドの僕に寄ってくる。

「とにかく先に、ルート様のお着替えしてしまいましょうね」

「ぎゃああああーーーーー」

一度僕の隣、布団の上に下ろされると、ミリッツァは自由になった手足をひとしきり振り回して、さらに泣き声を張り上げた。

それからころんと寝返り、横を向いて、僕の横腹に抱きついてくる。

次の瞬間。

「ぐしゅう……」

「え？」

「へ？」

まだ嗚咽《おえつ》は続けながらも、僕の腹に顔を押しつけてミリッツァは泣き声を収めてしまっていた。

目を丸くして、ベティーナは僕と困惑の顔を見合わせていた。

「泣き止んじゃいましたねえ」

「ん」

いや、こんな、ベティーナと会話が成立するのもおかしな話なわけだけど。

思わず、僕は相槌《あいづち》めいた声を返してしまっていた。

「とにかく今のうち。ルート様のお着替え、してしまいましょう」

僕に抱きつくミリッツァの扱いに苦労しながらも、ベティーナは何とか務めを果たしてくれた。

何度かわずかに引き離されてもそのたびすぐに抱きつき直し、すごい根性でミリッツァは僕の上着の裾にしゃぶりついている。

ベージュの木綿地に、たちまちよだれの染みが広がってくる。

――勘弁してほしい……。

という気は、しないでもないけど。

さっきまでの屋敷中を震わせそうな泣き叫びを思うと、この収まりを甘受するしかない、という気になってくる。

僕以上に、ベティーナにその思いは強いようだ。

着替えの終わった僕と離れない妹（?）を、苦労して一緒に抱き上げていた。

右腕に僕、左腕にミリッツァを抱いて、よいしょと身を起こす。

その間に、ミリッツァのしゃぶりつきは僕の肩口に移っていた。

「じゃあ、行きましょうねえ。旦那様と奥様、きっとお待ちですよお」


よいしょよいしょと二人を運び、苦労して戸を開き、廊下へ。

ベティーナの小さな身体で、赤ん坊二人の運搬は重労働、という気がする。

気遣いながら、今のベティーナの独り言が気になった。

旦那様と奥様?

昨夜僕が寝る前に、父の姿はなかった。

そうするとつまり、僕が寝た後で、王都から到着したというわけか。

——何だか少し、状況が分かってきた。

よいしょよいしょと足を運び、ベティーナは廊下を進む。

目の前に、下り階段が近づいてくる。

——大丈夫か?

まさかとは思うけど。階段途中で足をもつらせ、転げ落ちる未来が幻視される。

まさか、まさかとは思うけど。

階段下へ向けて、僕は首を伸ばした。

きた。

「ざむ」

呼びかけると、「ウォン」と応えて、武道部屋の開いた戸口から白銀色のオオカミが駆け出してきた。

たちまちの疾走で、階段を昇ってくる。

ひととき困惑で立ちすくんでいたが、ベティーナはすぐに状況を呑み込んだようだ。

「ご苦労様、ザム。お願いね」

しゃがみ込んだザムの背中に、僕を跨《また》がらせる。

離れようとしないミリッツァは前に座らせて、僕が抱きかかえた。

兄を乗せて走ることもできるザムに、赤ん坊二人程度、軽いものだ。

ゆっくり、確かな足どりで階段を下ってくれた。

ミリッツァはというと、白銀の首をもふもふ撫《な》でて、きゃっきゃとご機嫌いっぱいの様子だ。

初対面だろうオオカミに、警戒のかけらも見せない。もしかすると、カーリンに続いて人類史上二番目の存在ということになるのかもしれない。

いや、完全に初見だとすると、カーリン以上に度胸が据わっているのかも。

階段を降りると、左に折れて食堂へ。

話の通り、父母と兄がもうテーブルに着いていた。

ただ、いつもと様子が違う。

父と母の間に冷えた沈黙が漂い、兄も妙に息を潜めている、というような。

「お早うございます」とザムを連れたベティーナが入っていくと、父が援軍を得たと言わんばかりの笑顔を向けてきた。

「おお、来たか、ルートルフ。さあ、こっちへおいで」

いかにも待ちかねたという手つきで、ザムの背から僕を抱き上げる。

「わう」と声を上げながら、すぐ横で一人残されたミリッツァは泣き出しはしなかった。ザムの背に座ったまま、ぱたぱたと父の上着裾に触れている。

僕は膝の上に立たされて、間近に父と顔を合わせた。

「昨夜はもうルートルフは寝た後だったからな。久しぶりだな。また大きくなったな」

呼びかけては、腋《わき》に入れた両手で僕を揺すり立てる。

いつもながらの子煩悩の発露だけど、何だかどこか、気が急《せ》いているとかそんな感じだ。

少しためらいを見せてから、兄が話しかけた。

「ルートはもう、十歩以上歩けるようになったのですよ、父上」

「おお、そうか。偉いな、ルートルフは」

——十五歩です、兄上。

その辺は正確にしてほしい、と思いながら。

もしここで口に出せたとしても何かためらってしまう、そんな空気。

父の視線は、ちらちらと横手の母を窺《うかが》っているようなのだ。

その何度目かの横目を受けて。はああ、と母は深い息をついた。

「分かりました。その子は、ここに置いて構いません」

「……済まぬ」

「ここで育てるからには、他からとやかく言われないようにしなければなりません。皆も、この子については他のウォルフやルートルフと変わらない扱いをしてください。特にベティーナとウェスタには手間をかけますが、よろしくお願いします」

「はい」

「かしこまりました」

ほとんど父の方に目を向けず、母は使用人たちを見回して告げた。

ベティーナとウェスタが頷《うなず》き、部屋の隅でランセルとヘンリック、イズベルガが、戸口近くでテティスとウィクトルが、了解の礼をしている。

もう一度見回して、「ただ――」と、母は続けた。

「申し訳ないけれど、一つだけ。なるべく私の目には触れないように、ということは気をつけてください」

「は」

ヘンリックがわずかに小声を漏らし、他の者たちはただ無言で、もう一度頭を下げる。

そこへ、父も言葉を続けた。

「よろしく、頼む」

ここへ来て、僕にも事情が察せられてきた。と言うより、部屋を出る辺りから予想し始めていたことが事実らしいと、確信が持ててきた。

今までその存在も知らなかった、月違い程度の差の妹。

そんなことがあり得る、わずかな可能性を思いついていた。

つまり、父が母以外の女性に産ませた子ども、だ。

この世界、特に貴族にとって、複数の夫人を娶《めと》ることは別に珍しくもないらしい。

正式な夫人以外と子どもを儲《もう》けるのも、何ら不思議はないようだ。

むしろ子どもはある程度人数がいる方が、跡継ぎの候補、他の貴族との縁結びの点で、有利なくらいだ。

こうして父が突然ミリッツァを連れてきたのは、おそらく実の母の方に何らかの事情が生じたということなのだろう。

男爵の実子と公にして育てる上で、これも何ら不思議はない。

ただ一つ引っかかるのは、愛妻家子煩悩として知られる父が隠れて子をなしていた、その事実が意外だ、ということだけだろう。

ここに集う使用人一同の様子がいつになくぎこちないのは、誰一人このことについて知らされていなかった、ということなのではないか。まあもちろんこの空気のいちばんの原因は、母の不興のせいだろうが。

母が特に二人の名を挙げたのは、ベティーナには当面僕と二人分の子守りをしてもらうこと、ウェスタには完全に離乳食に移った僕と入れ替わりにミリッツァに乳を与えてほしい、ということのようだ。

不承不承ながら、母もしっかり家の中の体制に気を回しているらしい。

ランセルが、父母と兄の朝食を運んできた。

「では、頼む」と、父が僕をベティーナに渡す。

そのまま食事に入ろうとする父と母に、「あの……」とベティーナはためらいながら声をかけた。

「その、一つだけ、問題が……」

「何だ？」

「ミリッツァ様、ルート様の傍《そば》を離れようとなされないんです」

「……どういうことだ？」

「その、つまり……」

言い淀《よど》み、ベティーナは僕を父の膝に戻した。

それから、傍《かたわ》らのザムの背からミリッツァを抱き上げる。

そうして、二歩ほどそこから離れる、と。

「ふぎゃああああーーーーー」

ミリッツァの絶叫が張り上げられたのだ。

手足をばたばた、僕に向けて精一杯手を伸ばして。

それまで合わせようとしていなかった父と母の視線が、思わずのように向き合った。

「どういうことです？」

「さっき聞こえた二階の騒ぎは、これか？」

「はい。お二人仲よく布団の中で寄り添っていたので、安心したんですけど。こうしてちょっと離しただけで、ミリッツァ様が泣き止まなくなるんですぅ」

ベティーナが一歩戻ると、絶叫は止んでぐすぐすと小さな手が僕の肩に触れてくる。

「なんと……」

「でも」目を丸くして、兄が呻《うめ》いた。「ルートとこの子、初対面ですよね？　そんな、仲よくなるとか懐くとか、暇もなかったんじゃ……」

「そうなんですう。だからわたしも、訳分かんないんですう」

母の脇にいたイズベルガが、首を傾《かし》げた。

「ミリッツァ様にとって、突然環境が変わって戸惑っているということではないでしょうか。これ以上訳の分からないことになるのが不安で、朝起きたとき傍にいたルートルフ様に必死にすがりついている、といったような」

もごもごしゃぶりついたり匂いを嗅いだりしている様子からすると、お気に入りの毛布とかぬいぐるみとかと同じ認識、という気もするのだけど。

「まあ……分かった」額に掌《てのひら》を当てて、父は唸《うな》った。「とにかくしばらくは、二人を離さないようにしてやってくれ」

「はいい」

頭を下げて、ベティーナは僕とミリッツァをザムの上に戻した。

お腹《なか》の前に抱いてやると、ミリッツァは「はうわう」と声を漏らして上機嫌に戻っている。何とも、大人にも見習うことを勧めたくなるような、見事な気持ちの切り替えぶりだ。

両親と兄は食事を始め、僕とミリッツァは食堂の隅へ。僕はベティーナに離乳食を食べさせてもらい、ミリッツァはウェスタから乳をもらう。

本来なら僕も食卓について食事の真似事《まねごと》をするのが常なのだが、今はミリッツァから離れられないという事情だ。

食卓から聞こえてくる会話の様子では、父はこの後すぐに王都にとんぼ返りの予定らしい。

「申し訳ないが、仕事が詰まっている中、宰相に無理を言って出てきたのでな」

「分かりました。帰って、仕事にお励みください」

あっさり妻に切り返されて、やや閉口の顔になり。

突然思い出したという態《てい》で、父は逆側の兄を見た。

「そうだ、ウォルフとヘンリックに伝えておくことがあった。近いうち、アドラー侯爵領から荷物が届くはずだ」

「アドラー侯爵――騎士団長の領地から、ですか」

「うむ。先月来いろいろ話して、向こうの領地でも栽培小屋での野菜栽培と春からのゴロイモの植えつけに目処《めど》がついてきたのでな。替わりにキマメの在庫が余剰になりそうだというので、安く譲ってもらうことになった」

「ああ、キマメについては父上も、一度こちらでの栽培を試してみたいと仰《おっしゃ》ってましたね」

「うむ。いや、この領地が今のように持ち直す前の、苦肉の策としての思いつきだったのだがな。今こちらではそこまで必要はないと言えるのだが、別の事情がある。新しく賜《たまわ》った、旧ディミタル男爵領な」

「ああ、はい」

「一度しっかり視察に出向いて、考慮しなければならないのだが。あちらも、こっちと同様に白小麦の収穫は頭打ちで、納税にも苦労している状況らしい。別の作物を増やすべきなのだがな、ヘルフリートと話して、領全体として考えるとこちらとは別の作物の導入を検討した方がいいという結論になった。黒小麦やゴロイモの生育もできるのだろうが、もし今年の気候の具合でこれらが不作になる状況になったら、領全土が共倒れだからな」

「ああ、だから向こうでは、キマメの導入を検討したいと？」

「騎士団長の話では、ゴロイモなどよりさらに冷害に強いらしい。ただ問題は、軍隊の兵糧《ひょうろう》や民衆の非常食に使われるのがせいぜいで、食用としての価値が高くないことだ。今のままで栽培を始めても、労力に見合った対価が得られる保証がない。その意味では、少し前までの黒小麦やゴロイモと似た状況だな」

「つまり、あれらと同じように、新しい価値を生み出せれば？」

「うむ、虫のいい期待ではあるのだが。あっちは古文書で近いものを見つけたと言ったか？　同じように何かないか、調べてみてくれぬか。なくて当たり前、見つかれば幸い、という感覚で構わない」

「はあ、はい、分かりました。調べたり試したり、してみます。本当に、何か当たりを引く保証はまったくありませんが」

「それで構わぬ。頼む」

「はい」

食事の後、本当に父は慌ただしく出立していった。連れてきた二名の護衛とともに馬車に乗り込み、その後ろ姿が瞬く間に遠ざかっていく。

ミリッツァとザムに乗ってそれを見送った僕は、兄とともに邸内に戻った。

この見送りに母が出てこなかったのは、僕が知る限り初めてだ。

このところの午前中は、兄はベッセル先生と勉強。僕がそれにつき合うのがすっかり習慣化していて、ベティーナは子守りの手が離せるのを幸いと、掃除や洗濯などの仕事の時間にしていることが多い。

ただこの日は四の月の三の土の日で、勉強は休みだ。この後どうしようかと迷っているベティーナを見て、兄が声をかけた。

「少しの間なら俺が二人を預かっているから、ベティーナは他の仕事をしていていいぞ」

「あ、本当ですか？　助かりますぅ」

まだこの家に慣れないミリッツァはどう扱っていいものか手探り状態ではあるが、とりあえず授乳とおむつ替えを済ませて僕の傍にいる限り機嫌はよいようなので、しばらく子守りが離れても問題なさそうだ。

軽快に階段を昇るザムに連れられて、兄の部屋に入った。

二人一緒にベッドに乗せられると、きゃっきゃとミリッツァは僕にじゃれついてきた。

その小さな手を握ったり放したり、握ると見せて手を逃がし、空振りさせたり。その程度で妹はご機嫌にシーツの上をころころしている。

「何だかお前、赤ん坊の相手がうまいな」

「……それほどでも」

「しかし、妹かあ――」

「じじょう、きいた？」

「ああ」

そうしてようやく、朝から続く訳分からない事態の説明を聞くことができた。


それによると。

やはり昨夜遅く、僕が眠りについた後で、前触れもなく父が到着した。

いきなりの父の帰郷、以上の衝撃、小さな赤ん坊を連れて。

当然ながら説明を求める母に、兄とヘンリックも同席して、話があった。

赤ん坊の名はミリッツァ、王都の騎士階級の娘と父の間にできた子どもだという。

昨秋誕生して母親とともに喜んでいたが、その後急に父の周りが慌ただしくなった。――まあ主に、兄と僕のせいで。

昨年の十二の月頃から、ほとんどその女性のもとに通う余裕を失っていた。そのうち、女性は肺炎をこじらせて亡くなった。二の月のことだったらしい。

女性の周囲にも関係を伏せていたので、父のもとにその報《しら》せは届かなかった。また女性の親や親族もすでに死に絶えていたため、近所の人たちで葬儀を行い、残された娘も交替で面倒を見ていた。

この四の月、父がようやくその女性の家を訪ねて事情を知ったとき、ミリッツァは孤児院に預けられる寸前だったそうだ。

それから急ぎ近所の人たちに礼をして、王都の家に娘を連れ帰った、ということになる。

その後ヘルフリートとも相談して、こちら領地の邸宅に預けるのが最善という判断になった。

泥縄のような慌ただしさで王都で子守りなどを探すことを思えば、こちらでは次男（僕だ）の養育中で態勢が整っている。自然環境なども、子どもの成育に理想的だ。

ただ一つ、正夫人の感情を除けば、ということになるが。

そこまで聞いて母が腹立ちを抑えられなくなったのは、父がよそで子どもを作ったという事実に対して、ということではないらしい。

前にも言ったように、その程度は貴族として非常識なわけではない。

それよりも、それを自分に秘密にしていたこと。それから、その女性に対して何ヶ月も連絡をとらなかった、父の冷淡さについて。これが許せないのだという。

詫《わ》びを入れる父に対してすっかり母が臍《へそ》を曲げてしまい、昨夜の会見は終わった。

父は寝室にも入れてもらえず、客間で休むことになった。

また赤ん坊についてはすぐに環境を整えることもできず、ベビーベッドのある次男（僕）の部屋に寝せることにした。

以上が、今朝までの顛末《てんまつ》、らしい。


結局のところ。

母の気持ちの部分を別にすれば、ほぼ何も問題はないということになりそうだ。

男爵家に第三子、長女が加わった。そういうこと。

母自身も実子と同様に扱うよう宣言をしていることだし、公にはそういう扱いでいいのだろう。

特に僕は、こうしてミリッツァが離れようとしないことだし、この家に慣れるまで好きなだけ構ってやればいいようだ。

兄の方は母の気持ちを慮《おもんぱか》って少し引っかかりがあるようだが、内心では僕も同感だ。

そもそも両親の間に対立感情が生じたとしたら、兄も僕も基本的に母の味方だ。今まで一緒に過ごしてきた時間が違う。

またその辺を抜きにしても、ここまでの事情を聞く限り、今回の件については父の方に非があると思う。

その女性と娘のことを秘密にしていたのも、女性の死亡をすぐに知ることができないほど放置していた点も、貴族男子としてまったく褒められたものではない。

まあここしばらくの父の忙しさは領地の実状を思えば仕方のないところだったし、兄と僕も少なからず関与していたので、全面的に責める気にもなれないのだけど。

「まあとにかく、俺たちが今いちばん優先すべきなのは、ミリッツァがこの家に慣れてうまくやっていけるように協力することのようだな」

「ん」

僕の腹の上にのしかかってくる妹の柔らかな髪を撫でながら、頷く。

生後八ヶ月だというミリッツァはまだうまくはいはいができないようで、いちばんの移動方法はベッドの上を転げ回ることらしい。

二度三度、右へ左へ転がって、「ふぁう」と疲れた様子で僕の腹に顔を伏せてしまっている。

重みで、ちょっとお腹が苦しい。

間もなく、掃除が終わったというベティーナが様子を見に上がってきた。

母もいつものように居間にいるということなので、僕らも降りていくことにする。

居間では、母とイズベルガが座って編み物をしていた。

この冬からの習慣で、日中は居間に集まっていることが多い。女性たちは編み物や縫い物、兄は勉強か読書、僕はそちらにつき合うかカーリンとお遊び、というのがほとんどだ。

ただこの習慣を始めた頃より外からの襲撃への警戒は緩めて、ヘンリックは執務室で事務仕事をしている。

テティスは不寝番なので午前中に睡眠をとり、警備に当たるのはウィクトル一人になっている。

冬中この屋敷に詰めていた村人の警固番は終了にして、春からの畑仕事に入ってもらっている。

ザムに乗った僕とミリッツァが入っていくと、隅でウェスタにあやされていたカーリンが「わあ」と顔を上げた。

この日、他の人たちはいつも通りでいいだろうが、僕とベティーナには大仕事が待ち構えている。

ミリッツァとカーリンの顔合わせを行い、末永く仲よく遊ぶ環境を作ること、だ。

なにしろ、いつまでも日がな一日中、僕にべったりひっつかれっ放しというのも困ってしまう。

少しはカーリンにもその役目を分けてあげたい、と思うのだ。

いつもの積み木を出してもらい、カーリンを呼んで三人でそれを囲む。

年の近い女の子同士ではあるけれど、やはり性格にかなり差があることが分かった。

ほとんど人見知りということを知らないカーリンは初対面の相手にもすぐに近づいてくるが、ミ

リッツァはたちまち僕の後ろに隠れてしまう。

それでも僕が積み木を手渡して手本を見せてやると、すぐに二人ともそれぞれに自分の建築物を構築し始めた。つまるところ、どちらも僕の真似をすることで満足なのだ。

しばらく続けるうちに慣れてきたようで、僕の手を経なくてもカーリンから木片を譲ってもらったりして、ミリッツァは遊戯に没頭していた。

終《しま》いにはカーリンに積み木の山を破壊する爽快さを教えられて、「わあ、きゃあ」と一緒に転げ回るようになっていた。

妹が野性に目覚めていくようで、兄としてちょっぴり不安だ。

ふと横を見ると、母がちらちらとこちらに視線を向けたり逃がしたりしているようだ。

ちょうど本から顔を上げた兄と目が合って、笑いかけている。

「ウォルフはさっき、あの子の面倒を見てくれていたそうですね」

「はい、母上」

「しっかりお兄ちゃんをしてくれて、嬉しいわ。これからも、ルートルフとあの子をお願いね」

「はい。正直、妹ができたのは嬉しいです」

「よかった。わたしは少し意地を張らせてもらうけど、お兄ちゃんは遠慮なく妹を可愛《かわい》がっていいですからね」

「……はい」

頷き返す兄の顔が、少し晴れて見えた。

7 赤ん坊、遊ぶ

そこへ、ヘンリックが入室してきた。

何か、母に書類内容の確認らしい。その用事はすぐに済んだようだが、母は執事に軽く溜息《ためいき》をついてみせた。

「子どもが増えたのだから、本当なら子守りや護衛を増やすべきなのでしょうけど」

「今は少し、余裕がありませんな」

「そうなんでしょうねえ」

その辺の事情は、兄や僕にも伝わっていた。

ベルシュマン男爵家の財政事情、借金返済の目処《めど》は立ったが、それ以上余裕を持つには至っていないのだ。

塩やセサミ、コロッケや黒小麦パンの販売など、うまく立ち回れば桁違いの利益を得ることができたかもしれない。しかしその点では、家の者一同の総意の上、国中に利益を還元する方向で収めていた。

それでも当家の財政の上では、少し余裕が持てる程度には利益を上げていた、はずなのだ。

計算違いだったのは、新しい領地の付与、だった。

旧ディミタル男爵領の三分の一程度を賜《たまわ》ったわけだが、その土地、こちら従来の領地とほとんど状況は変わらない。

白小麦の収穫は、国税に充てるのにも不足する程度。その他の作物で不足分を補い、さらにその上、ディミタル男爵はかなり高率の領税を課していた。

そのため、領民は疲弊しきって、農作業にも力が入らない現状だという。

すぐに餓死者が出るほどではなさそうなだけ、少し前のこちらの状況よりはいいのかもしれない。

また、こちらで行ったと同様に作物の付加価値を高める活動を取り入れれば、改善は期待できそうだ。

しかし当面の問題として、その地ではこちらと同水準に領税を下げ、さらに何らかの設備投資を行う必要が出てきている。つまりここしばらく男爵家としては、収入増は見込めず支出がかさむ覚悟を固めなければならない。

何とかその状況が今年度だけで済むことを願うばかりだ。


すっかり仲よくなったミリッツァとカーリンは、両手を握り合ってきゃいきゃいとはしゃいでいる。

午後からは赤ん坊三人を連れて散歩に出よう、と兄は母やベティーナと話している。

ミリッツァもカーリンも、僕の二の舞にならないようにできるだけ日光浴を兼ねた散歩をさせたいのだ。

雪が溶けたばかりでまだ寒いので、厳重に厚着をして家を出た。

ザムの背中、僕の前にはミリッツァが抱かれ、背中にはカーリンがへばりついている。両脇には兄とベティーナ。後ろに護衛のテティスとウィクトルが従う。

行く先はいつものように、村の中だ。

製塩の作業場は相変わらずの稼働状況だが、村人たちで当番を決めて、一度の作業人数は減らしている。当番を外れた者たちは、畑仕事だ。

作業場に顔を出すと、汗だくの人たちが手は止めずに「ウォルフ様だ」と礼をしてきた。

「あれ、今日はお子様の数が多いんじゃないですかね？」

「ああ、妹のミリッツァだ。よろしく頼む」

「妹様？　え、あれ？」

いかにも噂好《うわさず》きそうな女たちが、困惑で顔を見合わせている。

まだ一歳を過ぎたばかりの僕の下に妹がいるなど聞いていないのだから、当然の反応だ。

ここはあっさりと事情を説明しておこうとヘンリックたちとも打ち合わせしていたので、兄は事もなげに答えた。

「父上の王都の側室の子どもでな。これからはここで育てることになった」

「はああ、そうなんですかね」

「やっぱり都よりこっちの方が、子育てにはいいさねえ」

それだけで納得して、皆笑顔になっている。

これで、すぐ村中に話は行き渡るはずだ。

次には、日中小さな子どもを集めている託児小屋に寄る。

幼児六人と乳児二人を少し年長の少女一人で見ている家屋だが、ちょうど作業の休憩らしい母親が二人、乳児を抱いていた。

「わあ、ザムだ」

「ルートルフ様」

わらわらと子どもが寄ってくるが、言い聞かせてあるのでオオカミに触ることはしない。

ぐるり囲んで僕らを覗《のぞ》き込《こ》み、話しかけてくる。

ここでもカーリンは得意げに両手足をぱたぱたさせているが、ミリッツァは怯《おび》えたように僕の胸元で縮こまってしまっていた。

赤ん坊を抱いた母親が、兄に向けて大きく腰を折ってきた。

「ウォルフ様、来月はこの子たちも教会に連れていっていただけるそうで」

「ありがとうございます」

「ああ、周年式だな」

「うちは二人目なんですけど、去年の秋にはとうていこの子は冬を越せないんじゃないかと諦めかけてたです。無事周年を迎えられるなんて夢のようで、みんなウォルフ様のお陰と感謝してるです」

「うちもです」

「それは、村人たちみんなの頑張りのお陰だ」

笑って、兄は二人の赤ん坊を覗き込む。

「うん、元気だ。うちのルートより大きいくらいだな」と頰《ほお》をつつくと、赤ん坊は「きゃあ」と笑い声を上げていた。

それにしても。

やはり村人たちはあの秋頃、それだけ悲愴《ひそう》感を覚えていたのだな、とこうして聞いて改めて思う。

食糧事情改善が間に合わなければ、確かに体力のない乳児から命を落としていったのかもしれない。

ちなみに『周年式』というのは、一歳を迎えた子どもを教会に連れていく行事だ。

教会で神官から祝福を受け、加護を確かめる。領主の側としては、簡単な戸籍のようなものの登録も行うらしい。

加護の確認が一歳過ぎからが望ましいということで定着した行事のようだが、別な見方をすると、生後一年未満の死亡率が高いので戸籍登録はそれまで待つ方が合理的、という事情があるのではないかと思う。

たいていは集落ごとに、ある程度一歳を超えるくらいの子どもをまとめて一緒に連れていく、という習慣のようだ。

特にうちの領には教会がないので、隣のロルツィング侯爵領へ一日がかりで往復することになる。

今回は領主の次男たる僕の誕生日を考慮した上で、少し暖かくなる五の月初め、カーリンと目の前の乳児二人を一緒に連れていくことになったようだ。

なお、その後。

少し運動もしようか、と僕とカーリンはザムの背から降りた。

ミリッツァだけを乗せたザムの尻に摑《つか》まったり放したりしながら僕とカーリンがしばらく歩き回

ってみせると、子どもたちは皆大喜びをしてくれた。

その後は、村の畑を見に行った。

こちらでは作業を邪魔しないように遠くから見ることにしたが、かなりの人数が出て土起こしをしているようだ。

すっかり雪の消えた大地に新しい土の色が掘り出され、独特の香りが漂ってくる。いかにも自然と人間の営みをしみじみと実感させる光景だ。

「ほう」とウィクトルが感嘆の声を漏らす。

ベティーナが、僕の胸元からミリッツァを抱き上げた。

「ほらミリッツァ様、広くて綺麗《きれい》でしょう。ここがミリッツァ様の故郷になるんですよお」

きょとんと目を丸くして、ミリッツァは掲げられた先の光景を見やっていた。


屋敷に戻る道々、慣れない散歩に疲れたらしいミリッツァは、僕の胸前でこっくりこっくりを始めていた。

居間に入ってザムから降ろそうとすると、もうぐったり四肢の力が抜けている。

しかし、僕とカーリンがいつもの遊び場に座るのと別れて、ベティーナがソファに寝かそうとすると。

「んぎゃあああーーーーー」

両手足をばたばた、その場を離れんと転がりを始めるのだ。

眠たいのは確かなのだろう、朝に比べると泣き声に張りがない。

それでもばたばた転がり、見回し、僕を見つけて手を伸ばす。

「仕方ないですねえ」と、困惑顔でベティーナはそんなミリッツァを抱き上げ、僕の隣に連れてきた。

「んぐ、んぐ、ぐしゅ……」

ほとんど開かない目をしょぼしょぼさせながら、小さな両手が僕の脇にしがみついてくる。

そのまま涙まみれの頬を擦《こす》りつけ、「んぐ、んぐ……」としゃくり続け。徐々に啜《すす》り声が途絶え。

ゆっくり力が抜けて、全身の重みが僕にかかってきた。

頭がずるずると滑り落ち、僕の膝枕の形に落ち着く。

くうくうと、満足そうな寝息が聞こえ出す。

はああ、と誰かが溜息をついた。

見ると、編み物をしていた母とイズベルガが、苦笑の顔を見合わせている。

「本当に、ルートルフの傍《そば》しか駄目みたいねえ」

「特にお眠のときは、何か抱きつくものがないと駄目という赤子は多いですし。しばらく慣れるまでは仕方ないかもしれませんね」

二人の会話に、ウェスタとベティーナも同意の頷《うなず》きをしている。

――たいへんなのは、僕なんだけどなあ……。

やっぱりこの辺、匂いつきの毛布扱い、という気がする。

慣れない状況で身じろぎもできず、僕はただカーリンが積み木をする様子を傍で眺めているしかなかった。

ややしばらくして、「もう大丈夫でしょうか」とベティーナが足音を潜めて近づいてきた。

ぐっすり眠り込んだ態《てい》のミリッツァを抱き上げて、そっとソファに横たえる。厚手の布を、その上にかけてやる。

喜ばしいことに、すうすうと穏やかな寝息が続いている。

ようやく安堵《あんど》の息をついて。僕は凝り固まった身体を曲げ伸ばしした。

少しは僕も慰めをもらってもいいだろう。思って、よっこらと立ち上がる。

のたのたとソファで読書中の兄の方へ歩き出すと、力尽きそうなところでベティーナが抱き留《と》めてくれた。

ひょいと抱え上げ、兄の膝の上へ。兄は少し前を空けて、苦笑顔で迎えてくれた。

「ご苦労さん、ルート」

やや荒々しく、頭を撫《な》でられる。

ゆったり寛《くつろ》いで、僕はテーブルの上の木板の本を覗き込んだ。

ベッセル先生が貸してくれた、全国の植物についての本だ。

兄の膝に揺すられながら、一緒に読み始める。

しかし、そんな平和な時間もわずかだった。

半刻も経《た》たないうちに、一瞬「うく、うく」と引きつけのような声が漏れたかと思うと、

「んぎゃあああーーーーー」

と、ソファのミリッツァが泣き叫び出したのだ。

たちまち火が点《つ》いたように、息もつかせず踏ん張り声が続く。

「わ、わ、わ――はいはいはい――」

ウェスタと一緒に隣のキッチンに夕食の手伝いに行っていたベティーナが、慌てて駆け戻ってきた。

すぐに抱き上げ、揺すりあやす。おむつを確かめても異状はないらしい。

「んぎゃ、ぎゃ、ぎゃあーー」

それでも、いくらあやしても、張り上げ声は止まない。

全身を捻《ひね》り、両足を振り蹴り、何かを求めて手を伸ばす。

はああ、と、今度は一同が同様に嘆息した。

諦め混じりの視線が、一つに集まる。

つまりは、僕の顔に。

「仕方ないな。ルートの出番だ」

諦めのような、からかいのような。何とも言えない苦笑の顔で、兄は僕を抱き上げて、今までミリッツァが寝せられていたソファに座らせた。

その隣に置かれると、たちまちミリッツァは僕の腰に抱きついてくる。

ぐしゅぐしゅと啜り上げ、涙顔を擦りつけ。

やがてその息遣いが穏やかになっていく。

呆《あき》れるほどあっさりと、それはそのまま「くうくう」という寝息に収まっていた。

「はああーー」

今度の溜息も、全員一斉のように思われた。

――いちばん溜息つきたいのは、僕なんだけど……。

情けない顔に、兄だけが慰めの頷きを送ってくれた。

仕方ない。

膝にもたれかかる妹の頭を撫でながら。

他にどうしようもなく、僕はつき合いのお昼寝に沈んでいった。


それでも、眠っていたのは一刻程度だったらしい。半端な眠りを目覚めさせたのは、ぱたぱた胸元を叩《たた》く小さな手だった。

昼寝に満足したらしい妹の、ご機嫌な顔が間近に覗き込んでいる。

見回すと、母とイズベルガは編み物、兄は読書、カーリンは籠の中で熟睡の様子。ベティーナとウェスタの姿はなく、キッチンからいい匂いが漂ってきている。

つまりのところ、僕以外の全員、いつも通りの平和な日常で。

喜ばしい限り、だ。

いつもなら僕は、兄と一緒に読書か、兄の部屋でお喋《しゃべ》りか、それなりに有意義な時間を過ごしているところなのだけれど。

ミリッツァのペースで昼寝につき合い、中途で目覚めさせられ、何だか外歩きの疲れがとれたようなどこかに沈殿したような、ふわふわ訳分からない感覚だけど。まあ、家族の平和に貢献できたということなら、満足しておくべきなのだろう。

思いながらミリッツァの手を握り、振り振りしてやる。

きゃっきゃと喜声を上げ、のしかかる小さな身体が弾みよじれる。

夕食の報《しら》せが届くまで、ひとしきりそんな他愛《たわい》のない戯れに興じていた。


ほとんど予想し諦めていたこと、だけど。

朝から準備していた新しい子ども部屋に、ミリッツァを寝かしつけることはできなかった。

それどころか、夜になってうつらうつらし始めたところをベティーナがそっと運び出そうとするだけで、半分眠ったままやはり全身をばたつかせて泣き始めるのだ。

結局のところ、また対処法は一つしかなかった。

いつもの就寝時刻より少し早く、僕は布団に潜らされ、左脇に小さな温《ぬく》みがぴったり寄り添わされていた。

すぐにくうくうと安らかな息を聞かせるミリッツァに配慮して、そっと足音を忍ばせてベティーナは布団を運び込んできた。床に敷いて、子守りはそこに休むのだという。

イズベルガと話していたことからすると、僕が生まれたばかりの頃もベティーナはこうして寝室に待機していたらしい。夜泣きにすぐ対処して、他の家人に影響を与えないようにするためだ。

僕は生後四五ヶ月頃からまったく夜泣きをしなくなったらしいが、ミリッツァについてはまだまったく分からない。どんな事態にも対処できるように、という備えらしい。

夜中。時刻は判然としないけれど、やはりミリッツァの夜泣きは始まった。

不穏な震えに目覚めさせられ、「ふお、ふおっ」という呻《うめ》きを耳元近くに聞き。

抱き留めようと回した手も、間に合わなかった。

「ふえええええーーー」

全身を震わせて、張り上げ声が漏れ出していた。

即座にがばりと起き上がり、ベティーナが布団の上から撫でてきた。

「どうしましたあ？　大丈夫ですよ、ミリッツァ様、いい子いい子」

「ふえええええーーー」

「怖くないですよお、ルート様もベティーナもいますよお」

布団の上から、ぽんぽん、なでなで。

僕も向き直って、しっかり抱きしめてやる。

ぐじゅぐじゅ胸元に涙顔を擦りつけて、間もなく泣き声は静まっていった。

「ふん……ぐすう……」

「ミリッツァ様、いい子。ルート様もいい子ですう」

ぽんぽん、なでなで。

やがてゆっくり、力が抜け、穏やかな寝息になっていく。

その静かなリズムを聴きながら、僕も眠りに戻っていく。

そんな夜中の目覚めは、さらに三度続いた。

二度目には撫で宥《なだ》めだけでは収まらず、ベティーナはミリッツァを抱き起こして、小鉢に用意していた乳を飲ませていた。

飲みながらも泣き止まなかった妹は、それでもベッドに戻されると僕に抱きついて寝入っていった。

四度目には、ぐずり泣きの予兆だけで僕は目覚めさせられていた。

反射的に抱きしめると、「ぐうう」と胸元に呻きを埋《うず》め、すぐにミリッツァは泣き声を収めた。

ぐす、ぐす、と何度かしゃくりが続いたが、やがて穏やかな息遣いに戻っていく。

今度はベティーナを起こさずに済んだようだ。

窓の外はわずかに白みかけてきているようだが、起きるにはまだ早い。

とろとろ思いを漂わせながら、僕も眠りに戻っていった。


ぺちぺち。

ぺちぺち。

いつにない感触に、意識が戻される。

目を開くと、何やら柔らかいものが鼻先を叩いていた。

ほとんど力の入らない、小さな掌《てのひら》だ。

その先に、白い満々の笑顔。

窓の外は、すっかり明るい。

僕の左肩は、ぐっしょり濡《ぬ》れている。夜中、また食べられかけていたようだ。どう考えても、人間として認識されての扱いとは思えない。

妹殿は、ご機嫌満タンなお目覚めらしい。

何か不条理なものを感じないでもないけど。まあ、めでたいことではある。

手を回して抱きしめると、「きゃう」と楽しげな声が漏れる。

聞きつけて、ベティーナが起き上がってきた。

「お早うございますう。わあ、ミリッツァ様もルート様も、ご機嫌ですねえ」

嬉《うれ》しそうながら、どこか少し力の入らない声。

僕以上にこの子守りは、ゆっくり寝つくことができなかったのだろう。

「よかったですねえ。ミリッツァ様、いい子ですう」

僕の着替え中も、機嫌のよさは変わらない。

ベッドの裾に寝かされておむつを剝《は》がされながらも、こちらを見てにこにこを続けている。

はうう、とあくびを抑えられないまま、それでも僕は安堵を嚙《か》みしめていた。

ふわふわとした頭を揺らめかせていると、戸が開いた。

「ベティーナ、ルート、大丈夫か？」

朝の支度を調《ととの》えた兄が、入ってくる。

後ろに、ザムが控えているのが見える。

「大丈夫ですう。ミリッツァ様もご機嫌ですう」

「お前は何だか、疲れた顔してるぞ」

「わたしより、ルート様も一緒に何度も起こして、申し訳なかったですう」

「だろうな。ルートもご苦労様だ」

抱き上げられて、僕はくったり兄の肩に頭を寄せた。

僕を連れていかれると思ったか、きゃう、とミリッツァが手を伸ばしてくる。

苦笑して、兄は空いた片手でミリッツァを抱き上げた。それだけで、きゃきゃ、と妹は機嫌を直していた。

「こいつらは俺が下に連れていくから、お前は自分の支度をしてこい」

「ありがとうございますう」

まだ寝間着姿のベティーナは、嬉しそうに頭を下げた。

抱き上げた僕らを、兄は傍に控えていたザムの背に乗せる。

僕の前に支えられて、ミリッツァは足をぱたぱたとご機嫌のままだ。


結局、丸一日以上を過ごして、分かったこと。

ミリッツァは、僕と一緒にしている限り、大人しく手のかからない赤ん坊だ。

昨夜は数回夜泣きを起こしていたわけだが、その前、この家に来た最初の夜は一度も起きずに眠り続けていたようだ。

ベティーナから報告を受けたイズベルガが、首を捻った。

「最初の夜は、ずっと馬車に揺られてきたので、疲れていたのかもしれないね。昨日はお昼寝をしたでしょう。お昼寝を短めにすれば、もっと夜もぐっすり眠れるかもしれない」

「ああ、そうですねえ。気をつけてみましょう」

「ベティーナにはずいぶん負担をかけて、大変でしょうけどよろしくお願いね」

「はい、奥様。ルート様が手のかからないいい子で楽をさせてもらっちゃいましたけど、ようやく子守りらしいお仕事ができますですう」

母に頭を撫でられて、ベティーナは満開笑顔になっている。

結果的にベティーナと僕にだけ負担が集中しているわけだが、この笑顔が曇らないうちは、まだ大丈夫だろう。

僕の方は、拘束される時間が多くなっているだけで、体力的負担はそれほどない。

ただ、兄と会話する時間と母に抱っこしてもらう時間が減っているのが、精神的にストレスになりそうな程度だ。

いつも寝る前に母に挨拶して抱っこしてもらうのだが、昨夜はすぐ傍でミリッツァがぐずり泣き寸前になっていたので、その時間は大幅短縮されていたのだ。

宣言通り母はミリッツァに触れようとしないのだが、その分実の息子ばかり抱擁するのに後ろめたさもあって、短縮されたという事情もありそうだ。この点が理由だとすると、今後も以前のようにゆっくり抱っこを堪能するわけにいかないかもしれない。

地味に、僕にとっていちばん大きなダメージだ。

またこれまでは、夕方や就寝前に兄の部屋で二人になって会話する時間をとっていたのだが、昨日はそれができなかった。これからも、不可能ではないがなかなか難しいことになっていきそうだ。

まあその辺は、兄も何とか考えているだろう。


この日からまた、午前中はベッセル先生が来て兄の勉強時間になる。

いつもは兄の膝に乗ったり、同じ武道部屋や居間でザムと戯れたりしながらその内容に耳を傾けていたのだが、今日からそうもいかなくなる。僕から離れようとしないミリッツァが、確実に勉強の妨げになるだろうから。

また、ここのところずっとこの時間を掃除や洗濯といった家事仕事に充てているベティーナの習慣を、制限したくもない。

ベッセル先生に「側室の娘」と紹介だけしてミリッツァは居間の隅に連れていき、僕とカーリンと三人、イズベルガに見られながら遊ぶことにした。

仕方ないとはいえ、僕にとって勉強の時間が減ったのは残念だ。

午後からは、前日と同様にザムに乗って散歩。

ただこの日は、兄が製塩作業や畑仕事をゆっくり視察したいということで、ウィクトルとともに別行動になった。

僕はミリッツァを前に、カーリンを後ろに乗せて、ベティーナとテティスをお供に、ゆっくりザムを歩かせる。

僕らに少し遅れて、兄たちも帰宅した。

ヘンリックと少し話した後、兄は僕とミリッツァを抱き上げた。「部屋でこいつらを見ている」と周りに宣言して、ザムに乗せて二階に上がっていく。

ベッドに乗せられると、ミリッツァは機嫌よく僕の足に抱きついてきた。

このまま昼寝をさせれば楽なのだろうが、朝のイズベルガとベティーナの話を聞いていたので、できるだけ起きたまま身体を動かすようにさせようと、さかんに足に挟んだり手を握ったりとつき合うことにする。

兄もその腹をくすぐったり手を出しながら、話しかけてきた。

「昨日ヘルフリートから鳩便《はとびん》が届いたと、ヘンリックに話を聞いていたんだ。新しい領地についての概要らしい」

「ん」

新しい領地は、こちらのもともとの領地より少し面積が大きいくらいらしい。

元が男爵領として破格に小さいものだったせいもあるが、一気に倍増以上という異例の待遇になったことになる。

地図の上では岩山《いわやま》を挟んで接しているとはいえはっきり分断されているので、やはり区別して扱う必要がある。そのため、村二つの名称をはっきり定めることにした。

驚いたことに、こちらのもともとの領地、これまで村の名前はなかったのだ。単に「ベルシュマン男爵領の村」という呼び方で通用していたのだとか。

二つの村を分断する岩山の名称が「ヴィンクラー岩山《がんざん》」というものなので、こちらのもともとの領地を「西ヴィンクラー村」、新しい領地分を「東ヴィンクラー村」とする。

今後、それぞれの村に村長を任命する。

それぞれの人口は、西ヴィンクラー村二百十四名、東ヴィンクラー村三百七十八名、とのこと。

東ヴィンクラー村の主産業は、農業と林業。

岩山近くの森は、こちらに比べて生息する動物が少なく、生えている木の種類もやや異なる模様。

例のオオカミを囲い込んでいた柵を設けた地域を含むわけだが、人の手が入っていないところも多く、植生などくわしいことは分かっていないので、調査が必要らしい。

農作についてはあまり収穫効率がよくない。白小麦の栽培を躍起になって進めてきたが、こちらと同様寒冷地のため頭打ちになっている。

それどころか、ここ数年はこちらと同じく冷害で不作が続き、国税の減率にもかかわらずディミタル男爵領独自の領税の徴収は変わらないため、餓死者まで出している状況だったらしい。

また元のディミタル男爵領全体として、まだ農地にできそうな土地が残っているので、開墾せよという大号令がかかっていたのだが、なかなか進んでいなかったようだ。

開墾は領民にとっても利益になりそうに一見思えるが、そうでもないのだそうだ。開墾したとたん、その土地は農地として面積が換算され、その面積分の税が課せられる。まだろくに収穫が得られないうちから税が増えるので、農民にとっては堪《たま》ったものではない。

結果、号令とともに領主からの開墾催促が度重なるが、実態としてはいろいろ理由をつけて遅々として進まない。特にこの東ヴィンクラー村は南北に長い領地の北の端になるので目が届ききらず、その傾向は顕著だという。

ちなみにこの「開墾したとたん税が課せられる」というのは、領税の話だ。国税に関して言えば、新しく開墾した土地については二年間猶予されることになっている。

だから、やり方次第で東ヴィンクラー村には農地拡大の余地があるということになる。

しかしそのためにはまず、領民の農業への意欲を喚起しなければならない。

前にも話が出ていたが、あちらでは白小麦の収穫が国税に充てるのにも不足する程度。その上高率の領税が課されていたため、領民は疲弊しきって農作業に力が入らない現状だというのだ。

「まずはその辺の改善、つまり領民の暮らし向きをよくすることが最優先、と父上は考えているようだ」

なるほど、と僕は頷いた。

なお、土地に開墾の余地があるということでは、こちらの西ヴィンクラー村でも同様だ。

これまでは今ある畑で収穫率を上げるので精一杯だったが、生活に余裕ができてきたところで、今後北の方へ開墾を進めようという話が持ち上がっている。

「で……なんだっけ、きまめ？」

「ああ。近いうちに騎士団長の領地から送られてくるそうだから、使い物になるか調べてくれ、ということだ。うまい使い道が見つかるなら東ヴィンクラー村では、そのキマメと小麦とゴロイモで畑を三分の一ずつ毎年入れ替えていく農法を試してみたいと。白小麦は国税のために絶対必要だが、あとの作物については当面領税率を低くして、領民の収入に繋《つな》げてやる気を出すようにさせたいという考えだな」

「いい、おもう」

「ただ、そのキマメなんだが。ベッセル先生から借りた図鑑を見ても、騎士団長の話の通りだな。煎って乾燥した豆は軍隊の携行食などに使えるが、茹《ゆ》でても硬く料理に適さないと」

「ふうん」

「お前の知識で、何かこれに使えそうなのあるか？」

「こうほは」

「そうか。いつもの通り、うまく当てはまるかどうか分からないが、試してみる価値はあるか、という程度か」

「ん」

「よし。現物が届いたら、またランセルとも相談しながら試してみよう」

「ん」

ダメ元で用意しておいてもらいたいものを兄に伝えると、首を傾《かし》げながら了承してくれた。

あと、王都からの連絡の中に、ディミタル男爵の処遇についてもあったらしい。

まだ余罪の洗い出しは終わっていないが、ここまで判明している限りでも重罪と断じるしかない。後継予定だった子息とともに、終身入牢《じゅろう》の扱いになる予定だそうだ。

近くで協力していたと判断される使用人等については、それぞれの身分剝奪《はくだつ》の上労役を課せられることになりそうだ。

ただ、男爵の最側近だったデスティンという文官が逃亡、行方不明になっている。

先の父やヘルフリートとの話し合いの中で、『懐刀氏』と呼ばれていた人物だ。今になって名前が伝えられるというのも、妙な話だが。

逃亡経路を辿《たど》る限りでは、国外に出た可能性が高い。昨年西の隣国ダンスクに外遊していた経歴があるので、そちらに向かったのではないかと想像される。

この上我が領へ干渉してくるとは考えにくいが、一応注意しておくように、と父から指示があったということだ。

「今さらこっちにちょっかいを出しても何の利益もないだろうが、逆恨みということも考えられるから、というわけだな」

「なるほろ」

「まあ何にしても、とりあえずはあちらのことは気にしないで、うちの領の行く末を考えていけばよいということになる」

「ん」

兄が水平に伸ばした腕を両手で掴んで懸垂運動をしながら、僕は頷く。

比較的足が弱いからその代わりに、というわけでもないが、最近は努めて腕と指の運動をするようにしている。文字を書くなど、手でできる作業を増やしたいのだ。

僕の脚の上では、ミリッツァが俯《うつぶ》せになってうたた寝を始めている。

兄を見上げると、肩をすくめて苦笑が返ってきた。

「そろそろ下に戻るか」

「だね」

それでもザムに跨《また》がった僕の前に下ろされると、ミリッツァは半眼でにいっと笑いかけてきた。睡魔に包まれながら、それでもまだ僕と遊ぶ気を表明しているようだ。

歩き出すザムの背で全身を揺すって、「はう、わう」と喜声を漏らしている。

居間に戻ると、母とイズベルガの陰にうずくまっていたらしいカーリンが、いきなり立ち上がって顔を見せた。

「みりっちゃ！」

「はう」

女の子二人、どう通じ合っているか不明な声を交わしている。

床に座ると、ぼろ布で作ってもらった鞠《まり》を転がして、二人で遊び出す。

ただやはり、ミリッツァは僕が傍にいないと駄目なようだ。少し離れようとすると、すぐに鞠を放り出してぱたぱた這《は》ってこようとしている。

仕方なく僕は、二人の遊びをすぐ近くで見ていることになった。ときどき流れ弾が転がってくるのを拾って返す、その程度の参加具合で。

しばらくすると、また眠くなってきたらしい。鞠を捨てて、ミリッツァは僕の脇にへばりついてきた。

ぐす、ぐす、と数度鼻を鳴らして、やがて全身の重みが寄りかかってくる。

すうすう寝息が落ち着いたところで、イズベルガが立ってきた。

「すっかりお眠りのようですね」

笑って抱き上げ、ミリッツァを空いたソファに寝かせる。

カーリンは一人で鞠遊びを続けている。

よっこらしょと立って、僕はテーブルで読書中の兄の横へ寄っていった。

「ご苦労さん」と苦笑いで、兄は膝に抱き上げてくれる。

そのまま一刻ほど、ミリッツァがまたぐずり泣きを始めるまで、僕は兄とともに植物図鑑を見ていた。

ベッセル先生に借りたこれは、王国内他領域の見たこともない植物の生態などが記述されていて、なかなか興味深い。

そんなふうに、数日が過ぎた。

日に日に、ミリッツァはこの家に慣れてきているようだ。

夜泣きの回数も最初よりかなり減ってきた。夜中過ぎに一度、起きてベティーナが乳を与えれば治まる程度だ。

朝、僕にくっついていた布団の中から起こされて、ベティーナにおむつを替えてもらう。

そんな少し離れて抱き上げられたところで、きゃっきゃご機嫌に僕に向けて手を伸ばしてくる。

ふと思いついて、そちらに向けてぱふぱふぱふと手を叩いてやった。するとミリッツァも真似《まね》して、ぱふぱふぱふと手を叩き返してくる。

ぱふぱふぱふ、ぱふぱふぱふ。

面白がってベティーナもステップを踏み、拍子をつけてベッドから遠ざかる。

ぱふぱふぱふ、ぱふぱふぱふ。

遠ざかり、近づき。また遠ざかり、近づき、遠ざかり。だんだん距離をとり。部屋の隅まで離れても、ミリッツァはご機嫌に手拍子をとっていた。

そんな遊戯をした頃から、ミリッツァは少し僕から離れても泣かなくなった。

最初の日は二歩離れたら号泣していたのが、同じ部屋で僕の姿が見える限りは平気で、ベティーナに抱かれていたりカーリンと遊び続けていたりできるようになっていた。

小さな差だが、大きな進歩だ。主に、僕にとって。

これで夕方の遊戯の時間、女の子二人で遊んでいてもらって僕は兄の膝で読書できるようになった。

ミリッツァから距離をとれるようになったということだけでなく、カーリンがじっとしていないからという理由で務めていた遊び相手の座を譲ることができたわけだ。

二人が仲よくしている間は手もかからず、ウェスタとベティーナは家事に務め、イズベルガが見ているという態勢で済んでいる。家中が少し落ち着いてきた印象だ。

ただ、やっぱりミリッツァは僕の姿が見えなくなると泣いて探し始めるし、遊戯途中でも眠くなってくるとぐずり泣きを始め、僕が傍に戻るまで収まらない。

特に夜の就寝時は、僕と一緒のベッドでないと絶対大人しく寝つかない。これだけは当分、諦めるしかないようだ。

運送業者の馬車が到着した。アドラー侯爵領からの荷物、大量のキマメを積んで。

予定されていたことだからそれ自体に意外性はないが、運ばれてきたその量には驚かされた。馬車三台から溢《あふ》れそうなほどなのだ。

領主邸の倉庫に収まりきらない布袋を前にして、兄とヘンリックは呆然《ぼうぜん》と顔を見合わせていた。

「もしかするとこれだけで、この西ヴィンクラー村の一年分の食料が賄えるんじゃないか？」

「さようですな……アドラー侯爵領の非常用食糧備蓄分の一部と聞いていましたが、まあ、あちらの領の人口は十万を超えているわけですから」

「この村の……えーと、五百倍か？　それじゃあ納得するしかないか」

「乾燥豆ですからある程度は保存が利くでしょうが、使い道を見つけないことにはこれだけの量を無駄にするというわけです」

「……マジかよ」

ひと袋を開いて相当量を兄の部屋に持ち込み、観察することから始めた。

翌日の昼前に、ランセルとヘンリックとともに、食堂で情報交換をすることになった。午前中に家庭教師に来ていたベッセル先生も興味を持って、参加している。

僕はミリッツァとカーリンを前後にザムに乗って、隅でうろうろしながら話を聞く。

「俺が聞いた限りこのキマメってやつは」ランセルが説明する。「まずとにかく、煎って保存食にするっていう目的だけのために作られているものなんす。茹でても別にうまくないから、他に調理しようなんて誰も考えないす」

「軍の携行食としても、別に味がいいなどということで採用されているわけではないでしょうな。ただ煎り麦や他の煎り豆に比べて、このキマメを使ったものは体力温存に効果があると考えられているようです」

騎士団に所属していたことがあるというヘンリックは、遠征でこれの世話になった経験を持つらしい。

ベッセル先生も頷いて、

「他の地域でも、キマメと言ったら煎って保存食、それしか考えられないと思いますね。同じ豆類でもシロマメやニジマメならもっと粒が大きくて、一晩水に漬けてから茹でれば柔らかく食べられる。しかしキマメは同じようにしても硬くておいしくないし粒が小さい分食べ応えがないということで、ふつうの料理用としては敬遠されていると思います」

「そうなんですか」

顔をしかめて、兄は唸《うな》った。

8 赤ん坊、調理実験を見る

「これだけ聞くと、まったくいいところがないみたいだが。ヘンリックの言うように、経験的に他のものより体力温存に効果があるということは、他の豆などに比べて栄養の点で優れているということなのではないかな」

「そういうことにはなりそうですな」

「古文書の中で、もしかすると近いかもしれない豆のことを見つけたのだが。その豆は小粒でも、栄養価は獣の肉に匹敵するというのだ。肉の代わりにスープに入れて食べるだけで、十分栄養は摂《と》れると」

「ほう、それは」

「ただその豆も、一晩水に漬ければ食用に使えるということだったが、キマメはそういかないというのが難点だな。もしかすると、もっと長く水に漬ければまた違うのではないか？　ランセルはどう思う？」

「うーん……もしかすると、そうかもしれない、す。俺が教えられた他の豆の使い方は、夜寝る前に水に漬けて翌日の昼から煮始める、という感じ、すが」

「だいたい半日、二十四刻といったところか」

「そう、すね」

「それを倍、丸一日の四十八刻に延ばしてみたら、どうだろう」

「やってみないと、分かりません」

「試してみよう。今から水に漬けたものと、今夜寝る前に漬けたもの、二種類用意して、明日の昼から煮始めてみる。ランセル、準備を頼めるか」

「かしこまりました」

ランセルに処理を任せて、続きは翌日ということになる。

この日は天気もよくないので午後の散歩はやめにして、兄は「俺の部屋で遊ばせる」と、僕とミリッツァを抱いて二階へ上がった。

またベッドの上で妹と戯れながら、翌日の手順を相談する。

今日決めた試みの結果でいろいろ対処は変わるので、綿密な打ち合わせになる。

しかも前夜また、久しぶりに夢に『記憶』が登場して伝えてきたややこしい知識もあるので、ますます説明は煩雑になった。

かなり一方的に僕から話した後、急激に眠気に襲われてきた。

「何だ、眠くなったか？」

「ん……どうしたろ」

「頭の使いすぎじゃないのか。前からお前、話が長くなった後は寝つきが早くなっていただろう」

「そう……だっけ」

「自分じゃ気がついてなかったか？　とにかく、少し休め」

「ん」

膝に絡まる形でうとうとを始めた妹とともに、少し仮眠をとることになった。

夜眠れなくならないように、ほどほどで兄が起こしてくれる。


次の日やはり昼食前、同じ顔ぶれが集まった。

ちなみに僕は兄の腕に抱かれて、ミリッツァとカーリンはこちらから見える玄関ホールでザムに乗って歩いている。

ランセルが大きめのボウルを二つ持ち出して並べた。それぞれ水の中に、クリーム色の膨らんだ豆が沈んでいる。

「こちらが丸一日水に漬けたもの、こちらが一晩漬けたもの、す」

「ほう、ずいぶん膨らむものですな」

「一日と一晩で、あまり見た目の違いは分からないな」

ヘンリックと兄がボウルを覗《のぞ》いて、感想を口にする。

確かに乾燥したものの二倍以上になったと思われる粒に、どちらのボウルのものが大きいといった区別はできそうにない。

「まあこれで、茹《ゆ》でてみよう。どれくらい時間がかかるかな」

「一刻も見ればいいんじゃないかと」

「じゃあその見当で、別々にやってみてくれ。その間に、先生と昼食にしてもらえるか」

「かしこまりました」

二種類の豆は別々の鍋に入れられて、二口の竈《かまど》で同時に火にかけられる。

食事には母も同席して、試みに励ましがかけられた。

「先生も協力いただいて、ありがとうございます」

「いえこちらこそ。ウォルフ様の発想には、いろいろ刺激がもらえてありがたいです」

「おいしいものができたら食べさせてね、ウォルフ」

「はい、もちろんです」

居間に戻る母を見送って、一同で竈の前に集まる。

それぞれの鍋から一粒を拾い出し、指で潰してランセルは「いいよう、す」と火を消した。

ざざ、と笊《ざる》にあけ、湯気の立つ豆の一部を皿に取り出す。

「どうぞ」と差し出された皿から、匙《さじ》で一粒すくって兄は口に入れた。

先生とヘンリックもそれに続く。

「一晩の方は、まだ硬さが残っていますな。硬さにムラがあるというか」

「丸一日の方は、少しましなようです」

ヘンリックと先生の感想に、兄は頷《うなず》いた。

丸一日の皿からもう一粒すくい、口に入れてしばらく舌触りを確かめる顔で考えて、

「少しましだが、まだ硬さがある。ということは、もう少し水に漬ける時間を長くしたらもっとよくなるのかな」

「一日半とか丸二日とか、やってみますか？」

同じく口に入れて確かめていたランセルが訊《き》いた。

それにまた少し考えてから、兄はもう一度頷いた。

「やってみる価値はあるかもしれないな。ランセルとウィクトル、済まないが俺の部屋にある瓶《かめ》を運んできてくれないか」

「水に漬けたのがあるんすか？」

「ああ。これが到着した日に、どんなものかとやってみた。丸二日近く経《た》っていることになる」

「はあ、そうなんすか」

首を傾《かし》げて、ランセルは戸口に立っていた護衛とともに出ていった。

ウィクトルと二人が指名された理由は、戻ってきた様子を見てすぐに納得された。大人が一抱えする大きさの瓶に水がいっぱいで、二人がかりでないと大変な重さなのだ。ウィクトルならもしかすると一人でも大丈夫かもしれないが、階段を降りることを考えると無理は避けた方がよさそうだ。

「こんなにいっぱい用意した、すか？」

「ああ、うまくいくようならいろいろ試してみたいと思ったのでな。しかし一人で持てない重さにするつもりはなくて、失敗だったかもしれない」

皆の苦笑を受けながら、試みは再開された。兄の用意した豆を、また一刻ほど茹でる。

結果は、かなり食用に堪える柔らかさになっている、ということだった。

全員で試食して、兄は僕の口にも一粒入れてくれた。

離乳食仕様の僕の少ない歯でも、噛《か》み潰《つぶ》すことができる感触だ。特に味つけはしていないが、かすかに素朴な甘みが広がる。

「うまうま」と笑顔を見せると、全員の顔が綻《ほころ》んだ。

「これならスープに入れても、違和感はなさそうですな」

「しかし、丸二日、すか。一食のためにそんな気長に水に漬けようなんて、ふつう考えないすよ」

「それでもそれでここまで改善するなら、世に広める価値があるのではないでしょうか」

勢い込んで頷き、ベッセル先生は少し考えて続ける。

「これだけ長時間水に漬ける必要があるというのは、よほどこの豆は皮が硬いか厚いか、なんでしょうね。その皮を何とかすれば、別の処理方法もあるかもしれません」

「そうですね」

頷いて、兄はさっきの瓶を覗いた。

今茹でた分をとっても、まだ中身が大量に残っている。

「この、水に漬けた後の調理法も、また別のを試してみたいんだが。ランセル、言う通りにやってみてくれるか」

「はい」

瓶から、またひとすくいの豆を笊にとる。

大きな鍋に、少なめの湯を沸かす。

豆を入れた笊に綺麗《きれい》な布巾を乗せて、鍋に入れる。

鍋に蓋をして、そのまま加熱を続ける。

茹でたときと同様、一刻程度。

さらにもう一種類の調理をと、兄の指示でランセルが作業をしているうち、その一刻が過ぎていた。

　蓋を開けると、もうもうと湯気が立ち昇ってくる。

　また豆の柔らかさを確かめて、ランセルは鍋から笊を取り出した。

　試食して、ベッセル先生は目を丸くした。

「直接湯の中で茹でたわけではないのに、十分柔らかくなるものですね。それにこれ――さっきのものより味が濃い気がします」

「こんな料理のしかた、初めて、す。しかし、ちゃんとできてるし、おいしい」

　一粒口にして、ランセルも驚きの顔だ。

「私もこういうものは初めてです」とヘンリックも感心している。

　この一粒も、兄が僕の口に入れてくれた。

　十分柔らかく、確かにさっきのものより豆の味が濃厚だ。

「うま」と、僕はさらにご機嫌の笑顔を作る。

　会心の顔で、兄は説明した。

「『蒸し料理』というんだそうだ、こういう調理法を。この場合は『蒸し豆』、と言うより『蒸しキマメ』だな。茹でる場合に比べて、味や栄養素が湯の中に出ていってしまうのが防げる、という利点があるらしい」

「なるほど、味がいいのにも理由があるのですな」

「これ、すごいすよ」ランセルは興奮気味に言い立てた。「これならこのまま、別の野菜なんかとの煮物や炒《いた》め物《もの》などに使えそうす」

「キマメがこんなに味がいいとは思いませんでした」ヘンリックは首を捻《ひね》る。「煎り豆でも確かによく噛みしめるとこのような味が感じとれた気がしますが、ぼそぼそしてじっくり味わうものではありませんし。この蒸しキマメなら、どこへ出しても立派な食材になるのではないですか」

「確かに、なります」

興奮する料理人と執事をよそに、「だあだあ」と僕は兄に手を伸ばした。察して、兄はもう一粒口に入れてくれる。

満足げに咀嚼《そしゃく》する僕を見てから、兄は先生に説明した。

「何よりもこの調理法を見つけて『よし』と思ったのは、この点なんです。赤ん坊の離乳食にも、歯の弱った老人の食事にも使える。しかもキマメに肉の代わりになる栄養があるのだとしたら、肉が手に入らない時期にも人の健康が保てる。うちのような僻地《へきち》の村に、欠かせない食材になるのではないかと」

「本当に、それらが確かだとすると、こんな保存が利いて万人の健康に役立ちそうな優秀な食材、今までなかったものと言えそうです。これほどのものが、どうして今まで見過ごされていたものだか」

「ゴロイモと似たようなもので、先人の固定観念がそのままに来てしまってたんじゃないでしょうか。キマメは煎って携行食にするもの、と決めつけていたと」

「そうなんでしょうねえ」ベッセル先生は、深々と溜息《ためいき》をついた。「我が国の食文化については、まだまだ見直すべき点がありそうだ」

「ついては、また先生に論文執筆をお願いできますか」

「喜んで。と言うか、本当にそろそろ、ウォルフ様が自分で論文を書くべきと思うのですが。執筆指導は喜んでさせてもらいますよ」

「そちらに気を惹《ひ》かれなくもないのですが、当面はこのキマメの調理と栽培を領内に周知させる仕事があります。そちらが落ち着くのを待つより、この調理での活《い》かし方を全国に早く広めたいので、先生にお願いします」

「分かりました」

「しかも、もしかするとこのキマメにはまだまだ他にも可能性があるかもしれません」

言って、兄はヘンリックの顔を見た。

「本当に、古文書に載っているものとこのキマメがかなり近いものなら、という条件がついての話なんだが。豆を絞って油を採る、ということができるかもしれない」

「そうなのですか？」

「いろいろ試してみなければ分からないがな。セサミに比べても使える豆の部分は大きいわけだし、大量に栽培することもできそうだ。もしかすると、もっと安価で流通が可能な油を生産できるかもしれない」

「それは、試してみる価値がありそうですな」

「しかも、油を絞った後の滓《かす》は、畑の肥料や家畜の飼料に使えるという。牛の飼育も考えられるが、俺としてはこの村でニワトリの飼育を試してみたい気がする」

「ニワトリ、ですか？」

「前にルートの身体にいい食材として、ニワトリの卵というのが挙げられていたが、入手が困難で諦めたことがあっただろう。そんな健康にいい食材を、これも安価に手に入るようにしたいんだ」

「なるほど。大切なことですな」

「いろいろ夢が広がるだろう？」

兄と執事は、晴れやかに頷き合っている。

そこへ、もう一つの鍋の中をかき混ぜていたランセルが声をかけてきた。

「ウォルフ様、こちらもそろそろいいようです」

「おお、そうか」

さっき蒸しキマメを火にかけている間に始めていた、もう一種類の調理を試してみようというものだ。

水に漬けていた生の豆をよく潰して、水を加えて鍋で煮始めていた。これも火にかけてから一刻程度経過した見当だ。

蓋をとった鍋を覗いて、兄は頷いた。

「うん、よく煮えたようだな。ランセル、引き続き指示の通りやってくれ」

「かしこまりました」

大きな鍋を、ランセルがよっこらと竈から下ろす。

濃厚な豆の匂いが立ち昇るそちらを覗いて、ベッセル先生が好奇心の溢《あふ》れた目を輝かせる。

「こちらも、違った料理ができるのですか」

「こっちはかなりの冒険で、うまくいく保証はないんです。うまくいったら儲《もう》けものという感覚で、見ていてください」

ちょっと苦笑いで、兄はランセルに指示を続けた。

煮えたどろどろの半液体を、笊に綺麗な布を敷いてボウルに乗せたものに、柄杓《ひしゃく》ですくってかけていく。

全部移し終えると、布を絞ってぎりぎりまで汁を落とす。

ボウルに落ちた白い汁を、鍋に移して弱火で温める。

沸騰しないように温めた汁に、兄が用意した液体を加える。どの程度加えるのが適当かは分からないので、汁を混ぜながらゆっくり少しずつ。

やがて。

ランセルが汁を混ぜるヘラに、少し抵抗が見えてきた。

そこで火を消し、鍋に蓋をしてしばらく置いておく。

一刻ほど置いて。

また別に笊に綺麗な布を敷いたものを用意して、かなり固まってきた鍋の中身をそこに移す。

布の上には、白くぷるぷるした固まりが残された。

それを布ごと持ち上げて、水を張った大きな鍋の中に沈める。

少し離れた位置から、ベッセル先生が興味津々に覗き込んできた。

「これで完成ですか」

「水の中で十分冷めたら、食べられるはずです」

「何とも、面妖な見た目ですな」

ヘンリックも怖々といった様子で眺めている。

しばらく待って、ランセルは庖丁《ほうちょう》を持ち出した。

水の中で固まりの端を切断し、柔らかさに苦労しながら庖丁の腹に乗せて持ち上げる。

皿に載せたそれを、一同はやはり何とも言えない表情で眺め下ろしていた。

「何ですかこれ、ぷよぷよしてますよ」

「やはり面妖としか言えませんな」

「とにかく、一口食べてみよう」

兄がその端を匙ですくって、口に入れる。

ベッセル先生とヘンリックも、ためらいながらそれに倣った。

そして、とりどりに眉がひそめられ。

「えーと……」

「何でしょう、これは」

「味がない？　いや……」

考え込む兄に、「だあだあ」と僕は手を伸ばした。

頷いて、ひと匙口に入れてくれる。

つるり、滑らかに舌に落ち。淡泊だがかすかな甘みが広がる。

「うまあ」と僕は笑顔を咲かせた。

薄味に慣れた僕には、舌触りと風味が最高に合うのだ。

三人は、微妙な顔を見合わせた。

「ランセル、ドレッシングのようなものはなかったか」

「はい、あります」

「少量でいいから、かけてみてくれ」

「はい」

塩と酢と油、ハーブを混ぜた液体を、皿の上の固まりにかける。

そうして三人は、また匙にすくって口に運んだ。

「ああ、これならおいしく感じますね」

「ドレッシングの味だけ……いや、かすかにさっきの豆の甘さも感じとれますか。滑らかな舌触りで、面白い食感ですな」

「こうしてみると、上品な食材という気がしないか？」

「ええ。元の味が薄い分、味つけ次第でいろいろ使えそうですな。もしかすると、貴族の口に合う料理ができるかもしれません」

「そのまま食べても、スープの具にするなどしてもいいらしい」

「ああスープの具、いいかもしれませんね」

兄の発言に頷き返して、先生は笑顔になった。

それからまた、学術的に興味を戻した様子で、訊き返す。

「それにしてもウォルフ様、これは何なんです？」

「トーフという、豆の加工品だそうです」

「見たことも聞いたこともありませんが。つまり、潰した豆を煮て、漉《こ》した汁にさっきの液体を加えた、それだけのものですよね。何なんですか、さっきの液体は」

「製塩作業で、最後に塩の結晶を取り出した後に残った水です」

「はあ？」

「ニガリという成分を含んでいるのだそうです。海水で塩を作るときにそういう液体ができるということだったので、うちの塩水でどうかとダメ元で持ってきてみたのですが、幸運にもうまくいったようです。しかもこれ、原理としては豆に含まれる肉の代わりになるという栄養分が固まる、どんな豆でもうまくいくわけではないということなので、キマメが肉の代わりになるということがかなりの信憑性《しんぴょうせい》で証明されたことになりそうです」

「何とも……」

「それにしてもこのトーフという食材、作り方によってまだ味や食感など向上すると思うのです。今日はとりあえず適当にやってみましたが、最初に水を入れる量やニガリを入れる量、そのときの温度などで硬さなども変わってくると思われます」

「面倒なものなんだな。いや、分かる気がします。化学実験のようなものですね。いろいろ試行錯誤の余地があると」

「そういうことですね。まだ身内の中だけならともかく、これを他領などに広めるとかまた王都で売り出すことを考えるとかなら、もう少しそれこそ試行錯誤を重ねて品質を高める必要があると思うのです。ここではそんなことをしている余裕はないので、たとえば王都の商会などに打診してそんな研究の人材を都合してもらうなどしなければならないかもしれませんね」

「そうですね……」

考え込むベッセル先生に代わって、ヘンリックが寄ってきた。

ランセルに指示して、このトーフを母とイズベルガにも届けさせたようだ。

食堂の隅でウェスタとベティーナも味見して、感心している。

ザムに乗ったカーリンも寄ってきて、父親からトーフをひと匙食べさせてもらっている。「うまうま」と上機嫌な声が張り上げられた。僕もそうだが、いかにも赤ん坊の口に合う食材なのだ。

「さっきの結果で丸二日水に漬ければ料理できること、蒸し豆という料理法、このトーフ、そして油が採れるかもしれないという可能性、これだけあれば、キマメの価値を高めるには十分と存じます。当初はあちらの東ヴィンクラー村での栽培の足しになればという発想でしたが、これならこちらでも栽培を始めて生産量を増やしてもいいのではないかと。そう、旦那様にお伝えしましょう」

「そうだな、頼む」

執事と兄がそう話していると。

しばらく考えていた先生が「ウォルフ様」と話しかけてきた。

「そのトーフ製造の研究ですが、私の下宿先の主人、ジーモンに依頼してはどうでしょう」

「あの老人ですか？」

兄も僕も、数度しか会ったことのない老人だ。ひょろりと背が高く、先生の下宿先でいつも椅子に腰かけているという印象だけがある。

「何と言うか、ジーモンはもともと農民なのですが、そういう研究めいたものが好きなようでして。以前はよく、農法や肥料の工夫などについていろいろ考えていたらしいです。この村での輪作農法も、ジーモンが考案したものだとか」

「ああ、そうでした」ヘンリックが頷く。「この村での今の農業のやり方は、ジーモンが工夫して広めた部分が大きいはずです」

「腰を痛めて農作から身を退《ひ》いてからは、そういう点で村の役に立てないことを歯痒《はがゆ》く思っているようです。最近の製塩の作業にも参加はしているのですが、力仕事ができないので肩身の狭い思いのようですし」

「トーフの製造研究は化学実験のようだと言う先生が、そういう作業に向いていると思われるのですね？」

「そうです。そういう試行錯誤に向いた根気や探究心を持っていると思います。身体のせいで農作業や大がかりなことはできませんが、このトーフ作りなら一度に大量にしなければ可能なのではないかと。力仕事が必要な部分は、誰か協力者を頼めばよいことですし」

「それなら、先生から打診してみていただけますか。その気があるようでしたら、明日にでもここへ連れてきてもらえれば」

「分かりました。でしたら、そのトーフと蒸し豆を少し分けていただけますか。ジーモンと奥さんのインゲに試食させてみたいと思います。インゲは料理の工夫が好きなお婆《ばあ》さんですから、何かそんな発想が得られるかもしれません」

「ぜひ、お願いします」


そんな相談をして、ベッセル先生は帰宅していった。

その日の夕食はランセルが工夫した蒸しキマメとクロアオソウとゴロイモの煮物で、キマメの食感がみんなに好評を博していた。

そこで話題に出たトーフの試食の感想は、母もイズベルガも「何とも表現できない」ということだった。

「おいしい気はするのですけれど、食感が目新しすぎるのと味が淡泊なので、どう判断していいか分からないのです」

「調理のしかたによっては、素晴らしいものになるかもしれないという気はするのですが。今のところ評価は保留ということにさせてください」

頭から拒否されなかっただけ、大収穫だ。

この日の残り少ないトーフを離乳食にしてもらっておいしくいただいている僕は、秘《ひそ》かに手応えを噛みしめていた。

何しろこれらのキマメの調理について提案した際、トーフについては兄が「こんな面倒なものまで最初から作る必要があるのか？」と疑問を呈していたのだが。

「もちろん！」と僕は胸を張って答えたのだ。

「りにゅうしょくに、さいてき」

「自分のためかよ！」

――自分のためで、悪いか？

これまで、黒小麦パンやコロッケなどを考案した際に好評は嬉《うれ》しかったが、自分の口で楽しめないのが大いに不満だったのだ。

今回は、蒸しキマメもトーフも、ちゃんと口にすることができる。

老若男女に喜ばれる料理の提案。うん、大事だ。

——というわけで、皆さんにはこれらの普及、頑張ってもらいたい。

翌日の朝には、ベッセル先生が下宿先の老夫婦を伴って現れた。

蒸しキマメとトーフを食べさせたところ、大いに興味を持ったということだ。

これらの品質向上の工夫なら、喜んで取り組ませてもらいたい、と言っているらしい。

さっそくランセルから基本の製造法を聞いて、手を動かし始めている。

相談の上、数日は領主邸に通って製造の工夫に励み、この屋敷の人々の口に合う水準を目指す。あとは自宅で大量の生産と品質の安定を目指し、村人たちへの普及を図る、ということになった。

とりあえず兄の助言を受けて、ランセルとジーモンは最後にトーフを固める際の四角い型をいくつも板で作るところから始めている。

ウェスタとインゲは、水に漬けた豆を潰す作業に取りかかる。

作業工程や材料、水の量、温度などをジーモンが木の板に記録している様子を見ると、なるほどベッセル先生の言う『研究に向いている』という性格が窺《うかが》えるようだ。

勉強を終了した兄と先生、ヘンリックも加わって、試作品の試食。

型を用いた分見た目はよくなったが、舌触りや味は前日のものと大差ないようだ。

「まずは水の量とニガリの量、混ぜ方と温度かな」

「そうすね」

記録した板を見ながら、ジーモンとランセルは相談をしている。

脇で使った道具類を洗いながら、インゲが呼びかけてきた。

「ウォルフ様、これは食べたりできないんかね」

持ち上げてみせるのは、茹でた豆を漉して残った滓の方だ。

僕から伝えた知識の中にあったので、兄はすぐに応えた。

「ああ、オカラと言うんだそうだが、食べるのに問題はないはずだ。むしろ十分栄養もあるから捨てるのはもったいないほどなんだが、口当たりや舌触りがあまりよくないから料理のしかたに工夫が必要だということだ」

「それならちょっくら、試してみてもいいかね」

「ああ、やってみてくれ」

妙に嬉しそうにインゲはそれを流し台に持ち出して、ウェスタと相談を始めている。

老夫婦二人とも、下宿屋で座っていた様子とは見違えるように生き生きと動いているのが面白い。

その日の昼食にはインゲの作ったオカラとクロアオソウの炒め煮《に》が出されて、好評を得ていた。

濃いめの味つけと適度に汁を含ませた口当たりで、食べやすくなっているのだそうだ。さすがに僕は口に入れることができなかったけれど。


午後からは、ジーモンはトーフ作りの試行。インゲはランセルとウェスタ、ベティーナを助手に、キマメとトーフ、オカラの料理法についていろいろ試している。

作業の合間に、兄はジーモンから農法のこれまでの工夫についての話を、興味深げに聞いていた。

ジーモンによると、今まで小麦とゴロイモ、クロアオソウで輪作をしてきたところの、クロアオソウをキマメに換えるのは賛成だ、ということだ。クロアオソウは単独で毎年栽培していい。キマメの方が輪作に合っているのだという。

「本当なら、三年輪作より四年で回す方が収穫はよくなるんじゃないかと、わしは思っているさね」

「四年？　そうなのか」

「特に小麦は、それだけ空けた方がいいと思うです。しかし今のを始めた頃は、最初そこまで小麦の作付けを減らす余裕がなかったさね」

「なるほど、畑の面積三分の一と四分の一ではけっこう違うものな」

「小麦とゴロイモ、キマメの組み合わせは、いいと思う。ウォルフ様、小麦キマメと、ゴロイモの違い、分かりなさるかね」

「小麦とキマメが共通して、ゴロイモが違う点か？　何だろう」

「食べる部分さ。小麦とキマメは、地面より上にできる。ゴロイモは下だ」

「ああ、言われてみれば、そうだな」

「輪作にいちばんいいのはわし、これを上下上下と交互になるように四年別々の作物で回すことだと思ってるさ」

「交互に四種類、か。そうすると今のままでは、下のものが一種類足りない？」

「理想を言えば、そう思うさね」

「下――と言えば、根の部分を食べる、いわゆる根菜というやつだな」

「そうさね。しかし、ここの気候に合った根菜のもの、前に領主様とも話したことがあるんだが、うまいのが見つからない」

「なるほどな」

熱心に、兄は頷いている。

老夫婦が作業を続けているうちに、いつもより少し遅く、僕らは散歩に出た。昨日外に出なかった分、少しでも多く日光に当たっておこうという目的だ。

兄はウィクトルを伴って、森へ野ウサギ狩りに出かけるという。

大繁殖は収まったが、まだ十分な数の野ウサギが生息している。純粋に屋敷用の食肉確保のために、週に一回程度、兄は狩りに行っているのだ。

最近は兄もウィクトルもまた弓の腕が上がって、射程範囲内を素速く駆け抜けようとする獲物を仕留《しと》めることがかなりできるようになっているという。

この日も、二刻あまりの狩りで二人は三羽の野ウサギを持ち帰ってきた。


夕方は居間で、ミリッツァとカーリンが遊ぶのを見ながら、兄の膝で読書。

老夫婦は帰宅したようで、厨房《ちゅうぼう》ではランセルとウェスタ、ベティーナがいつものように立ち働いている。

思い出すことがあって、開いた植物図鑑の前のページに戻るように、僕は手振りで要求した。

訝《いぶか》りながら、黙って兄は従ってくれる。

数ページ戻り、開かれた手描きの図をそっと指でさす。

読んで、「アマカブ……？」と兄は独り言めいた呟《つぶや》きを漏らした。

人目を避けてやや苦労しながら、手元の石盤に一語書き込む。

兄の目が、困惑で丸くなった。

ちょうど、ランセルが居間に入ってきた。

母とイズベルガに確認することがあったようで、すぐ用を済まして戻りかける。

そこへ、兄が問いかけた。

「ランセル、ちょっと訊いていいか？」

「へい」

「アマカブって、どういうものか知っているか？」

「アマカブ、すか？」

立ち止まり、視線を上げて考えている。

ようやく記憶に思い当たるものがあったようだ。

「現物を見たことはない、すが、聞いたことはあるす。シロカブと似ているが、まちがえないように、と」

「それは、シロカブとは違って食べられない、ということか」

「へい。無茶苦茶《むちゃくちゃ》えぐみが強くて、料理には向いていないという話す」

「そうか」

やりとりしていると、意外な方向から発言があった。

母の後ろに座る、イズベルガだ。

「アマカブというと、エルツベルガー侯爵領の北部でよく見られる、雑草扱いのものと聞きましたね」

「知っているのか？　エルツベルガー侯爵領というと——東の方だな」

「はい。旧ディミタル男爵領の東隣ですね。もう少し南に広いですけど」

「その北部――南北でいうと、ここより北か？　南か？」

「少しだけ南になるでしょうか。寒さや雪が多いという条件では、似通っていると思います」

「そういう気候条件で自生しているということだな。かなり多く見られるのかな」

「くわしくは存じませんが、飢饉《ききん》のときに他に食べるものがなくて、アマカブの根を囓《かじ》ったという話を聞いたことがあります。少し甘みがあって空腹を紛らす足しにはなりますが、それこそえぐみが強くて平時に口にする気にはなれない、と聞きます」

「なるほどな」

その会話を、少し前に入ってきたヘンリックが控えて聞いていたようだ。

話が途切れたところで、尋ねてくる。

「ウォルフ様、そのアマカブがどうかしたのでしょうか」

「ああ。さっきジーモンに聞いた話でな。ここの土地の気候に合った根菜の種類が何かないかと考えていたんだ。お祖父《じい》様手書きの植物図鑑にあった記述でこのアマカブというのは、この地にはほとんど自生は見られないが、もっと東方になら多く見つけられるようだ、と」

「気候に合っていたとしても、食用にならない作物では無意味かと思いますが」

「そうなんだがな。直接食用にならないにしても、名前の通り少しは甘みがあるのだろう？　砂糖のような甘味料を作ることはできないだろうか」

「砂糖でございますか？」

「我が国では、砂糖はほとんど生産されていないはずだな？」

「さようでございますな。砂糖は南方の、アマキビといいましたか、そんな植物から採るはずですので。ほとんどが南寄りの他国からの輸入で、我が国ではわずかにベルネット公爵領で生産が試みられていると聞いたことがございます」

「アマキビ以外からの生産は無理なのだろうか。誰か試してみたことはないのかな」

「さあ。寡聞にして存じませぬ」

「ものは試しだ。そのアマカブ、現物は手に入らないだろうか」

「さあ……エルツベルガー侯爵領に当たれば、何とかなるやもしれませぬが……」

ちらと、ヘンリックの視線が母とイズベルガの方に流れたように見えた。

一呼吸置いて、母が微笑《ほほえ》んで口を開いた。

「ウォルフがいろいろ考えて試してみようとするのは、いいことだと思いますよ。ヘンリック、何とかできませんか」

「はい。旦那様に連絡を入れて、王都のエルツベルガー侯爵領とゆかりのある商会などに問い合わせてもらいましょう」

「もしかすると」イズベルガが首を捻って口を入れた。「すぐ隣になるわけですから、新しい領地、東ヴィンクラー村の付近で自生のものは見つからないでしょうか」

「ああ、それもあり得ますな。確か近日中にヘルフリートが東ヴィンクラー村に出向く予定と聞いていますので、ついでに探させてみましょうか」

「そういうことなら、頼む」

兄が頷きを返す。

そこへ、部屋の隅から「え、え……」という弱々しい声が持ち上がってきた。

眠気が差してきたらしい、ミリッツァの恒例のむずかりだ。

慌てずイズベルガが歩み寄って、抱き上げる。

すかさず兄も僕を抱き上げて、ソファに運ぶ。

すぐ脇に寝せられたミリッツァが、ぐしゅぐしゅと僕の膝にすがってくる。

それほど待たないうちに、その息遣いが静かになっていく。

——何と、見事な連係プレー。

思わず呆《あき》れてしまうほど、みんなこの対処に慣れてきてしまっている。

感心すべきか腹を立てるべきか悩みながら、僕はその眠りを妨げないようにじっと動きを堪《こら》えて、妹の髪を撫《な》でていた。

そうしているうち、ヘンリックは本来の用事を思い出して、報告を続けていた。

王都の父から、鳩便《はとびん》が届いた。

昨日のこちらからの報告を受けて、すぐ父は決断したようだ。

東ヴィンクラー村、西ヴィンクラー村両地にキマメの栽培を導入し、小麦、ゴロイモとの輪作の体制にする。

近日ヘルフリートが東ヴィンクラー村に出向く用事は、その方針の指示のためらしい。

それに加えて、追加の連絡があった。

おそらく一日、二日のうちに、アドラー侯爵領の者がこちらの領主邸を訪れる。

今回のキマメについて判明したことを騎士団長に伝えたところ、即決で「くわしく教えてくれ。

領地の者を派遣する」ということになったそうだ。

世話にもなりこういう情報の協力体制を約束している相手なので、隠さず教えてもらいたいとのことだ。


本当に騎士団長は、即断で指示を出したらしい。

次の日の午前中にはもう、アドラー侯爵領の文官と料理人という二人が息せき切った騎馬で到着した。

ランセルからキマメの水での戻し方、蒸し豆の作り方を聞き、しきりと感心。トーフの作り方を聞いて、仰天していた。

さらにランセルとインゲのキマメとトーフの料理を見学して、ますます感心しきりになっていた。

この日の料理の試作は、僕の知識から兄を通じてインゲに伝えたものだ。

野ウサギの挽肉《ひきにく》とオカラにパン粉を加えて混ぜたものを焼いた、オカラハンバーグ。

柔らかめにできたトーフをゴロイモなどと煮たスープ。

侯爵領の使者を加えてみんなで試食したところ、大好評だった。

「ありがとうございます。さっそく領地に帰って伝えます」

その後慌ただしく、文官は帰還していった。

滞在時間六刻弱という、呆れ返るほどの忙しさだ。

もう一人の料理人は、しばらくこの地に残ることになった。ジーモンの下宿屋に数日滞在して、トーフ作りを教えてもらうのだという。

9 赤ん坊、砂糖作りを見る

午前中に作ったトーフは柔らかめだったので、スープにした。一方、午後から再びジーモンが挑んだトーフは、うって変わって硬めになった。

インゲはこれを指二本ほどの厚さに切り、ゴロイモを乾燥させた粉をまぶして、そのまま焼き上げた。

ヤマリンゴを使ったソースをかけた『トーフステーキ』は、そのまま夕食のご馳走《ちそう》になった。

「ジーモンもインゲもたいしたもんすよ」ランセルが心底感心の様子で言う。「柔らかめと硬めのトーフを自在に作れるようになって、これまるで別物みたいな食材になってしまってるす」

「今後も、二種類の作り方を確立した方がいいかもしれないな」

兄も感心して頷《うなず》いている。

母はすっかり気に入った様子で、ステーキを味わっている。

「これはいいです。まるでくどくないのにご馳走のような豪華さで。口当たりもいいし、このソースもよく合っています」

「同感です、母上」

次の日からは、ジーモンの家に道具を揃《そろ》えて、二種類のトーフを量産することになった。今後は

村の中で販売を始め、適宜領主邸にも届けてもらうことになる。

また、ランセルとインゲが村の者を集めて、キマメとトーフの料理法について説明会を開催した。

同時にかなりの量のキマメを無料配布して、兄とヘンリックから輪作の作物とする方針と、この先食生活に取り入れるようにという指示がなされた。

一気に、今後領内の農作と食事情に変革がもたらされたことになる。

アドラー侯爵領の料理人は五日間滞在して、トーフ作りを一通り身につけて帰ったということだ。


数日後、いきなりヘルフリートが現れた。

東ヴィンクラー村での用事を済まし、依頼したアマカブの現物を見つけたので、単騎で届けに来たという。雪の下で冬を越したらしい土にまみれた丸い根の植物が、山のように背中に結わえられている。

「いやあ、話に聞いていた岩山の隙間を抜ける道を使うと、本当に数刻で到着するのですね。なかなかに冒険心を刺激される行程でした」

得意げだが、よく聞くと森の中で危うく迷子になるところだったらしい。

「もっと分別のある行動をしなさい」と、父のヘンリックから苦言を受けていた。

「それよりも、この雑草を活用する方法をウォルフ様が思いついたということ。旦那様も私も、楽しみでなりません。さあさっそく、見せてください」

「慌てるな、落ち着け」

額を押さえて、兄は顔をしかめていた。

何しろまだ午前中、兄は勉強時間の最中なのだ。

いつものカリキュラムを終えると、ベッセル先生も興味を示してきた。

数日前から何度か僕と打ち合わせをくり返していたので、兄はすぐに食堂で実験を始めることにした。

「今まで試してきた料理などと比べても、さらにいっそう当てのない試みだということは承知しておいてください。ランセル、いつも済まないが、頼む」

「へい」

「当てのない」という前置きを聞きながらも、何かランセルは期待に満ちた顔だ。

これまでのいくつかの試みがほとんど成功裡《せいこうり》に終わって食糧事情改善に繋《つな》がっているので、料理人として楽しみでならないようだ。

実験は、それほど複雑なものではない。

アマカブの太く丸い根の部分をよく洗い、粗い角切りにする。

大きな鍋に湯を沸かし、アマカブを投入。

沸騰しない程度に、浮いた灰汁《あく》を除きながら、しばらく加熱を続ける。

その間に用意したのは——暖炉で薪《まき》を燃やした後に残る灰、だ。

十分加熱した煮汁を、笊《ざる》で漉《こ》す。

煮汁をとろ火で温めつつ、灰をよくかき混ぜながら加える。

温度が下がらないように加熱を続けながら、灰の沈殿を待つ。

沈殿が収まった後、琥珀色《こはくいろ》の上澄みだけを別の鍋に移し、煮詰める。

「本当はもっと煮詰めるらしいが、とりあえず味を見てみよう」

言って、兄は煮汁を少量匙《さじ》ですくって、口に運んだ。

「うん」と頷き、居並ぶ一同を振り返る。

「みんなも、味を確かめてください」

ヘンリック、ヘルフリート、ベッセル先生、ランセルが、次々と匙を入れた。

たちまち、全員の目が丸くなる。

「甘い！」とヘルフリートが叫んでいた。

「本当に甘みが取り出せるのですか、こんな方法で！」

「このままだとかなり薄いから、やっぱりもっと煮詰めなければならないようだな」

頷いて、兄はランセルにかき混ぜ続けるように指示をした。

大きな木のへらで、ランセルはぐるぐる鍋の中を攪拌《かくはん》する。

しばらく経《た》つと、その汁がとろみを帯びてきた。

さらに加熱し混ぜ続けると、持ち上げたへらの下に糸を引くほどになってくる。

「とりあえずこんなものか」と、兄は火を止めさせた。

また全員で味を見て、ヘンリックが大きく頷いた。

「十分な甘みですな、これは」

「少し、えぐみが残って感じられるかな」

「いやウォルフ様、十分すよ。これだけ甘みがあれば、料理などにも使える。少し雑味などありますが、甘みには換えられません」

兄の呟《つぶや》きを、ランセルがすぐ打ち消した。

とにかくそれだけ、甘みを感じさせるものは貴重なのだ。

ベッセル先生も頷いて、それに賛同した。

「いや確かに、これだけ甘みを持つもの、誰もがほしがりますよ。売り物にもなると思います。えぐみのようなものも少しありますが、それでもほしがられるでしょう。それに例によってこれは試作、まだやり方によってえぐみを減らせるかもしれませんね」

「そうですね。ひとまず成功、まだ工夫の余地あり、ですね」

笑う兄に。

ぐいとばかりにヘルフリートが詰め寄った。

「ウォルフ様、私は即刻王都に戻ります。この試作品、旦那様に持ち帰らせてください」

「分かった。くれぐれも、まだ試作品だということは伝えてくれよ」

「当然です」

一躍、ヘルフリートはランセルに指示して試作品を容器に詰めさせている。

それを見ながら僕を抱き直し、兄は「うーん」と唸《うな》っていた。

聞き咎《とが》めて、ヘンリックが顔を覗《のぞ》いてきた。

「ウォルフ様、何か気になるのですか」

「いや、気になるというか――この件だがな、一度エルツベルガー侯爵と話し合いを持った方がいいのではないか」

「話し合い、でございますか」

「うん。今までの輸入物の砂糖に対抗する流通を作ろうとしたら、うちの領地でこれを栽培するだけではとうてい覚束《おぼつか》ない。エルツベルガー侯爵領で生産をしてもらってこそ、輸入に頼らない国力をつけることになるのではないか」

「はあ……まあ、そうですな」

「その旨、ヘルフリートに言付けて父上に伝えるよう、取り計らってくれるか」

「さよう……でございますな」

いつになく歯切れの悪い返答を、ヘンリックはした。

以前の議論の蒸し返しで、納得いっていないのだろうか、と僕は秘《ひそ》かに首を傾《かし》げる。

確かに、領地の利益だけを考えれば、まちがいなくこれは独占で販売を始めるのが得策なのだ。

塩やセサミの場合にもまして、それは断言できる。

前の場合はすでに先行する販売ルートがあったので、それと敵対するのはまずいという判断があった。

しかし今回のこれは、今までの砂糖とは異なる新商品だ。輸入業者などから警戒はされるだろうが、販売を始めることに何の遠慮もいらない。堂々と競争を始めればよい。

むしろ我が領地独占での細々とした売り出しの方が、そういった警戒も少なく、希少《きしょう》価値的な利益が見込めそうなほどだ。

そこまではこの数日、兄とも話し合った。

領地の利益のためなら、そうするのが当然だ。

しかし、それでは駄目なのだ。

兄とも父とも、ベッセル先生やその後輩アルノルトとも話し合った。

我々は、国益のために働こうと。

今、この国は貿易赤字で苦しみ始めている。そこを持ち直して国力をつけなければならない。

その目的のために、今回のこの甘味料、アマカブ糖は大きな意味を持つはずなのだ。

国産の甘味料を流通させて、砂糖の輸入を減らす。場合によっては、輸出品にできるまで成長させられるかもしれない。

そしてそのためには、我が領の独占ではほとんど意味がない。

エルツベルガー侯爵領についてくわしいことは知らないが、まちがいなく我が領より財力も人手もあるだろう。そしておそらく持て余すほど自生しているアマカブを抱えている。

協力を持ちかけるには、これ以上ない相手のはずだ。

侯爵の人間性などの問題については、父に判断を委ねるしかないわけだが。

とにかくここしばらくの我々の行動指針からすると、この判断でまちがいないはずなのだ。

何か、ヘンリックがためらう理由があるのだろうか。


ヘルフリートの出発を見送った後も、兄はアマカブ糖を作った道具を何度も見直していた。

完成品に残ったえぐみが、どうしても気になるという。

試しに僕もごく少量口に入れてもらったが、「うう」と顔をしかめてしまっていた。赤ん坊の鋭敏な味覚に、甘みの心地よさより雑味の不快さの方が際立って感じられてしまうのだ。

「赤ん坊が嫌がるというなら、確かにまだ改善が必要そうですね」

「えぐみを減らすためには、見直す点は灰を入れて沈殿させるところだと思うのです。灰の種類を変えてみましょうか」

ベッセル先生と相談して、兄はもう一度砂糖作りの工程をくり返してみた。

暖炉の灰、暖房用火鉢の木炭の灰、木炭そのものの粉、で比べてみたところ、木炭の粉を使った場合が最も雑味を除くことができた。

また、とろとろの液体をさらに煮詰めて冷やすと、茶色の固まりの形を作ることができた。この方向で品質を上げれば、商品化することができそうだ。

「木炭は確か、うちの村で作っているのだったな」

「さようでございます。森の近くに住んでいる者が、年に数回焼いているはずです」

「そちらにはあまり気が回っていなかったが、一度見てみたいな」

「村の者に打診してみましょう」

「ああそれなら、いつもより少し遅くなったが散歩がてら、村で訊《き》いてみよう」

ヘンリックに断りを入れ、下宿に帰る先生とともに、いつもの顔ぶれで散歩に出る。

製塩所に顔を出して尋ねてみると、炭焼きを仕事にしているカレルという男と話すことができた。近いうちにこの春最初の炭焼きをする予定だったので、明日にしても構わない、ということだった。

翌日の午後、また散歩がてら村外れに赴いた。

ただ、散歩のいつもの面子にヘンリックが加わり、僕は兄の背におんぶされている。前の日に炭焼きの知識について確認し、ザムに乗った子どもは作業から遠ざけておきたいが、僕は兄とともに現場を近くで見てみたいと思ったためだ。

村の北の外れ、開けた草地にカレルとディモが待っている。ディモは近いうち村長に任命されることが決まっていて、今日は話し下手《べた》のカレルの補助が目的だ。

午前中に用意したという太めの木の枝が、村人の家一軒分くらいの広さに積まれている。高さは、大人の膝くらいか。さらにその上に乗せられているのは、麦わららしい。

「こうやっておいて、火を点《つ》けるです」

説明して、カレルは手をかざした。『火』の加護持ちらしい。少しして、木材の山の隅が燻《くすぶ》り出す。木の山の周りを巡って、さらに数箇所火を点けていく。赤い火と白い煙が、全体に広がっていく。それからカレルは木製の大きなスプーンのような道具を持ち出して、燃えるわらと木の上に土をかけ始めた。ディモも作業を手伝って、かなり時間をかけて燃える山の上が一面黒い土で覆われる。炎は見えなくなって、側面からもうもうと煙が立ち昇るばかりになった。

「こうして、一日置いておくです」

「これで、村で二月《ふた》から三月《み》ぐらい使う炭ができるですさね」

カレルの説明に、ディモも補足する。

「ふうん」と頷いて、兄はヘンリックの顔を見てから声を返した。

「ご苦労様。やはり、大変な仕事だな」

「材料の枝集めから考えると、相当な手間になりますな」

ぱちぱちと爆《は》ぜる音が、奥から聞こえてきている。

背後ではベティーナがザムを押さえて、赤ん坊二人に「アチアチよ」と教えている。

「アチアチだから、近づいちゃダメです」

「あちあち、あちあち」

とカーリンが楽しげに口真似《くちまね》をするのが聞こえてくる。

ミリッツァも真似をしたがっているようだけど、「あいあい」としか聞こえない。意味のある言葉を口にするのは、まだ先のようだ。

兄も火の粉が届かない距離をとって、興味深げに覗き込んでいる。

「わらと土をかけるのは、木が空気と触れないようにするためだな？」

「そうですさね。よくご存知《ぞんじ》で」

わずかに、カレルは目を丸くする。

ふつう、貴族の息子にそんな知識があるとは思わないだろう。

当然、僕の『記憶』の知識がなければ、兄もそんなことを知るはずがない。

「かなり手間がかかるのは最後に土を乗せる作業だと思うが、最初から空気を遮る囲いのようなものを作っておけば、その手間が省けるのではないかな」

「囲い、ですか？」

「石や粘土などを使って、今燃やしているこの分量が丸ごと入る竈《かまど》のようなものを作ってしまえば、いつでも何度でも使えるのではないか。竈の口から木材とわらを入れて、火を点けるだけで済む」

「そりゃ、確かに。でも、その竈を作るのが大変ですさね」

「人手を集めて作ることはできないかな。どうだろう、ディモ」

「今ならまだ農作業が忙しくないんで、できるかもしれないです」

「計画を立ててみてくれるか。もちろん領主の方から手間賃を出す。それ以上に、村のみんなのための炭を作る施設だと、協力を募ってほしい」

「かしこまりました」

「その上でカレルに頼みたいのは、炭の質をよくすることだ。空気を遮ることがもっとできれば、質も上がるかもしれない。そこを工夫してもらいたい」

「し、質？」

「よけいな煙が出るのを少なくできれば冬の暖房が楽になるし、火保《ひも》ちがよくなればそれだけ使いやすくなるだろう？」

「わ、分かりました」

「質のいい炭が大量にできるようになれば、よそへ売ることもできるかもしれないしな」

「はあ……」

「ああ、あとできた炭を集めるときに、使えないカケラや粉みたいなのが出てくるだろう？　それをできるだけ集めて、領主邸に届けてくれないか。礼はする」

「へ、へい」

砂糖作りに必要な資材を集めることを考えたついでに、この村の貴重な産業である林業に少し目を向けてみた。この点でできそうなことを前日二人で考えて、ヘンリックにも打診しておいたものだ。

炭窯《すみがま》は、一度で理想的なものができるとは限らない。そういう知識がある者で相談しながら、長期的に考えていってもらいたい、と兄は注意を出していた。

屋敷に戻ると、父からの鳩便《はとびん》が届いていた。

ヘルフリートが届けたアマカブ糖のできに、感心した由。

アマカブと砂糖の生産は、今年は東ヴィンクラー村から始めたい。

自生して冬を越したアマカブで、使えるものから砂糖の生産を始める。

同時にその周囲で芽を出している株を畑に移して栽培、砂糖の原料と種を採ることを目指す。

来年度からは、両方の村でアマカブを加えた輪作を始められるようにしたい。

再びヘルフリートを派遣してその手はずを整える。事前に領主邸に立ち寄るので、砂糖の作り方を指導できるように伝えてほしい。

という内容だ。

原料のアマカブが向こうにしかないし、西ヴィンクラー村は製塩でかなり人手がとられているので、これが妥当な判断だろうと思われる。

兄はヘンリックとそのように話していた。

五の月が始まっている。

我が家というかこの村でのさしあたっての大きな行事は、周年式だ。ロルツィング侯爵領の教会に一の土の日に予約を入れているので、もう三日後に迫っている。

この日参加する一歳児は、僕とカーリン、村の二人の計四名。他の三人は母親が付き添うが、僕の付き添いは兄の予定。統括としてヘンリックが率いて、全員まとめて馬車で移動することになっている。

ちなみにこれも、ぜひとも父が僕の付き添いを務めたいと主張していたらしいが、王都の職務が詰まっているため断念した。というか、させられた、ということだ。

五の月末《つきまつ》には王都で毎年建国記念祭が行われ、父はその運営担当になっているらしいのだ。そりゃ、今月いっぱいは激務に追われて当然だろうなあ。

というわけで、前述の面子で三日後、日帰り移動が行われる。教会のある侯爵領の領都にあたる街までここから馬車で片道十刻ほどかかるので、早朝、陽《ひ》が昇る前後の午前一刻に出発し、夕方、夜の一刻頃に帰還の予定になっている。

天気が悪くならない限り、余裕のスケジュールだ。

ただ一つ、ここに来て問題が持ち上がっている。

ミリッツァだ。

未《いま》だに僕の姿が視野に入っていないと泣き叫び止まないこの妹が、ほぼ日中を通しての留守番に堪えられるか。

馬車で一緒に連れていくこと自体は、不可能ではない。

しかしほぼ四刻近くかかるらしい教会の神事に、本人と付き添い以外、それも一歳に満たない子どもが入ることは厳に禁じられている。

ということは、もし連れていってもミリッツァは、教会に入れてもらえずその入口前で泣き叫ぶことになるのだ。

同じ泣き叫びを宥《なだ》めるなら、家に留《とど》めてベティーナとザムに任せる方がまだいい。少なくとも、近所迷惑にならないという意味で。

というわけで当日のミリッツァの処遇は、家に置いていく、その一択になる。

どんな事態になるか、想像もできない。ベティーナは今から、顔面蒼白《そうはく》だ。

――……頑張ってもらうしかない。


二日後、ということは当日の前夜。

しっかり準備を整えて、僕とカーリンはいつもより早い就寝。

一方ミリッツァは、僕が寝る横でベティーナとザムを相手に遊ばされていた。

いつも以上に一人特別扱いで、ベティーナに抱き歩かれ、ザムのおんまに乗せられ、しきりと両手両足を振り振り、運動させられる。

つまりは夜更かし、疲れ果てるまで遊ばせて、朝寝坊をさせようという作戦だ。

傍《そば》で遊び騒がれていては僕もなかなか寝つけないわけだけど、まあ移動の馬車の中でいくらでも眠れるので、問題はない。

きゃっきゃと妹がはしゃぐ声を聞きながら、いつか僕は眠りに落ちていた。

朝、そっと揺り起こされる。

いつもの通り背中には小さな温かみが密着して、左肩はよだれでぐっしょり濡《ぬ》れている。

そのしがみつきから、そっとずれ逃れて。

「さあルート様、お支度しますよお」

なかなか聞きとれないほどの囁《ささや》きで、ベティーナは僕の着替えを始める。

ちらちらとベッドに気遣いの視線を流して、

「うう……ミリッツァ様、可愛《かわい》い寝顔ですう……」

その声が情けなく震えているのは、目覚めた後の事態を想像してのことだろう。

まだ外もようやく白み始めた程度の暗さの中で、着替え終わり。

僕はベティーナの手から廊下の兄に渡された。

軽く朝食、準備を終えて。

ウェスタとカーリンとともに外へ出ると、村の二組の母子も準備万端で集まっていた。

天気もまずまず、初夏を思わせる爽やかな朝だ。

全員馬車に乗り、ヘンリックの御者で出発する。両脇に、テティスとウィクトルが護衛についている。

馬車の中では、二人の母親がしきりと、領主の息子との同乗を恐縮していたが、

「これはベルシュマン男爵領の伝統だからな。もちろん自分では覚えていないが、俺も十年前にはアヒムやリヌスたちと一緒に連れていかれたらしい」

と、兄が笑い返していた。

すぐに母親たちも寛《くつろ》いで、ウェスタを加えてこの一年の子どもの成長についての話に花を咲かせていた。

僕も含めて子どもたちは、いつも以上の早起きのため、付き添いの膝の上でうつらうつらしてい

るばかりだ。

二刻ほど経って、前のヘンリックから「侯爵領に入ります」と声がかかった。

他の子どもたちもそうだろうが僕にとっては初めての遠出、こうして領を出るのは完全に初体験だ。

前に賊に攫《さら》われたときはたぶんこの近くまで連れてこられたはずだが、侯爵領に入る手前だったと聞いている。

窓の外は晴天で、両側に爽やかな緑が続いている。

ひょいと、兄が膝の上に立たせてくれた。

「侯爵領に入ったら間もなく、綺麗《きれい》な湖が見えてくるんだぞ」

「今の季節は、景色も格別ですよね」

ウェスタも倣って、カーリンを立たせて窓外を見せていた。二人の母親も同様に子どもを起こす。

すぐに、木々の緑の隙間に青緑の水面が見えてきた。多少色の深さは異なるが、左右両側に、だ。

そう言えばこの辺り、二つの湖が迫っている間を抜けるのだと聞いたことがあった。

深い水の青みに跳ねるように、いくつも白っぽい鳥が羽ばたいている。餌になる魚も多いのだろうか、と思う。

湖の脇を抜けると、両側に畑が多く見えるようになってきた。まだ春のうちで作物も植えて間もないのだろうが、うちの領地に比べてはっきり緑の成長が見えている。

やはり南に来ているのだと、実感させられるようだ。

そんな畑や林やの間を辿《たど》り、街道を進む。進むにつれ、すれ違う馬車や人の姿が増えてきた。

いくつかの集落を抜けるうち、徐々にその規模が大きくなってきている気がする。

そしてまた、しばらく進み。


「デルツの街です」

領主邸のある、つまり侯爵領の領都にあたる街らしい。王都より北では最大の街で、馬車で我が領地に来る際にはたいていここで一泊、ということになるようだ。

時間があれば買い物などを楽しみたいところだろうが、今日は街に入ってすぐの場所にある教会だけが目的だ。

ここまで来るのは兄が自分の周年式を除けば王都に往復した一度だけ、母親の一人は初めて、もう一人とウェスタは過去二回だけ、と話している。

とにかくうちの領の人々は、外へ出ることが少ないのだ。定期的な交通機関はないし、旅行などをする金銭的余裕もない、という理由もあるだろう。

最初は馬車の側面の窓からはたいしたものが見えなかったが、見る見るうちに人家が増え、道のすぐ傍まで建ち並ぶようになってきた。街には特に防壁などの囲いもなく、いつの間にかその中に入っていたようだ。

やがて街道から横に外れ、すぐに馬車は止まった。

中央にやや高い塔がある、いかにも宗教的な建物のある敷地に入っている。

塔の上の方には鐘が吊《つ》るされているようだ。そう言えば、日に三度教会で鐘が鳴らされる、と聞いた気がする。

馬車を降りて、ヘンリックを先頭に教会の中に入る。護衛二人は外で待つようだ。

中は、百人程度が座れそうな机と椅子が並んだ礼拝堂になっていた。

三人ずつが並んで座る席の最前列に、今日は四組の子どもと付き添いが二組ずつ着席する。

一体の神像を飾った祭壇の前の演台に一人の神官らしい中年男性が進み出て、式が始まる。

結論を言うと。ただただ、この神官の話が長かった。たぶん、二刻を超えていたと思う。

胸の前で両手を組むポーズを全員――赤子を除く――でとり、神に祈る。あとは神への感謝、ほとんど意味のとれない言語が延々と続く。

『まるでお経のような』という言葉が頭の中に聞こえたが、意味分からん。

事前に兄から聞いていた情報によれば、『ナトナ』という一神をひたすら敬うものらしい。

あまりに長いので、当然のように子どもたちから「だあー」「やあー」と不満の声が漏れ始める。

一歳児が主役だということ、教会はちゃんと認識しているのだろうか。

まあ一応は空気の読めるいい子ばかりで、場を台無しにする号泣は始まらなかった。

僕もとりあえずのところは妙に思われないように、何度か「だああー」という声を漏らしてみた。

兄には微妙な横目で見られたけど、知らん。

そのうち、唐突に意味の分かる言葉「ルートルフ、カーリン……」という並びが聞こえてきたのは、おそらく子どもの行く末を祝福しているのだろう。

予想通り「この子たちの誕生を喜び、幸あれかしと祈る」というような言葉があり、間もなく祈りは終わった。

次に、名前が呼ばれて一人ずつ、付き添いに抱かれた子どもが演台に上る。

用意されていた花のような意匠に縁取られた丸い器具に、手を触れさせられる。

僕の手が触れると間もなく、ぽうっと器具は黄色く光った。

「『光』のご加護がございます。おめでとうございます」

「ありがとうございます」

神官の言葉に、兄は頭を下げた。

兄が演台を降り、それが順に続く。

カーリンの加護は『火』、あとの二人は『光』と『水』だった。

四人の加護の確認が終わると席へ戻り、神官が立ち去る。

代わってヘンリックが立ってきて羊皮紙を広げ、それぞれ子どもと親の名前、性別、誕生日などを付き添いに確認しながらペンで記入していく。これが戸籍に当たるものなのだろう。

以上で、式次第は終了した。


帰りの馬車の中では、一仕事終えてほっとした母親たちの和やかな会話が続いていた。

「うちの子もルートルフ様と同じ『光』だなんて、光栄さね。村の役にも立てるし、嬉《うれ》しい限りさ」

「そういう意味じゃ、羨ましいぐらいさあ。でもさ、そうやって『光』を喜べるのって、ウォルフ様が村に役立てるようにしてくれたからさね。うちの上の子の周年式のときは、『光』の子の親は何となく静かになっちゃってたもの」

「ああ、そうさね。ウォルフ様に感謝だ。ありがとうございます」

「いや」

母親に頭を下げられて、兄は苦笑になってしまっている。

それに笑って、ウェスタが口を入れた。

「うちの娘はただでさえお転婆《てんば》なのに、『火』ときたら躾《しつけ》がますます大変そうだよ。分別つかないうちにやたらと使わないようにって、躾に苦労するって言うよねえ」

「ああ、そうそう。上の子のとき、苦労したもんさ。まあ、三歳ぐらいまでにしっかり言い聞かせれば、あとは大丈夫さね」

そんなやりとりが交わされている中で。

母親の心配をよそに、カーリンはすっかり元気になっていた。

僕と並んで座席に座らされて、しきりとじゃれついてくる。僕も往《ゆ》きの行程より目が冴《さ》えていて、座ったままの相撲よろしく、押したり引いたりにつき合っていた。

きゃきゃきゃきゃきゃ、とカーリンの口にご機嫌の声が漏れる。

もしかすると、久しぶりにミリッツァ抜きで僕を独占して遊べるのが、嬉しいのかもしれない。

それにしても、気になってしまう。

――ミリッツァは、どうしているだろう。

まちがいなく、朝の起床時はところ構わず泣き喚《わめ》き続けていたことだろう。

その後、泣き疲れて。諦めて僕の不在を受け入れるまで、どれだけかかっただろうか。

今頃少しは落ち着いて、ベティーナやザムと遊んでいてくれればいいのだが。

すっかり陽が傾いた頃、領主邸に帰着した。

二組の母子を帰し、ヘンリックが戸口を開く。

「ただいま、戻りました」

続いて僕を抱いた兄が家に入ると、

「ひぎゃあああーーー」

居間の方から、大音響の炸裂《さくれつ》が聞こえてきた。

つんのめるように、ベティーナが姿を見せる。

腕に抱いた赤ん坊が暴れ乗り出して、抑えきれず前向きに転がりそうな勢いで。

「ちょちょちょ――待ってください、ミリッツァ様あ」

「ひぎゃあああーーー」

ついにはバランスをとりきれず、子守りはホールの中程で膝をついてしまった。

その腕をするり抜け出して、ばたばたばたと、ミリッツァは玄関に向けてはいはい殺到してきた。

慌てて、兄が僕を床に下ろす。

その両脚に、強烈なタックルがかまされる。

堪《たま》らず尻餅をつきながら、何とか僕は腹の上に妹を抱き留めた。

「ふぎゃ、ぎゃ――るーた、るーた――」

「へ？」

「るーた、るーた――」

――るーた？

泣き声だけでない、意味のある言葉を、初めてミリッツァの口から聞いた、気がする。

慌てて僕の背を支えていた兄も、唖然《あぜん》とした声を漏らしていた。

「お前を、呼んでいるな」

「ん」

「ミリッツァ様、喋《しゃべ》った。ルート様を呼んでるですう」

転がるように駆け寄ってきたベティーナが、雄叫《おたけ》びを上げた。

僕の胸に涙顔を擦《こす》りつけ、ぐしゅぐしゅと声を籠もらせ、強くもない腕の力一杯にすがりつき。

さらに数度、「るー、るー」という声が僕の上着に染みてきた。

思わず、その頭を撫《な》で宥めてやっていると、少しずつ震えが緩み力が抜けてくる。

やがてぶるっとひと震え、涙に濡れた赤い顔が、起こされた。

「るーた……」

その顔を、どう表現したらいいのだろう。

涙と鼻水にまみれ、真っ赤な。

まちがっても器量がいいとか、いい見た目とか、形容などできない。

しかしそのまま、にっこり泣き笑いを向けてきたその顔を。

僕は、この世でいちばん可愛い、と思ってしまったのだ。

この子は、僕を求めている。

毛布とかぬいぐるみとかの代わりでなく、一人の人間としての僕を。

何と言うか――うん、そんな思いに駆られてしまった、のだ。

ふうう、と溜息《ためいき》をついて。苦労しながら、兄は僕とミリッツァをまとめて抱き上げた。

そのまま、数名の顔が覗く居間の戸口へ歩み寄る。

「母上、ただいま帰りました」

「はい、お帰りなさい」

兄の腕の中でもつれ合う赤ん坊二人を見て、母も苦笑するしかないようだった。

ソファに収まると、お出かけ組の話より先に、ベティーナから留守番の報告を聞くことになった。

簡単に言うとミリッツァは、朝目覚めてから今まで泣きっ放しだったらしい。

全身全霊で泣き声を張り上げ続け、泣き疲れて眠る。短い眠りから目覚めてはまた泣き叫ぶ。

ベティーナが抱き歩いても、ザムにおんまさせても、泣き止まない。両手両足をばたばた、天井を向いて泣き叫び続ける。

涙にまみれて、さっきは三度目のうたた寝に落ちていたところだった。

僕らの帰宅を知って、ベティーナは「さあ、お帰りですよ」と安堵《あんど》して抱き上げた。

その直後、さっきの狂態に至った、らしい。

「力及ばず、申し訳ないですぅ」

「やっぱりまだ、ルートルフ様から離すことはできないようですね」

肩をすぼめるベティーナを慰めて、イズベルガが苦笑した。

母も複雑な顔で、静かに頷いている。

とにかくもソファの上で僕の胸に顔を埋《うず》めて大人しくなったミリッツァに、みんな安堵の様子だ。

脇で丸まったザムの顔さえ、疲れきって脱力したように見える。

比べて、周年式の報告は、とりたてて何ということもない。無事終了しました、というだけだ。

「ルートの加護は『光』でした」

「わあ、そうなんですねえ」

兄とベティーナの反応が『初めて聞いた』とばかり装っているのが、僕個人には少し可笑《おか》しい。

「ルートルフもカーリンも、生まれて初めての大切なお務め、ご苦労様でした」

母が締めてくれたけど。この半年程度にいろいろなことがありすぎて、僕には『初めての大切なお務め』という実感があまりない。

母に知られるわけにはいかない話ではあるが、加護もさんざん使ってしまっていたことだし。

それより。胸にへばりつく妹の感触が心地よく馴染《なじ》み始めてはいる反面、ここで母の抱擁が受けられないのは何となく寂しい、という気になっていた。仕方ないけど。


なおその後数日で、ミリッツァは急激な勢いで言葉を覚えていた。

「かーりん」「べてぃー」と、傍の二人の呼び方はすぐ定着。

ランセルの庖丁《ほうちょう》やテティスの剣を見せて「いたいいたい」だから触らない、とベティーナが教えると、すぐそれをくり返すようになる。

兄のことは、僕の言い方を真似たらしい、「にーた」という呼び方になっていた。

瞬く間にカーリンと同レベルの言語能力、表面上僕を追い越しそうな勢いになっていた。

10 赤ん坊、旅に出る

五の月の二の土の日、僕はまた兄の膝に乗せられて馬車の中にいた。
御者も同じく、ヘンリック。車両の両脇に二人の騎乗した護衛。ただ同乗者は変わって、珍しくおめかししたベティーナが膝にミリッツァを抱いている。
僕にとって生まれて初めての外泊を伴う、最低一泊二日予定の遠出をすることになった、その始まりは四日前に遡る。

夕食後、僕を抱いた兄は、母と向かい合ったソファに呼ばれた。

この日着いた、父からの手紙の内容について説明があるのだという。

「ウォルフから父上に、アマカブの件についてエルツベルガー侯爵領と協力したい、と提案を送ったそうですね。それについてのお返事なのです」

「はい」

「ウォルフの提案はもっともだということで、王都でエルツベルガー侯爵と話し合いをしたいと申し入れたというのですが、侯爵はしばらく王都を離れて領地へ戻っているようなのです」

「……はい」

兄の相槌《あいづち》がやや歯切れ悪くなっているのは、僕と同じ困惑を覚えてだと思う。

この用件で母から話がされる、理由が分からないのだ。

父からの便り、特にこうした領地の産業に関わることの伝達なら、ほぼまちがいなくヘンリックから伝えられるのが常だ。

「そのため、両領地の農業に関わる情報交換の用件で話したいので、と王都の侯爵邸を通じて連絡してもらいました。しかし侯爵はしばらく王都に戻らない、父上はしばらく王都を離れられない、と予定がかみ合わないことになりました。できれば今年の農業生産に間に合わせるようにしたいと伝えたところ、噂《うわさ》通りその辺りの発想が長男から出ているというのが事実なら、直接その長男を領地に招いて話をしたい、という返事があったというのです」

「ああ……はい」

「ウォルフは、初対面の侯爵を相手に、この件《けん》の交渉ができますか。もちろん、補佐としてヘンリックについてもらいますが」

「できると思——いえ、できます」

「そうですか。頼もしい」

「では母上、私がヘンリックとともに侯爵領へ赴いて、話をしてくればよいのですね？」

「そうです。エルツベルガー侯爵はそこそこ利に聡《さと》い人ですし、あなたと父上の考えている国全体の利益を目指すという話も、ちゃんと説明すれば理解を得る可能性は十分にあると思います。ただ、一つだけ問題があるのです」

「何でしょう」

「侯爵は、ベルシュマン男爵家に個人的な遺恨を持っているのです。――娘を、駆け落ちの形で奪われたと」

「……はあ？」

――はあ？

「――つまり、エルツベルガー侯爵は、母上の父親ということですか？」

「そうなりますね」

「つまり、私たちの祖父？」

「当然、そうなります」

――衝撃の、事実。

そう話す母の顔は、困惑半分、苦笑半分――どこか、照れのようなものも混じっているだろうか、に見える。

「もったいないのと恥ずかしいのとで、あまりくわしくは言いませんけれどね。十四年ほど前になりますか。母はお忍びで王都を歩いている際、暴漢に襲われて危ういところを二人連れの男性に救われました。まあ、その……つまり、父上とロータルですね。実際腕を振るって助けてくれたのはロータルなわけですけれど。……まあその後、いろいろ紆余曲折《うよきょくせつ》ありまして、身分の低い男爵家への輿《こし》入《い》れを父に猛反対されて、イズベルガだけを連れてこの領地まで押しかけるに至ったわけです」

――母上、省略のしすぎで、ただただ無謀なだけに聞こえます。

――……王都からここまで女二人旅って、危険極まりないのでは？

「そんな実力行使を受けて、侯爵は公式的にはこの婚姻を認めたのですけどね。私的には完全に交流を断つ、と宣言をして、今に至るというわけです」

「……はあ」

「説明は以上です」

「――つまり私は、交流断絶を宣言している祖父を相手に、農業協力の交渉をしなければならないわけですか」

「そうなりますね」

「はあ……」

「侯爵からは、長男の人となりを見て判断したい、加えて次男も同伴せよ、ただし母親の同伴は断る、という要求だそうです。少なくとも、実の孫であるあなたたちに興味を抱いているのは、まちがいないでしょう」

「ここまで聞く限り、かなりの頑固爺様《じいさま》、という印象を抱くのですけど」

「そう思って、まちがいないでしょう。頑固さだけならこの国の貴族で太刀《たち》打《う》ちできる者はいない、と王都で評価をいただいているそうです」

「……あまり嬉《うれ》しくない評価ですね」

「まったくです。いったい誰に似たものやら」

誰から受け継いだかは知らないが、そこで実力行使を断行する娘にその一端が受け継がれていることは、想像に難くない気がする。

「領内でも個人の実力重視の人事を行うことで有名な人ですから、孫といえど、いえ、だからこそ、本人の人間性や能力を見られると思っておきなさい」

「……はい」

頑張ってね、と兄に励ましを贈ろうとして、思い出した。

――今さっき、『次男も同伴』って、言ってなかったか？

「分かりました、行って参ります。ヘンリックとルートルフを連れて、ということになりますね。

――しかし、ルートを連れていくとなると、ミリッツァを置いていくわけには……」

「いかない、ということになりそうですね、先日の様子では」

「……ミリッツァとベティーナを、同伴します」

「そうしてください。大変とは思いますけど」

「はい」

エルツベルガー侯爵領の領都までは、街道をロルツィング侯爵領へ入って間もなく東へ折れる行程で、馬車で二十刻程度、早朝出発すれば夕方には着く道のりだという。

先方が招いた以上、一泊の世話はするだろうから、早くて翌日の夜に帰還という予定になる。

ふつうに友好的に貴族の子息を歓待するなら、二泊は見ることになりそうだが。

そんなことをヘンリックも交えて相談しながら、兄はふと気がついたふうで、母に尋ねた。

「そう言えば、ミリッツァを連れていくというのは、大丈夫でしょうか。父に好意を持っていない、いわゆる舅《しゅうと》ということになるのですよね、侯爵に悪印象を持たれるのでは」

「狭量な舅なら、粗探しの難癖をつけてくるかもしれませんね。しかし貴族が側室の子を儲《もう》けるのは常識ですし、家の将来を考えればむしろ推奨されることです。相手がそんな懐の狭い了見なら、農業協力など持ちかける価値もありません。席を蹴って帰ってきて構いませんよ」

「はあ……」

ふだんはおっとりとした母が、実家が絡むとかなり好戦的な態度になるようだ。

言葉と裏腹に顔はにこにこと微笑を湛《たた》えているのが、なかなかに怖い。

「どんな結果になろうとも、母はウォルフを支持しています。父上もこの辺の説明と判断はすべてわたしに任すとの仰せです。あとのことは気にせず、思い切りやってきなさい。命をとられることだけは絶対ありません」

「……はい」

事前情報として。

母の母親である侯爵の第一夫人は、十六年前に死亡している。母の同腹の兄弟は、兄と姉が一人ずつ。第二夫人の子が弟と妹一人ずついたが、その後は知らないという。

兄は当然次期領主の予定で、すでに事実上領地経営に携わっているらしい。

姉は何と、現国王の第二夫人として王宮入りしていて、第一子が王の長男で王太子になっているという。

——つまり、僕らの従兄《いとこ》が王太子？

初耳情報としては、なかなかに衝撃的な。

父方の親族はほぼすべて死別、と聞いていたが。母方の方はなかなか華やかなようだ。

まあ王族の方は今考えても仕方ないので、脇に置くとして。

母の兄、つまり伯父が次期領主で領地経営に携わっているということは、今回の兄の交渉相手は祖父と伯父、ということになりそうだ。

ヘンリックからミリッツァとともに同伴させることを告げられると、ベティーナは興奮と緊張で我を失いかけた様子になっていた。

僕と同様に宿泊を伴う旅行の経験もなければ、主《あるじ》より格上の貴族のもとを訪問したこともないという。

しかも立場はヘンリックに次ぐほとんど使用人の代表のようなもので、旅行中は主筋三人の身の周りの世話を一手に引き受けることになる。まだ幼い彼女にとって、生まれて初めての大役なのだ。

ほとんど蒼白《そうはく》になりながら子ども三人と自分の準備を整え、まだ夜が明けきらない中、馬車に乗り込むことになった。


馬車はロルツィング侯爵領に入り、東へ向けて左折した。

一週間前の小旅行時と同じく、空は快晴、馬たちはかぽかぽと軽快に歩みを進める。

いかにも我が領より豊穣《ほうじょう》そうな畑地が、道の両脇にどこまでも続いている。

このまま街道はロルツィング侯爵領と今は王領になった元のディミタル男爵領を抜け、エルツベルガー侯爵領に入ることになる。

車中、ミリッツァはずっとご機嫌だった。

座席に降りて僕と綱引き遊びをしたり、疲れるとベティーナの膝でうたた寝をしたりしながら、ほとんどぐずることもない。

東の湖が街道近くまで迫《せ》り出《だ》す景勝地で昼食休憩をとるときには、一行全員爽快な表情になっていた。

僕とミリッツァはもちろん、兄もベティーナも、護衛のテティスとウィクトルも、こちら方面へ来るのは初めてだという。

やや小高い丘から湖を見下ろし、遠く北の山々が並ぶ景観を望む。

目の上に掌《てのひら》をかざして、ベティーナは声を上げた。

「ねえねえヘンリックさん、あちらがわたしたちの村ですよね？」

「そうですな。少し角度は違いますが、あの山はお屋敷からも北に見えているものです。だから、あの手前が我が西ヴィンクラー村ですな」

「すごい、もうこんな遠くに来ちゃったんですねえ。ほらほらミリッツァ様、あちらがミリッツァ様のお家ですよお」

ベティーナが頭の上まで持ち上げてやると、ミリッツァは「きゃーー」と手を叩《たた》いて喜んでいる。まあ、ただ『高い高い』が嬉しいのだろう。

「もっと高くしてあげましょう」とテティスが代わって、さらに長身の頭上まで抱え上げた。ミリッツァの歓声が、ますます甲高く湖に向けて落ちていく。

振り向いて、僕はウィクトルと目を合わせた。ぱたぱた手を振ると、意味を察してくれたようだ。苦笑いで、大男が兄から僕を受けとり、同じく頭上に差し上げてくれる。わずかながらも遠くの山並みが持ち上がり、手前の湖面が広がる。

何よりも、我が家でいちばん長身の頭の高さまで持ち上げられ妹に勝って、『余は満足』だった。

休憩の残り時間、ミリッツァと僕はひとしきり緑の草むらの上を転がって遊んだ。


予定以上に道行きは捗《はかど》り、まだ陽《ひ》の高いうちにエルツベルガー侯爵領に入った。

領都のツェンダーという街は、ロルツィング侯爵領のデルツに負けない賑《にぎ》わいに見える。中央の堅牢《けんろう》な城壁に囲まれたそれこそ城のような屋敷が領主邸だそうで、そこに近づくにつれ道の両側の商店が賑やかに人を集めている。

「時間に余裕があるな。ヘンリック、領主邸を訪れる前に街中《まちなか》を少し見ていけないか」

兄が尋ねると、執事は「いいでしょう」と返事した。

宿屋兼休憩所という店に馬車と馬を預けて、徒歩で店の建ち並ぶ通りに出る。

休日に当たる土の日というせいもあるのだろうか、通りはそれこそ祭りのような人出だ。

見たことのない果実などを店先に見つけて、ミリッツァを抱いたベティーナが歓声を上げる。

「わあ、これブドウですよね。本物を初めて見ましたあ」

「本物と言っても季節外れですから、それはおそらく氷室《ひむろ》で保存した見本ですな。ブドウはエルツベルガー侯爵領の特産ですから、ジュースや干しブドウなら奥様たちへのお土産《みやげ》によいかもしれません」

兄も賛成したので、ヘンリックは壺《つぼ》に入ったジュースと干しブドウを購入している。

屋台の串焼きに目をつけて、兄は店員に尋ねている。

「これは何の肉だ？」

「イノシシでさね。そちらにあるのはニワトリだ」

「玉子を茹《ゆ》でたのもあるのだな」

「そうさ。お客さんは遠くから来なさったかね。イノシシは東の山でよく獲《と》れるし、ニワトリはこの街のすぐ外でたくさん飼育している。どちらも他の領地じゃ真似《まね》できない、エルツベルガー侯爵領の名物さね。肉や玉子は、王都まで売りに出しているんだ」

「なるほど、肉が豊富なのは、羨ましいな。玉子はともかく、ニワトリ肉も食べているのは知らなかった」

頷《うなず》いて、兄はイノシシ肉の串焼きを買っている。

おそらく領主邸に着いたら晩餐《ばんさん》に呼ばれるはずなので、ここでは味見程度だ。串から外して皿に盛ってもらったものを、ベティーナや護衛たちにも食べさせている。

もちろん僕もミリッツァも、これは食べられない。

「わあ、タレに甘みがついているんですねえ。面白いですう」

「うむ。食べ慣れない味だが、美味《うま》いな」

「でしょう。砂糖を使った贅沢《ぜいたく》な味つけは、うちだけなんでさね」

屋台の中でも価格が高めの店を選んだらしい兄は、納得の顔で頷いている。

さらにいくつか質問を重ねているうち、屋台の店員はいきなり後ろを振り向いて怒鳴った。

「こらこそ泥、商品に手を出すんじゃねえ！」

「わあ！」

裏手から近づいてきていたらしい薄汚れた身なりの子どもが二人、びくりと跳《と》び退《すさ》っていた。

狙っていたのは、店の横手に積んでいた茹で玉子のようだ。

店員が拳を握って威嚇すると、たちまち「逃げろ！」と子どもたちは駆け出していった。ばたばたと、路地奥の小さな家屋が混み合った方へ逃げ込んでいく。

「まったく、あいつらときたら。いやお客さん、失礼しましたね。遠くの方に、恥ずかしいものを見せてしまって」

「ずいぶん栄養状態の悪い子どもに見えたが。ここら辺、あんな子どもが多いのか？」

「いや、もともとの領都の子どもは、そんなでもないでさね。最近、よそから入ってきたのが多いんでさ。まあ、仕方ないところもあるんですがね。北の方は二年続きの不作だそうだから。家族揃《そろ》って夜逃げみたいなの、多いらしいさね」

「なるほど、あの冷害のせいか」

「いやお客さん、この街がそんなひどいって思わないでくださいよ。領主様もいろいろ考えて、そんな逃げてきた連中にも少しずつ仕事が見つかるようになってるですさね。冬の初めよりはずいぶん、無職の奴《やつ》は減ってるです」

「なるほど」

兄の身なりやヘンリックと護衛がついているのを見て、貴族階級だと理解しているのだろう。店員は必死に言い繕いを試みているようだ。

それにしても。我が領の状況がひどすぎて他を考える余裕をなくしていたが、やはり元ディミタル男爵領もこのエルツベルガー侯爵領も、北部の低温被害は同様だったようだ。

店員に礼を言って、兄は屋台を離れる。

馬車に戻って、改めて領主邸に向かった。

かなり頑丈そうな扉の門をくぐって、招き入れられる。

目の前に現れたのは、まるで城のような、豪華な三階建ての建築物だ。

中では背の高い、うちの父と同年代かと思われる男に迎えられた。

「ようこそいらっしゃいました。当家の長男、テオドール・エルツベルガーです」

「お初にお目にかかります。ウォルフ・ベルシュマンです。こちらは弟のルートルフと、腹違いの妹ミリッツァです。お招きいただき、ありがとうございます」

兄の挨拶を聞きながら、テオドールはどこかにやにやとした笑いを浮かべ、値踏みするような目を注いでいる。

蔑まれているような不快さではないが、何となく落ち着かない態度だ。

持参した土産をヘンリックから相手の使用人に渡し、我々は二階の部屋に案内された。簡単に身なりを整え、侯爵に挨拶に出向くことになっている。

部屋はこちらからの申《もう》し出《で》で、子ども三人同室にしてもらっている。貴族のもてなしの慣例にはそぐわないかもしれないが、ミリッツァを僕と離せない以上、これがいちばん落ち着きがいいのだ。

入るとすぐにベティーナが僕らの服装を整え、荷物を片づけた。

ミリッツァのおむつ交換に別室へ連れていった間、僕と兄は簡単に打ち合わせをした。

間もなく侍女が迎えに来て、侯爵の執務室に案内された。そのまま二階の長い廊下を進んだ先らしい。

これも慣例には合わないのだろうが、向こうからつけられた条件で、兄は赤ん坊の弟を抱いた格好だ。

ついでというわけでもないが事情を話して、ミリッツァを抱いたベティーナも帯同している。ヘンリックが付き添っているのは予定通りだ。


執務室には侯爵と長男、執事らしい男が一人、待っていた。

五十代と聞く侯爵は矍鑠《かくしゃく》とした様子で、整えた顎髭《あごひげ》に半分程度白いものが混じっている、大柄な男性だった。長男よりは少し背が低いが、横にがっしりしているように見える。

僕を抱いたまま兄は、片膝をついて目上の貴族に対する礼をとった。

格式張った挨拶の後、にこりともせず侯爵は兄と僕の顔を一瞥《いちべつ》した。

「何やら面白い話を持ってきていると聞いている。時間は限られているので、晩餐の後に聞かせてもらおう」

「かしこまりました」

挨拶の後、テオドールも一緒に部屋を出てきた。

ちょうど好都合、と兄は廊下で話しかけた。

「テオドール様、たいへん失礼なのは承知しているのですが、一つお願いできないでしょうか。こちらから持参した食材について、こちらの料理人に説明をしたいのです」

「ほう」テオドールの目が、愉快そうに見開かれる。「先ほど土産として頂戴した、あれですかな」

「はい。蒸し豆とトーフという食材なのですが、おそらくこちらでは見たことのないものだと思いますので。特にトーフは日保《ひも》ちもしませんし、今回お邪魔した用件に関わる意味もあるので、今夜侯爵閣下とテオドール様にご賞味いただければと思うのです」

「ほう、それは興味深い。そういうことなら、今晩《いま》餐の用意で忙しい最中のはずですが、調理場へ参りましょう」

本当に抱いた興味は隠さない性格らしく、先に立って一階奥に案内していく。

調理場では、十人程度の白い服を着た人間が働いていた。戸口に呼び出すと、大柄な中年の料理長がやや苛《いら》ついた様子で現れた。

「済まないね、料理長。少し時間をもらって大丈夫だろうか」

「調理の目処《めど》は大方立って、これから仕上げに入るところですがね。あまり手間取る話は困ります」

「手間取るかどうか微妙、なんだがね。これを見てくれないか。今日の客人、ベルシュマン男爵のご子息からいただいたもので、まだ私も拝見していないんだが」

侍女に運び込ませた木箱を、テオドールは開かせた。

水を張って密閉した中に、白い角張ったトーフが十個ほど沈んでいる。

今日の早朝、ジーモンに作ってもらったものだ。

「何だねウォルフ君、これは？」

「キマメを加工した、トーフという食材です」

「ほう、キマメ」

兄の説明に、テオドールは愉快そうに目を瞠《みは》る。

逆に、料理長は眉を寄せている。

「キマメだと？　あんな、食えないものが？」

「料理人はこう言っているが、本当だろうか、ウォルフ君」

「キマメはよく水に浸せば、味もよく栄養のある食材として使えます」

「本当ですかい。にわかに信じられないが」

「これをさらに煮たり焼いたり調理するのですが、このまま口にすることもできます。ちょっと、味見してもらえないだろうか」

「いいですがね……」

面倒《めんど》そうにしていた料理長も、見たことのない食材には興味を惹《ひ》かれたようだ。

庖丁《ほうちょう》を持ち出して一個の端を切り取り、口に入れる。

「どうだろう」

「ふうん……淡泊だが、かすかに味はある。柔らかい、奇妙な口当たりだ。まちがいなく初めてだな、こんなのは」

「急で申し訳ないが、これを今日の晩餐に加えてもらえないだろうか。うちの侍女に調理の例を説明させるから」

「今日の晩餐に、ですかい」

いかにも嫌そうに、料理長は顔をしかめる。

せっかく決めた献立を変えろと言われるのには、当然抵抗があるのだ。

それでもやはり主人と客人の希望を無視するわけにはいかないと思い直したのだろう、ぎろりとベティーナの顔を見た。

「どんな料理ができるんだ？」

「小さく切ってスープに入れるとかいろいろですけど、いちばん簡単なのは、ステーキですぅ。厚みを半分に切って、よく水気を拭いて、ゴロイモを乾燥した粉か小麦粉をまぶして焼きます。生でも食べられるから、いちばん奥が温かくなるまで焼けば十分です。それに何か、ステーキのソースをかけて食べます」

「ふうん。難しくはないんだな」

「もっと柔らかく作ったおトーフなら、ステーキにするにはまず重しを乗せて『水切り』をするんですけどぉ、今日のこれはそれ用に硬めに作っているので、そのまま使えます」

「ふうん……試しにやってみるか」

考え込む料理人をよそに、テオドールが身を乗り出してきた。

好奇心を抑えられない顔で、兄を覗《のぞ》き込《こ》む。

「私もちょっと、味見させてもらっていいだろうか」

「テオドール様は、ダメです」

「な――何故《なぜ》だね」

「テオドール様と侯爵閣下には、完成した料理で味わっていただきたいからです」

「なんと――まあ、理由は納得はできるが……」

一瞬お預けを食らった犬のような情けない顔になってから、次期侯爵は笑い顔を取り戻した。

その口から「面白い、面白い」と呟《つぶや》きが漏れる。

そんなやりとりの間に、料理長は腹を決めたようだ。

「あんた、ちょっとつき合ってくれ」

ミリッツァを兄に預けたベティーナを連れて、奥の竈《かまど》の方へトーフの箱を抱えていった。

すぐに説明を聞きながら調理を始める。戸口から見ているると、それほど時間をかけずに試作品ができたようで、焼き上げたものを切って味見を始めていた。一口して、目を瞠っている。

やがて戻ってきて、料理長はテオドールに報告した。

「本来の献立の邪魔にはならないでしょう。予定していたイノシシのステーキと並べて出すことにします」

「分かった、それで頼む」

頷いて、テオドールは兄の顔を見た。

「これで、いいんだね？」

「はい、ご面倒をかけて申し訳ありません」

「これだけのことをして期待を膨らませてくれているんだからね、期待を裏切られることはないだろうね」

「……少なくとも、今まで経験したことのない面白い食材、とは思っていただけると思います」

「面白い。それなら、父には事前に情報を上げないで食してもらうことにしよう。気に入られなければ晩餐が台無し、ということにもなりかねないが」

「はあ……お任せします」

「面白い、面白い」

くつくつと、テオドールは忍び笑いを続けている。

奥ではベティーナが、料理長に蒸しキマメについても説明をしているようだ。

やがて用を済ませて、戻ってくる。

「では、晩餐を楽しみにしているよ」

一緒に二階へ上がって、くつくつ笑いのままテオドールは別れていった。

与えられた部屋で、晩餐に呼ばれるまで僕は、ミリッツァとベッドで押し合いっこをして過ごしていた。


晩餐には、侯爵と長男の他、その夫人と長男が出席していた。

上座の侯爵と直角の向きに、右手に長男と夫人、その息子。向かいの左手に兄と僕が座る。もちろん僕は赤ん坊用の特別高い椅子を、兄のすぐ傍《そば》に寄せてもらっている。

これも通常なら、小さな子どもが公式の晩餐に列席することはまずない。実際向かいの長男の家族も、十歳だという長子の下に二人子どもがいるそうだが、呼ばれていない。

そもそも離乳食しか食べられない僕が、こんな晩餐のメニューなど受け付けるはずもないわけで、場違いも甚だしいのだけど、主人に指名されて固辞することもできないのだ。

ちなみにまた無理を申し出て、広い部屋の隅にベティーナに抱かれたミリッツァの席を用意してもらっている。こちらも持参した乳と、最近ようやく食べられるようになった柔らかな離乳食しか口にできないわけだけど。

マイエラという夫人と長男エルヴィンを紹介され、挨拶を交わして晩餐が始まる。

そういう紹介はされなかったけれど従兄弟関係であることを知っているのかどうか、エルヴィンは一つ年上の兄に興味津々の様子だ。

隙のない笑顔のマイエラ夫人は「ベルシュマン男爵領はどういうところか、お話が聞きたいわ」と、兄に話を振っている。

好意的に解釈すれば、年若い客が場に馴染《なじ》みやすいように配慮してくれているのかもしれない。

「本当に田舎《いなか》の村なのですが」と断って、人口が二百人あまりに過ぎないこと、農産物についてなど、兄は説明した。

数年に続く不作で食糧難に陥りかけていたところ、この冬から製塩業を始めることができて持ち直した話をする。

夫人と息子は初耳らしく、やや目を丸くしている。侯爵父子は当然既知のことなのだろう、驚きを見せない。

前菜が運ばれてきて、食事を始めながら話を続ける。

皿に盛られているのは、温野菜をドレッシングで和《あ》えたもののようだ。赤、黄、白と何種類もの根菜と思われるものが混ぜられている。さらに混じっている細かい白と黄色は、茹でた玉子を刻んだものだという。

フォークで口に運んで、兄は笑顔になった。

「こちらは野菜の種類が豊富なのですね。知らない野菜も混じっているようですが、いろいろな食感がしておいしいです」

「エルツベルガー侯爵領は南北に広くてどこも農業が盛んなので、作物の種類も多いのですよ。

——あら、これは何かしら。豆？」

応えながら、夫人が首を傾《かし》げている。

兄の皿を覗くと、クリーム色の豆。どうも、蒸しキマメのようだ。

さっきベティーナから説明を受けていた料理長が、献立に入れることにしたのだろう。

ちなみに僕の前には、いくつかの野菜を潰したものが少量供されている。

兄にスプーンを持たせてもらって、口に運ぶ。最近はこの程度、自分で食べることができるようになっているのだ。えへん。

「まあお利口。一人で食べることができるのね」

「ようやくできるようになったばかりで、油断すると零《こぼ》してしまうんですよ」

僕の手元を見て笑う夫人に、兄は苦笑を返した。

うっかり口横から垂れてしまった雫《しずく》をこれ見よがしに拭くのは、ほどほどにしてもらいたい。

しかしまあ、それを見て和やかに笑う夫人と息子の様子からすると、ここにいる僕の責務は果たした、という気になってもいいかもしれない。

続いて、スープとパンが運ばれてくる。

僕の前にも量の少ないスープが置かれ、兄がスプーンを換えてくれる。

見慣れない白いスープは、夫人の説明では牛の乳が混ぜられているらしい。

おいしい。けれどますます零さず飲むのが難しく、場を和ませてしまう。

一方、籠で置かれた白いパンを手にとって、兄は目を輝かせていた。

それを見て、夫人が声をかけた。

「柔らかい白パンは、初めてですか？」

「あ、ええ。こんなに柔らかくなるものなんですね」

「でしょう？　こちらでは二ヶ月ほど前からすっかりこんな柔らかいパンになっているのですよ。そちらにはないものなんですか？」

勢い込んでエルヴィンが話しかけてきて、「ええ、まあ……」と兄は言葉を濁した。

さらに畳みかけようとする息子に、「エルヴィン」とテオドールが声をかけた。

「勘違いしてはいけないよ。我が国で柔らかいパンが食べられるように広めたのは、このウォルフ君なのだ」

「え？」

「天然酵母、だったか。柔らかいパンを作る方法をベルシュマン男爵領で開発して、全国で使えるように男爵が公表したのだったよね」

「ええ……まあ、そういうことです」

テオドールの念押しに、兄は恐縮の顔で頷く。

エルヴィンはますます目を丸くした。

「ウォルフ様、僕をからかったのですか？」

「いえ、言い方が正確でありませんでした。この方法で焼かれた白小麦のパンを食べるのが、初めてなのです」

「え？」

「先ほど話した不作の影響で、ベルシュマン男爵領には黒小麦しかないのですよ。この柔らかいパンの作り方を開発したのも、風味の悪い黒小麦のパンを何とか食べやすくしたいという、苦肉の策だったのです」

「そうなのですか。聞いてみなければ分からないものですね」

感心の顔で、夫人が頷く。

この内輪話はテオドールも知らなかったらしく、興味深く聞いている。隣の侯爵は関心なさそうに、さっきから無言のままだ。

「わうわう」と僕が隣に手を伸ばすと。兄はすぐに察して、小さく千切ったパンを口に入れてくれた。

僕は黒小麦パンも一度味見しただけだったが、確かにこちらはいっそう際立つ柔らかさだ。

「うまあ」と手を叩くと、向かいの親子が満面で喜んでくれた。

「この新しいパンは、あっという間に全国に広まったという話だね。新しいもの嫌いの父上も、これは抵抗なく受け入れたくらいだ」

息子に笑いを向けられて、侯爵はただ「ふん」と鼻息を返した。

そのまま食事中は無言を貫くつもりか、と思っていると、その不機嫌そうな顔が逆向きに捻《ひね》られた。

「其方《そなた》」という呼びかけは、兄に向けられたものらしい。

その手にしたフォークが、温野菜の皿を指している。

「はい」

「この妙な食材も、其方が持ってきたものだろう。説明しなさい」

「――はい」

やや狼狽《ろうばい》しながら、兄は皿に手を添えた。

「この豆——私もここに使われているとは知らなかったので、思いがけなかったのですが——蒸しキマメといいます」

「キマメ、ですか」

「はい、マイエラ様」

「キマメ——僕も知ってるけど」エルヴィンが声を上げる。「兵隊が遠征するとき、持っていく食料でしょう？」

「はい、こちらでも栽培されているのでしょうか」

「少しは作っているところがあるはずです。ですよね、父上？」

「そうだね。うちの領兵も、場合によっては遠征に出る必要が生じる場合がある。携行用の食料は常備しておかなければならないからね」

「どこでもそのような扱いだと聞きました」兄が頷く。「ふつうには硬くて食べ辛《づら》いけれど栄養はある、ということだったので、何とか食べやすくならないかと工夫してみたのですが。事前に長時間水に漬けてから調理すれば、このように柔らかくなることが分かりました」

「水に漬ける？　それだけでいいのかね」

「はい。もともと豆類の調理は水に漬けるのが常識として知られていたようですが、キマメはふつうの豆より長時間漬ける必要があるため、普及していなかったようです」

「では、我が領でもキマメの生産を増やしてその調理法を広めれば、食糧事情が豊かになることが望めるわけか。この料理なら十分に、誰にも受け入れられる」

「はい。検討していいのではないかと思います。何よりもキマメは、栄養価が高いようですので。それにこの点はまだ実証していないのですが、小麦より冷害に強いと言われています。こちらの領の北部や我が領のような寒冷地でも、不作に陥る危険が少ない作物として有効ではないかと思われます」

「うーむ……」

腕を組んで、テオドールは考え込んでしまっている。

その父親の侯爵は、やはり表情少なく無言のままだ。

男たちの声が途切れたところで、マイエラ夫人が兄に問いかけてきた。

「キマメを水に漬けるということは分かりましたけど、『蒸し』というのはどういうものですか。何か特別な調理法？」

「ああ、はい。湯を沸かしてその蒸気で加熱する調理法です。キマメはふつうに茹でても食べられますが、蒸すと味や栄養が落ちないと言われています」

「それで、このような味になるのね。ぜひともその調理法、教えていただきたいわ」

「はい、先ほどうちの侍女からこちらの料理長に説明させました。さらにくわしい説明が必要であれば、言っていただければお答えします」

「それは、ありがたいです」

話しているうち、次の料理が運ばれてきた。

11 赤ん坊、話し合いに出る

メインディッシュのようで、ステーキがまだジューと音を立てている。

置かれた皿を見て、無表情だった侯爵がわずかに眉を持ち上げた。

隣で、テオドールは表情を抑えている様子だ。

マイエラはぽっかり目を丸くしている。

「ステーキが二種類とは、聞いていませんでしたよ。こちら、イノシシは分かりますが、もう一つは何なのですか」

「何か趣向があるのだろう。とにかく、食べてみようじゃないか」

事もなげに応える息子の顔を、侯爵はじろりと一瞥《いちべつ》したようだ。

そのまま挑むような顔で、正体不明の四角形にナイフを入れる。その柔らかさに驚いたらしく、一瞬手が止まっている。

こちらの向かいでは、夫人とその息子がこれ以上ないほどに目を大きく瞠《みは》っていた。

「何ですか、これは？」

「何、何これ？　柔らかい、滑らか――何か分かんない」

叫んで、エルヴィンは父の顔を覗《のぞ》いた。

「でも何？　おいしいような、そうでもないような。そもそもこれ、味がしないんじゃないですか？」

「うん――いや、しないわけじゃない。淡泊でソースの味に隠れているが、コクというかかすかな味はある。何と言うか、面白い」

笑いを堪《こら》えるような長男の隣で。

黙ったまま侯爵は、イノシシのステーキと両方を食べ比べているようだ。

その目が、またぎろりと兄を睨《にら》み上げた。

「これも、其方《そなた》が持ってきたものか？」

「はい」急いで口の中のものを飲み込んで、兄は頷《うなず》く。「トーフという食材です」

「もとになっている風味は、さっきの豆と同じなのではないか」

「はい。キマメを加工してできた食材です」

「あのキマメ？」夫人が目を丸くした。「舌触りがまるで違う。こんな滑らかな口当たりの食べ物、今まで口にしたことがありません」

「豆の舌触りのある部分を除いて、固め直したものと思っていただければ」

「そんなことを？」

ぽかんとした妻の傍《かたわ》ら、テオドールも交互にイノシシとトーフを食べ比べている。二三度食べ比べ、カトラリーを置いて「うーん」と唸《うな》った。

そのまま、困惑めいた顔を兄に向ける。

「こう言っては悪いが、イノシシより突出して美味《うま》い、というわけではないね」

「ええ。こういうメインディッシュの料理として、イノシシなどより食べ応えがある、というものではないと思います。肉の代用品というよりは、別の食材として扱うべきでしょう」

「そうだね。ただ、淡泊な味と滑らかな口当たりが独特で、何とも忘れられないというか、面白い」

「今日は最も手っとり早く献立に加えてもらうためにステーキにしてもらいましたが、そもそもそんな用途に限るものではないのです。小さく切ってスープに入れたり、煮物炒《いた》め物《もの》、いろいろなものに使えると思います。我が家ではこのまま、赤ん坊の離乳食にもしています。その他にもいろいろ、肉が手に入らない場合の栄養が得られる食材として考えています」

「なるほど、そう考えるとますます興味深い」

「イノシシ肉のような重いものを食べたくないときにもいいかもしれませんね」マイエラが頷いている。「それにやはり、この淡泊な味と滑らかな口当たりは、他にない独特なものです。料理人なら、いろいろ工夫してみたくなるのではないですか」

「そうだね、後で料理長にもまた感想を聞いてみたいな」

「ウォルフ様、このトーフというものも、作り方は教えてもらえますか？」

「これはやや複雑なので、口での説明は難しいのです。それから、トーフを固めるのには製塩の際にできる副産物が必要になります。その辺を合わせて、誰かを我が領まで数日派遣していただければ、十分にお教えすることができると思います」

「ぜひ検討させてください」

思った以上に気に入ったらしく、夫人は目を輝かせて大きく頷いている。

一方、侯爵は兄に横目を送って、やや苦々しい顔になっているのが見えた。

食事が終わると口を拭って、

「この後、執務室に来なさい」

言い置いて、立っていってしまった。

残された長男親子と、兄はもう少し話を続けた。

兄は、イノシシ肉と豊富な野菜の種類を賞嘆する。とりわけ、ニワトリの玉子が豊富に出回っているのが羨ましい、と話す。

夫人と息子は、他に珍しい食材があればまた見せてほしいと懇願する。

そんな貴族らしい賛辞のやりとりをして、場を終えた。


部屋に戻り、改めて服装を整えて、侍女の案内で領主執務室に向かう。

さっきと同様、兄は僕を抱き、ベティーナに抱かれたミリッツァとヘンリックを伴っている。

相手も前と同様、長男と執事が控えていた。

勧められて、兄は侯爵と向かい合ってソファに腰を下ろした。横手にテオドールが座る。

ヘンリックが運んできた木の箱を兄が受けとっていると、向かいの侯爵が視線を斜め上に向けたまま、低い声をかけてきた。

「父子ともに領主として未熟だな、男爵家は」

「はい？」

「領主として最優先に考えねばならぬのは、領地を富ますことだ。せっかく自領の特産とできるものを開発しておきながら、それをあっさり他領に公開してどうする？　自領の利益を得る前に、特産が特産でなくなってしまうではないか」

「ああはい、ご忠言ありがとうございます」軽く、兄は頭を下げた。「しかしこの点は、父とよく話し合って決めました。我々は、自領の利益よりも国を富ますことを優先する所存です」

「国を富ます、か。青臭い理想だ」

「そうでしょうか。――その、今回お招きいただいた機会に、侯爵閣下にお教えいただきたいことがあったのですが」

「何だ？」

ずっとこちらを相手にする気がないかのように上方に逸《そ》らされていた視線が、ぎろりと一瞬兄の顔に落ちた。

しかしそれもまた、すぐに持ち上げられてしまう。

「閣下は、ずっと中央で外交部門を担当されていると伺いました」

「それが？」

「外交に関わることについて私はまだ学習が足りず、ほとんど知識を持ちません。中央の機関で研究している学生に少し話を聞いた程度なのですが、我が国は周辺諸国に比べ、軍事能力や貿易力で後《おく》れをとっている、という指摘は真《まこと》でしょうか」

「ふん――誤りではないが、正確でもないな」

「と言いますと？」

「『後れをとる』などという可愛《かわい》いものではない。現状、軍備の点でも貿易でも、我が国は何も力を持たぬに等しい。友好国とのとり決めで守られていなければ、今すぐにでも隣国に潰されて、何の不思議もない」

「そう……なのですか」

「そのような現状を見ようともせず、互いの足の引っ張り合いにうつつを抜かす領主連中には、呆《あき》れるしかないがな」

「しかし、そうであればこそ、そのような人々の意識を変え、国民の暮らしを豊かにし、他国に対抗できる国力をつけることが大事なのではないのですか」

「あのような愚鈍な連中の意識を変えるなど、そんな面倒なこと、誰がやるというのか」

「その辺りは、閣下のようなお立場と見識をお持ちの方にお願いするよりないのではないかと」

「ふん、勝手をぬかしおる」

「しかしやはり、その辺を知れば知るほど、国力の増強は急務なのではないですか。父と私も最初は、自領を富ますのが第一歩で、それを周辺に広げていけば、と考えていたのですが。それでは間に合わない、早急に直接国全体に広げる必要がある、と認識を改めました」

「ふん」

侯爵の視線は、やはり兄から逸れてあらぬ方を向いている。

兄の腕の中で身をよじってそれを辿《たど》ると、部屋の隅の椅子にかけさせてもらっているベティーナの膝で、ミリッツァは気持ちよさそうに眠っている。

こんな大人の話し合いの中で退屈するのは当然で、泣き騒がないだけよしとすべきだろう。

「閣下が先ほど仰《おっしゃ》られた領主の人たちの意識改革は私にはどうしようもありませんが、絶対必要だと思います。我が国の国力不足と言われる原因は、確かに資源や人材などの不足もあると思いますが、数ある領地の間での交流の不足も大きく影響しているのではないでしょうか」

「どういうことだ」

「昨年来我が領でゴロイモやキマメなどの活用法を検討していて、どうしても気になったことがあるのです。凝った料理についてならともかく基本的な調理法、たとえばキマメは丸二日水に漬ければ食べやすくなるなどということ、今まで誰一人気がつかなかったとはどうしても思えません。もし誰かが気がついてもそれを記録に残したり、広く伝えたりする動機が生まれないのではないか。文字を知る人の少なさや羊皮紙の高価さなども原因としてあるでしょうが、それ以上に、地域間の交流の少なさが根本にあるのではないかと思います。

　この数ヶ月、自領の農業について考えていて、切実に思いました。昔の農業の記録や他領の農作物の情報がもっとあれば、大いに助かるはずなのにと。そういう情報や資源の流れの断絶が、この国の発展を妨げている一因になっているのではないでしょうか」

「利いたふうなことを」

　視線を外したまま、ふん、と侯爵は鼻を鳴らす。

「まず早急にできそうなのは、領地の間の交流を増やすことだと思います。何もかも特産だと囲い込んで自領の中にだけに留《とど》めるのではなく、産物や情報を交流させる。国民の生活の中で足りないものを補い合い、経済を活発にすることで、国全体を向上させることができると思います」

「そのために、其方の領のように馬鹿正直に何でも公開すると申すか」

「はい。最初は損のように見えても、回り回って国全体を豊かにして、自分の元にも戻ってくると考えます」

「ベルネット公爵も丸め込んで、塩の価格を引き下げるそうだな」

「はい。生活必需品の価格は抑えて、国民の生活に余裕を持たせるべきと、父と公爵の間で意見が一致したそうです」

「あの公爵も、酔狂な……まあいい」

先を続けようとする兄を、侯爵はぎろりと睨んで制した。

無造作に、その手元の箱に顎をしゃくってみせる。

「どうせそのような青臭い訴えが目的なのだろうが――用件に入りなさい」

「はい、お聞きいただき、ありがとうございます」

テーブルに箱を置いて、蓋を開く。

「父から事前に話があったと思いますが、農業に関係してご協力をいただけないかとお願いに参りました。決してこちらの領に不利益にはならないものと――」

「前置きはいい。簡潔に話せ」

「はい。まず、こちらの味を見ていただけますでしょうか」

ずい、と兄は箱をテーブルの中央に差し出した。

いくつか添えてあった匙《さじ》の一つを手にとり、中の琥珀色《こはくいろ》の粉末と固まりの混合から、少量をすくう。

「先に、私が毒味をいたします」

言って、それを口に含み。

にこり笑顔になって、兄はさらに箱を滑り押し出した。

苦虫を嚙《か》んだような表情で、侯爵の視線が落ちる。

横から長男も、興味深げに覗き込んできた。

「何だい、この怪しげな色の粉末は」

「説明よりも、まず味を見ていただく方がお分かりいただけるかと」

「ふうん」

苦笑いの顔で。テオドールは匙を二つ取り上げ、一つを父親に手渡した。

先んじて粉末をすくい、無造作に口に入れる。

無表情で、侯爵も同様に匙を動かした。

「む……」

「これは――砂糖かい」

「はい」

「こんな色の砂糖は見たことがないし、高価な輸入品をわざわざ持参する意味もない。そちらの領で、これを作ったと？」

興奮気味にテオドールに問い詰められて、兄は「はい」と頷いた。

後ろを振り返り、ヘンリックから布袋を受けとる。

取り出した根の丸い植物を、同じくテーブルに載せて差し出す。

「これをご存知《ぞんじ》でしょうか」

「何だい？　見覚えはないが」

「こちらの北方の地に自生すると聞きましたが」

兄の説明に、テオドールは首を傾《かし》げて父親を見た。

侯爵も、「知らん」と軽く首を振る。

そこへ、背後に控えていた執事が一歩進み出た。

「アマカブではないかと存じます」

「知っているのか。領内に生えていると？」

「はい。北部の寒冷地に多く自生しているようで。一見野菜のようですが食用には適さず、雑草の扱いと聞き及びます」

執事の返事に頷いて、侯爵は兄に視線を戻した。

「この雑草から、砂糖が採れるというのか？」

「はい。この丸い根二個分から採れたのが、この量です」

「ふうむ……」

考え込む父親をよそに、横からテオドールが身を乗り出した。

今までにもまして興奮を露《あら》わに、目を輝かせている。

「砂糖といえば南方の産物で、ほとんど輸入されるものばかりだ。このような北方の農産物から採れるなど、聞いたことがない。それが本当なら、画期的な情報と言える」

「そうではないかと思います。今自生している分からだけでも、相当な量の生産が望めます。今すぐからでもアマカブの苗を集めて本格的な栽培を始めれば、将来的に継続して大量の生産が確保できるのではないでしょうか」

「ふうん……かなり有望な情報だな、確かに」

「よろしければ明日にでも、このアマカブから砂糖を取り出す方法を実際にお見せします」

「おお……」

笑顔になる長男を、侯爵は横目でぎろと睨んだ。

そのまま鋭い視線を、兄の方に戻す。

「そんな都合のよい話をこちらに持ちかける、其方の目的は何だ。交換条件に、先ほどの青臭い話に協力せよと申すか」

「塩と同様に、価格を抑えた大量流通に繫《つな》げたいので、ご協力をいただきたい。それによって国民の暮らしを豊かにし、輸入を抑え、国力を上げることが望めるので――」

「ふん」

「――という交渉をしようと考えていましたが、今日この領に来て、気が変わりました。条件はつけずに、製法をお教えします」

「何？」

「そんな――何が目的だ？」

絶句する父親の横から、テーブルを両手で叩《たた》いてテオドールが声を上げてきた。

「今日の昼間、この街を歩いていて、話を聞きました。近年北部の農村で不作が続いて、畑を捨てた農民が大勢こちらに流れてきているようですね」

「ああ。それは」

「こちらでもそんな、失業者への対策を考えていらっしゃるようですが」

「そうだ。この春から、領都での雇用を増やして対応していくことにしている」

「それは素晴らしいことだと思いますが。たとえばそれ以外の選択肢として、このアマカブの栽培と製糖作業場をその北部の地方で始められたら、失業者が元の村へ戻って働くことができるようになりませんか」

「それは、確かに――」

「馬鹿か、其方は！」

いきなり、侯爵が感情を露わにテーブルに拳を打ちつけた。

「そんな他領の都合に気を配って、格上の侯爵家から有利な条件を引き出せるはずの交渉を、放り出すというのか？」

「はい」

「領地の利益も自分の理想もこんなことであっさり投げ出すなど、貴族として失格だ。考えが甘すぎる」

「そうでしょうか」

「どうせ其方の刹那的な子どもっぽい思いつきで、父親の意見も確かめていないのであろう。見ろ、そちらの執事も思いがけないことを聞いたと、動揺しておるわ」

確かに。後ろに控えるヘンリックは、予想外の事態にめったにない感情を顔に表して、手を震わせている。

さっき、ベティーナの目を盗んで兄と僕は短い打ち合わせをしたけれど、ヘンリックと相談する余裕はなかったからなあ。

「父からは、すべて私の判断で決めてよいと、承諾を得ています」

「それにも限度があろう。自分の考えの幼さを、自覚せよ」

「私がまだ幼いという点については反論のしようもありませんが、この判断をまちがっているとは思いません。聞くところでは、北から流れてきている失業者は数百人、もしかすると千人に上るかもしれないということですね。それだけで我が男爵領の人口の何倍にもなります。我が領の利益を上げることより、こちらの千人規模の人に仕事を用意する方が、まちがいなく国家の利益に繋がると考えます。

それも、小麦などの冷害対策を考えながら今年度のアマカブの栽培を始めるとすると、もう時間の余裕はありません。今すぐその人々を北部の農地へ帰らせて畑起こしから始めさせる必要があります。ここで領主間の駆け引きをしている時間はないのです」

「む……」

「冷害対策としては、我が領地で研究している農民から、農地を四分割して小麦とゴロイモ、キマメ、アマカブを一年ごとに回す輪作が効果があるのではないかという提案があります。土地の力が落ちないので小麦が冷害に強くなるのではないかという仮定についてはまだ実証されていませんが、少なくとも他の三作物は小麦より寒さに強く、従来より商品価値が上がることが期待されますから、冷害で土地を捨てなければならない事態はかなり防げると思います」

「う……む」

「我が国で冷害の恐れが大きい北方の農地といえば東から辿って、このエルツベルガー侯爵領の北部、旧ディミタル男爵領、我がベルシュマン男爵領、アドラー侯爵領の北部ということになると思います。このうち現在我が領となった旧ディミタル男爵領では今年度から今言った四作物の輪作を、以前から我が領である西ヴィンクラー村とアドラー侯爵領ではアマカブを除いた三作物の輪作を始めることになっています。できましたらこちらエルツベルガー侯爵領にもこの試みに加わっていただいて、今後も情報交換や優良な種などのやりとりをしていくことができれば、我が国全体の食糧事情向上にも役立つと考えます」

「……ふん」

片手で顎髭《あごひげ》を撫《な》でながら、侯爵は考えに沈んでいた。

テオドールはやや呆然《ぼうぜん》として、執事と顔を見合わせている。

少しして、「テオドール」と侯爵はテーブルを睨んだまま声を発した。

「今此奴《こやつ》が言った輪作というもの、実現は可能か？」

「すぐに着手すれば、技術的に不可能ではないでしょう。問題は、アマカブの苗が十分に得られるか調べてみなければ分からない、ゴロイモもこれまで重要視していなかったので種芋が十分かは心《こころ》許《もと》ないところです。キマメの種はおそらく十分な量に足りないと思われます」

「そうか」

「キマメの種は、アドラー侯爵に依頼すれば譲ってもらえると思います。ゴロイモについては旧デイミタル男爵領の東ヴィンクラー村に多少の余剰があるので、都合できるかもしれません」

兄の口添えに、侯爵はぎろりと視線を返した。

「ふん。なら、その辺の交渉次第だな」

「こちらの提案に、ご賛同いただけますか」

「ふん。まだまだ考えが浅いところはあるが、的外れでもないようだ」

「ありがとうございます」

「肝要なのは、キマメとアマカブの価値にまちがいがないか、だな。その辺の信憑性《しんぴょうせい》を、しっかり示してみよ」

「かしこまりました」

「アマカブから本当に砂糖ができるかについては、明日見せてくれるんだね。キマメが、二日だっけ、水に漬ければ使えるかは、実際にこちらで確かめてみる。トーフの製造について人を派遣するかは、後日また相談することになる」

テオドールが列挙するのに、「分かりました」と兄は頷き返す。

「ふん」ともう一度鼻を鳴らして、侯爵はそのまま顎を撫でている。

やがて、またその目がぎろと兄に向けて持ち上げられた。


「せっかくだから、少し教えてやろう」

「はい」

「今、まだ考えが浅いところはある、と言ったが。其方、自分で分かっているところはあるか」

「ああ、はい。いろいろ知識が足りないところは承知しているのですが——あえていちばん弱いところで言えば、外交、貿易に関する影響でしょうか」

「ふん、分かっているではないか」

「国力をつけるために輸入を抑える、と安直に考えましたが。そのような単純なものではないのでしょうね」

「当然だ。それほど単純なら、誰も苦労はせぬわ」

「はい」

「其方、リゲティ自治領については知っているか」

「あ、はい。えーと、我が国の南西部に接していて、二十数年前まで領地だったのが、西の隣国ダンスクに攻めとられた、ということでしたね」

「その程度は、初等学院生でも知っておる」

「申し訳ありません。まだ学院入学前なので」

「そうであったな」思わずのように、侯爵の口元がわずかに緩む。「生意気な口ばかり叩くので、忘れておったわ」

「恐縮です」

「テオドール、教えてやれ」

後を息子に丸投げして、侯爵は腕組みでソファに深く凭《もた》れ直した。

苦笑の顔で、テオドールは説明を引き受ける。

「まあ、知っているかもしれないが、前提から簡単に話そう。リゲティは我がグートハイル王国とダンスクに挟まれた地域で、両国が成立した三百年以上前から、その領有権を巡ってたびたび紛争がくり返されてきた。その前五十年以上にわたって我が国の領土として落ち着いていたのが、二十四年前に突然ダンスク軍が侵攻してきて奪いとられた、という経緯だね」

「はい」

そもそもグートハイル王国とダンスクの境界は北方からずっと険しい山地になっていて、ほとんど人の往《ゆ》き来《き》ができない。その山地が途切れたリゲティの地域だけ平地になっているため、両国からの通行が可能になっている。グートハイル王国からは西の諸国へ、ダンスクからは東へ、通商などのほぼ唯一の要所になっていて、領有権が重要ということらしい。

グートハイル王国に比べて、ダンスクは軍備面で勝っている。もともとの人口も多いし、武器に使われる鉄の質が高いことが大きな理由のようだ。

それに対してグートハイル王国は、東隣のダルムシュタット王国、ダンスクの西の隣国シュパーリンガーと友好国の条約を結び、軍事大国ダンスクを牽制《けんせい》している現状だ。

二十四年前は隙を突いてリゲティに侵攻されたが、すぐにこの両国が兵を起こす動きを見せたため、そこで休戦が成立した。

事実上戦闘は惨敗なので、我が国はそれまでリゲティを不法占拠していたという名目の賠償を払わされ、今後もリゲティを不利益になる扱いをしない旨の一文を書かされて事を収められたということだ。

具体的には、リゲティは主に農業地帯で、地形的にグートハイル王国と交易をしなければ存続できない。その関税などの扱いをかなり優遇することになっているらしい。

「ここからが現在抱える問題ということになるんだけどね、そのリゲティの最も主要な特産品がギンコムギだ」

「あ、はい、知っています。パンや菓子に使うとふつうの白小麦に比べてかなり柔らかく、高級品とされているんですよね」

「そう。それを我が国や他の周辺諸国に輸出することで、リゲティは成り立っていると言っていい。そこに最近影響を及ぼしたのが——君だ」

「はい？　私ですか？」

「そう。聞いていないかな。君が開発して広めた天然酵母は、白小麦と黒小麦のパンを圧倒的に柔らかくするが、ギンコムギにはあまり効果がないんだよ。そのため、白小麦パンの質が大幅に向上して、ギンコムギの高級感が下がってしまった。この先、ギンコムギの輸入量が減ることが予想される。となると、リゲティとダンスクがそのまま黙っているとは思えない」

「え……でも、それは……」

「もちろんそんなの、自由競争の中で考えれば、当然の成り行きだ。販売量が減るなら、増やすための努力をすればいい。それが常識なわけだけど、問題になるのが『リゲティを不利益になる扱いをしない』としたとり決めでね。難癖をつけようと思えば、そこをついてごねてくることは考えられるわけだ。需要が減ることなど関係なく、一定量の輸入を持続せよ、とか」

「え……」

「まあそんなこと、ウォルフ君が気に病む必要はないわけだけどね。外交担当と王族が肝を据えて対処することだ。ただ、そういう影響が起こるということを、少し頭の隅に置いていいのではないか、ということだ」

「は……い」

「さらにまだあってね、ダンスクに絡むことは」

「何でしょう——あ……」

「思い当たるかい」

「セサミ、ですか。ダンスクの特産と聞きました」

「当たり、だね。先様《さきさま》も最近、こちらで生産が始まっていることに気づいて、苛立《いらだ》ってきているようだ」

「何か……何と言えばいいか」

頭をかく兄に、テオドールは苦笑を向け続けている。

数呼吸、待ってから、侯爵が軽く顎をしゃくった。

それを受けて、息子の苦笑いがますます深まる。

「実は、まだあってね」

「え？」

「セサミなら、まだ輸出量にするとたいした影響ではない。ダンスクが他国に輸出をしている、もっと規模の大きな生産品がある」

「まさか……」

「その、まさかだよ。砂糖なんだ。南方のアマキビを使った」

「そうなんですか」

「アマキビから砂糖を製造する方法はダンスクで開発したと、その権利を主張していてね。他の国ではとり決めをした一定量を超える製造は許可されない、としている」

「それは……すると……」

「ウォルフ君のアマカブから砂糖を作るという技術が実用に値するとしたら、その意味でもとんでもない影響を持つんだよ。そのダンスクの主張する砂糖製造の権利には、明らかに別物で抵触しない。しかしそれで我が国で製造が本格化したら、まちがいなくダンスクからの輸入に影響する。かの国の苛立ちは計り知れないことになりそうだ」

「そういうこと、ですか」

「私個人の感覚としては、ウォルフ君よくやった、これで国力増強まちがいなし、かの国に一泡吹かせて痛快極まりない、というところだがね。外交担当や王族が肝を据えなければならないという点では、さっきの件以上だろうね。権利を主張できない以上、向こうの苛立ちを晴らすには別の方法をとるしかない。最も近い軍事衝突の結果が向こうの圧勝だったことからして、何かそっちをちらつかせてくる可能性は拭えない」

「そんな……」

「くり返すけど、ウォルフ君が気に病むことではないよ。向こうに大義名分があるわけではないのだから、国として肝を据えてしっかり備えていればいいだけのことだ」

「はあ……」

溜息《ためいき》をつく兄を、ずっと向かいから睨む視線は変わらない。

その『肝を据えなければならない』外交の当事者は、苦虫を噛み潰した顔のままだ。

ただ、その前に比べてやや口元が緩んで見えるのは、気のせいか。

「少しは理解したか？　己の視野の狭さを」

「はい。かなり身に染みました」

「本当に、ウォルフ君のしていることがまちがっているというわけではない。今指摘したようなことは当然、宰相付きで行政に携わっているベルシュマン卿《きょう》は承知の上で君の行動を見守っているはずだしね。まあ将来的にそういう視点も広げてもらいたい、という年寄りのお節介だよ」

「はい、ご教授ありがとうございます」

侯爵父子に順に声を加えられて、兄は頭を下げた。

「ふん」と肩をすくめて、侯爵は軽く片手を振る。

「話が長くなりすぎだ。子どもはもう寝なさい。明日は今の話の真偽を見せてもらう」

「はい、承知しました」

話は終わったという侯爵の宣言に、挨拶をして僕らは部屋を辞した。

いろいろあって、兄は疲れきった様子だ。

部屋に戻ってヘンリックに、アマカブ情報の提供を無条件にしたことを事前打ち合わせしなかった件、叱責された。ただそれ以外は、好結果に終わったと思っていいという。

「本当か？　かなり厳しく返された気がするんだが」

「あの侯爵閣下、相手が気に入らなければさっさと門前払いにしますよ。最後にいろいろ教えてくださったことからしても、ウォルフ様の提案は前向きに受けとったということでしょう」

「ならいいのだがな」

頭を振って、兄はもう深く考える気力もないようだ。


その夜は久しぶりに、僕は兄の脇にひっついて眠った。当然の成り行きで、その僕の背中にはミリッツァがひっついている。

目覚めたときには窓の外が明るくなっていて、兄が上体を起こして目をしょぼつかせていた。

僕もくしくし目を擦《こす》っていると、兄は呆れた顔で見下ろしてきた。

「お前、肩を食われているぞ」

「……いちゅものこと」

明らかに熟睡のままで、ミリッツァは僕の肩口をはむはむと噛み、よだれ染みを広げている。

へたな動きをして妹の口の辺りを傷つけたりするのが怖いので、このままじっとベティーナが救助に来るのを待つのが、毎朝恒例の行事だ。

「苦労しているんだな、お前。ご苦労様」

「……どういたしまして」

「俺が触るのも怖いから、ベティーナを呼んでこよう」

子守りが到着し、兄妹三人めでたく朝の支度を調《ととの》えた。

朝食は、侯爵の長男親子三人と兄と僕で卓を囲んだ。侯爵本人は同席しないことが多いという。

白小麦パンと牛乳スープに加えて出たニワトリ玉子を惜しみなく使ったオムレツに、兄は感嘆している。僕は同じスープを使ったパン粥《がゆ》だけだ。

食後、約束通り砂糖の作り方を見せることになっている。

こちらにも侯爵本人は顔を出さず、テオドールが文官一人と料理人三人を調理場に集めていた。

僕を抱いた兄が料理人に指示を出して、持参していたアマカブの加工を進める。

煮汁に木炭の粉を混ぜて沈殿させた後、上澄みを味見してテオドールは目を瞠っていた。

「確かに、できているね。砂糖の甘みだ」

「これをさらに煮詰めて乾燥させれば、粉砂糖になります」

「うん、分かった」

「今は木炭を混ぜることで雑味の成分を取り除いていますが、他にも木炭以外で試してみてもいいかもしれません」

「なるほどね」

頷いて、テオドールは傍らの文官に確認する。

「これならそれほど面倒もない。とりあえず設備を整えて、製造作業を始められそうだな」

「はい、さように思います」

「ただちに北部でのアマカブの自生状況を調査して、製造作業場の確保にかかりなさい」

「はい、かしこまりました」

あとを文官たちに任せて、テオドールと我々は調理場を出た。

昨日にもましてテオドールは機嫌よく、やや興奮気味の様子だ。

「今回はこんなにいろいろと情報をもらって、ウォルフ君には感謝のしようもないよ。何でもお礼を、と言いたいところだけど、その辺の詳細は領主同士の話し合いに任せよう。うちの領主殿は十年以上にわたってベルシュマン卿との交流を拒否してきたわけだが、今回は私が責任を持って会見を実現させるから、少し待っていてくれないか」

「はい、承知しました」

「それでも、領主の息子同士ですぐできる交流はしたいと思う。ウォルフ君はもう一泊してもらって構わないかな。今日はぜひとも、君に希望があればどこなりと領内の案内をしたい」

「ああ、ありがとうございます。喜んでお世話になりたいと思います」

「どこか見学の希望はあるかな。領主の後宮と領主邸の秘密の脱出路以外なら、たいがいは希望に沿えるが」

「……そんなものがあるのですか」

「いや、どちらもない。少なくとも、私は聞いたことがないけどね」

「はは……」

テオドールの、言ってみれば親父《おやじ》ギャグ調軽口だったらしい。

笑って、兄は少し考えた。

「お言葉に甘えて、できたらニワトリの飼育場を見学させていただけますか」

「ほう。お安いご用だね。領都の郊外にあるから、街中《まちなか》の様子を見ながらそちらへ向かおうか。ウォルフ君は農産物などに興味があるようだから、市場《いちば》の中も見ていかないか」

「ああ、はい。お願いします」

侯爵家の馬車を立てて、出かけることになった。ホスト側はテオドールと護衛二名だけ、こちらは一行全員だ。

護衛たちはそれぞれ馬に乗り、我々は馬車に収まる。テオドールのたっての希望で、僕はその膝に載せられた。

「イレーネはあまり身体が丈夫でない娘だったからね。その息子たちが立派に育っているのを見て、感無量だよ」

伯父の口から、初めて母の名前が出た。

「ルートルフは六ヶ月を過ぎた頃の検診で足の骨に不具合があると言われたのですが、その後の療養で持ち直しています」

「そうなのか。心配だったね」

「今日ニワトリの見学を希望したのも、少しそれに関係があるのです」

「ほう、どういうことだね」

「ルートルフの発育に必要なのが、海の魚やニワトリの卵と言われたのですが、どちらもうちの領では手に入らなかったのです」

「ほう」

「幸《さいわ》い症状は重くなかったので、他の食材と日光に当たることで持ち直したのですけれど。比較的赤ん坊によく見られる症状だそうなので、今後領内の子どもの発育を考えると、海の魚は難しくてもニワトリの卵は何とか手に入るようにできないかと思いまして」

「なるほどね」

「あと、キマメもアマカブも加工した後に出る滓《かす》の類いが畑の肥料やニワトリなどの飼料に使えるということなので、そういう活用にもならないかと思います」

「なるほど、いろいろと考えているんだね。面白い」


途中で寄った市場では、多種多様な野菜類などを見て兄とベティーナが興奮していた。

ニワトリの飼育場、つまり養鶏場は、ベルシュマン男爵邸の敷地より少し広いかという草地を木の柵で囲んだもので、その三分の一程度の広さに風通しのいい小屋が建てられている。

夜は小屋で休み、昼は草地で自由に動き回る習慣のようで、今日のような天気のいい午前中にはほとんどのニワトリが外で土をつついていた。

テオドールが呼び寄せた係の者の説明では、ここだけで千羽程度飼育している、同じような養鶏場が周囲に十箇所以上ある、ということだった。

雌二十羽に対して雄一羽が同居するようにしている、雌一羽が平均一日一個程度の卵を産む、余分な雄や産卵しなくなった雌を食肉として出荷している、などという説明を、兄は熱心に聞いている。

驚かさなければ近くに寄っても大丈夫だということで、僕を抱いた兄とミリッツァを抱いたベティーナは、草地を嘴《くちばし》でつついているニワトリに恐る恐る近づいてみた。突然羽を広げて威嚇するような反応を見せる個体に、ミリッツァとベティーナはきゃあきゃあと目を丸くして喜んでいる。

食いつくように観察している兄に、テオドールが笑いかけた。

「ウォルフ君がその気なら、お試しで飼育を始められる数のニワトリを、私から差し上げよう」

「え、その……」

「今回のお礼なり商的なやりとりは、これから領主同士で話し合うだろうがね。とりあえず初めて会うことができた甥《おい》に、私から贈り物だ。気楽に受けとってくれ」

「あ……」

「さしあたっては二十羽もいれば、試し始めもできるだろう。近いうちトーフ作りを習いに担当者を派遣するついでに、運ばせよう。飼育にくわしい者も一人つけて、そちらで説明させる。試しがうまくいって増やす気になったら、領主を通してこちらの業者から購入すればいい」

「ああ、はい」

目をぱちくりさせて。

矢継ぎ早の説明に圧倒されながら、伯父に対して遠慮するのがかえって失礼、という結論に達したようだ。兄は、大きく頭を下げた。

「とても嬉《うれ》しいです。ありがとうございます」

「いやいや、どういたしまして」

「でも、ニワトリの個体にしても、それ以上に飼育方法の情報にしても、こちら侯爵領の特産で他領には出していないいんじゃないいんですか」

「そうだね。今までのところ、概《おおむ》ねは」

「そんな大事なものを我が領に――その、侯爵閣下が反対されませんか？」

「うーん――領を豊かにする産業振興の情報はもっと全国的に交流を広げるべき、というのはうちの領主のもともとの持論でもあるからね。ただ今までは他領の連中の偏狭さに閉口して実現していなかっただけで」

「え。でも、昨夜は……」

「さかんに君を『青臭い』と非難していたけどね。あれはもちろん、本心じゃないよ。君を煽《あお》って本音を引き出す目的だ。具体的には、君が父親辺りの受け売りだけじゃなくどこまで自分の言葉で相手を論破できるか、確かめたかったようだ。結果は期待以上だったと、あんな仏頂面でもあれでかなりご機嫌だったんだよ」

「そう、なんですか」

「そもそも今回君を招くことにしたのも、きっかけは今年に入ってからのベルシュマン男爵の活動でね。ベルネット公爵を仲間につけて、あっという間に全国の領主たちに情報交流の流れを作ってしまった。父としては長年自分が意図してきたことで先を越されて、悔しがるより先に感心することしきりだったようだ。まあ他の領主たちとしては、余裕のある侯爵が上から目線で教えを垂れるより、困窮していた男爵が自分の利益を捨てて惜しみなく情報を公開することが、受け入れられやすかったのだろうが

「まあそれは、そうなんでしょうね」

「そこに感心しているうち、その発想の出所《でどころ》が男爵の長男だと聞いてね。何かしらの期待を持って今回の招待に至って、何かしらの満足は得たはずだ。まああの頑固な年寄りのこと、実の息子にもなかなか本音は明かさないけどね。それでこのニワトリの件については、私の独断に何も言えないはずだよ。文句を言うなら、本人のもともとの持論を持ち出して反論してやる」

「はあ……分かりました。いろいろ、ありがとうございます」

「いやいや、今評判の男爵の家族と友誼《ゆうぎ》を結んでおくのは、おそらく我が領の損にならないだろうしね。それに、このニワトリの飼育をそちらの領でどのように活用するか興味深い、とにかく面白い」

「そう思っていただければ、嬉しいです」

いろいろ話を聞いたりニワトリを追い回して遊んだりして、楽しく時間は過ぎた。

僕も地面に下ろしてもらい、ちょこちょこニワトリの間を歩き回ってみた。

ミリッツァもベティーナに支えられ草の上に立って、ご機嫌に手を叩いている。

そんなこんなで主に赤ん坊が疲れを見せ始めて、領主邸に戻ることになった。

しばらく身体を休めよう、と部屋に入ったけれど。

はしゃいで興奮した様子のミリッツァは、じっとしようとしない。

ベッドの上に腰を下ろした僕に、しきりとまとわりついてくる。

仕方なくつき合って、ひとしきり二人でくんずほぐれつ取っ組み合いをすることになった。

ただ、興奮のしすぎもいけない。少しは大人しくさせようと僕の背にへばりつかせて、ベッド上を『おんま』ならぬ『お亀』程度に這《は》い回《まわ》ってみる。

僕の手足の力をつける鍛錬のつもりもあったのだけれど、ほとんど続かずへばってしまう。

黙って愉快そうに見ていた兄が、呆れ声をかけてくる。

「いくら何でもそれは無理だろ、二人分の重さではいはいは」

「がんばる」

「何考えてるんだ」

「もしものとき」

「非常時に、ミリッツァを背負って逃げるってのか」

「ん」

「心配しすぎじゃないのか」

「ありえる」

兄弟二人、この半年程度で何度も命を狙われているのだ。

思い出して、兄は渋い顔になった。

「まあ確かに、あり得ないことでもないか」

「みりっちゃは、まもる」

「いい心がけだが――それにしても、お前」

「ん？」

「どんどん妹に、過保護になっていないか？」

「……きのせい」

「そうか」

話している間にも何度か、腕立て伏せよろしく身を持ち上げようとしてみたけど。

力及ばず、すぐにぺしゃりと潰れてしまっていた。

まあそんな動きだけでも楽しいようで、ミリッツァはぺたぺた僕の頬《ほお》を叩いて喜んでいた。

「まあ、無理するな。何かあっても二人まとめて俺が守る」

「ん」

ヘンリックに呼ばれて荷物整理のためしばらくベティーナが離れている間、そんな他愛《たわい》のないやりとりをしていた。

晩餐《ばんさん》には、また侯爵と長男親子が席に着いていた。

メインディッシュは昨日とひと味違ったニワトリのステーキで、下味のつけ方とあとのソースが変わっているのだという。

ニワトリの活用に興味を示している兄に、テオドールが配慮してくれたのかもしれない。

「おいしいです」と、兄は無邪気に見える様子で味わっていた。

「ニワトリ肉は癖が少ないので、いろいろな味つけが工夫できるのですね。野ウサギに食感は似ていますが、ずっと食べやすい印象です」

「野ウサギは食べたことがないけど、このニワトリに近いの？」

マイエラ夫人の問いに「はい」と兄は頷く。

息子のエルヴィンも興味を見せているのを確認して、そちらにわずかな苦笑を向ける。

「うちの領で肉と言えば、森で獲《と》れる野ウサギに限られるのです。特にこの春先は野ウサギが大繁殖をして思いがけないほど獲れたので、ひと頃は毎日食卓に出ていました。ニワトリと食感は似ていますが野性味というのか癖が強いので、単純な焼き肉だと毎日は飽きが来てしまいます。贅沢《ぜいたく》は言っていられないのですが」

「それは噂《うわさ》に聞いたな。たいへんな異常繁殖だったそうだね」

「はい」

テオドールの問いかけに、笑顔を保ったまま兄は頷いている。

この話をくわしく語ればキリがないわけだが、ここの話題で深入りするものでもない。

その辺りどこまで承知しているものか、侯爵は表情を変えずに食事を続けている。

「同じ料理では飽きるので、野ウサギの揚げ物なども試してみたのですが。揚げるならむしろ、このニワトリの方が向いているかもしれませんね」

「まあ。揚げ物って、油で揚げるってこと？」

「はい、マイエラ様。ただ揚げることもあるし、王都で売り出したコロッケのようにパンを乾かして細かくした粉をまぶして揚げる方法もあります」

「それそれ。そのコロッケというものも、話には聞いていますがまだ口にしたことがないのですよ。パンの粉をまぶす？　想像もつかないわ」

「よかったらこれも、うちの侍女からこちらの料理人に説明させせましょうか。侍女は料理手伝い程度で方法を知っているだけなのですが、あとは料理人に工夫してもらうということで」

「まあ、ぜひお願いしたいわ」

また、ベティーナの任務が増えてしまった。今日も部屋の隅でミリッツァに食事をさせているが、話は聞こえているだろう。内心、顔面蒼白《そうはく》になっている気がする。

まあ、領地間友好のため、頑張ってもらいたい。

テオドールの話ではないが、恩を売っておいて損にはならないだろう。

「まあしかし、確かに」と、テオドールは半分父親の顔を窺《うかが》いながら話を繋げた。黙っている侯爵にも話を振るつもりらしい。

「王都で野ウサギ肉を食したことはありますが、ウォルフ君の言う通り、毎日となると料理に工夫が必要そうな食材ですな」

「そうだな」

「うちの領ではそれしか獲れないという事情もあるのですが、健康面の理由もあるのです。私の母はルートルフを出産してからしばらく体調を崩していたのですが、その治療にクロアオソウという野菜と野生の動物肉がいいと言われて、それを中心とした食事で最近はかなり回復しています」

兄の話に、侯爵と息子の目が軽く見開かれた、ように見えた。

マイエラ夫人は、あからさまに食いついてきた。

「まあ、そうだったの。お母様は、もうおよろしいのですか？」

「ええ、お陰様で。しばらく数ヶ月くらいはあまり寝台から起き上がれなかったのですが、最近は家の中なら不自由なく歩き回っています」

「それはよかったわあ」

人のいい顔で、笑い返してくる。

侯爵もテオドールも、一度止めていた食事の手を穏やかに再開している。

晩餐の後、約束の通りベティーナを厨房《ちゅうぼう》に行かせて、揚げ物の調理法を説明させた。昨日からの経緯で、料理長は真剣に話を聞いていたという。

その間、兄妹三人で部屋で戯れながら、兄と意見を交わした。

直前にヘンリックとも確認したが、今回の侯爵領の訪問は無事目的を達したと思っていいだろう。あとは王都で父と侯爵の交渉を持ってもらう、その成果に期待するしかない。

兄としては、ニワトリを譲ってもらうことになったのが最も喜ばしい結果だったようだ。

エピローグ

翌朝早く、テオドール親子に見送られて領主邸を発《た》った。

嬉《うれ》しいことにこの旅行中変わらず好天で、順調に帰路も捗《はかど》る。

まだ陽《ひ》の落ちないうちに、無事我が家に到着した。


居間に入るや、カーリンがミリッツァに抱きついて出迎える。僕がいないときのミリッツァほどではないにせよ、ずっと元気をなくしていたらしい。

兄に抱かれて母に帰着の挨拶をしてから、僕はそのまま取っ組み合いをしている二人の傍《そば》に座を落ち着けた。

何とも、安心。いつの間にかここがいちばん僕の落ち着く場所になっていたようだ。

寛《くつろ》いでいると、ザムが隣に寄って身を丸めてきた。

彼ももしかして、寂しかったのだろうか。考えてみると初めて会ってから、こんな長時間離れていたことはなかったはずだ。

鼻を擦《す》り寄せてくる、その白銀の頭をぐしぐしと撫《な》でてやった。

夕食の後、兄はヘンリックを伴って母に報告を行った。

僕は母の膝の上、ミリッツァは兄の膝に乗ってうつらうつらを始めている。

「ご苦労様、上出来でしたね、ウォルフ」

「何とか大役を果たして、安堵《あんど》しました。アマカブの情報開示を無条件にしたのが、独断で申し訳なかったのですが」

「いいと思いますよ。むしろこの方が、こちらにとって有利な流れになるかもしれません」

「そうなのですか？」

「人に借りを作るのが嫌いな人ですからね、あの頑固侯爵は。父上と面談する気になっただけでも大きな進歩ですが、それ以上の成果が望めるかもしれません」

「それならよいのですが」

「ヘンリック、さっそく旦那様に報告をお願いね。特に今の辺りのやりとりについて、くわしく伝えてください」

「かしこまりました」

三日ぶりの母の抱っこを堪能して、僕は慣れた自分のベッドでゆったり眠りについた。

もちろん背中にひっつくミリッツァもいつも通り、辺り憚《はばか》ることなく肩口にしゃぶりついている。

二人ともにやはり旅の疲れで、一度も目覚めることなく朝まで熟睡していた。


後日伝え聞いたところでは。

翌週、父は王都でエルツベルガー侯爵と会談した。

キマメやアマカブの情報提供を感謝され、砂糖の製造技術研究の協力、廉価《れんか》の流通開始について、侯爵の方から提案された。

ただ、砂糖の国内製造による近隣国への影響については、宰相と十分に検討するよう、課題を出されたという。

また北方での農産業、輪作の技術やそれぞれの作物の栽培技術について、アドラー侯爵領を加えて協力体制を作ることで意見が一致したようだ。

兄が話したことがほとんどそのまま呑《の》まれた形で、「何だか気味が悪いな」とこちらでは当人が感想を漏らしていた。


その後すぐ、これも約束通りエルツベルガー侯爵領の役人が三名、こちら西ヴィンクラー村に到着した。

二名はジーモンの下宿に滞在して、トーフ作りを学ぶ。一名は連れてきた二十羽のニワトリの飼育場作りと、飼育法を教えてくれる。

試験的に領主邸に隣接する土地に作った飼育場で、ウェスタとベティーナ、村の年寄り二名が、飼育に携《たずさ》わることになった。

ニワトリの活発な声で領主邸近辺が賑《にぎ》やかになり、一羽の雄の朝一番の声が新しい名物になった。

村では畑の作付けも終わり、みんながのびのびと農作に製塩作業にと身体を動かしている。

僕に昨年の記憶はないけど、こんなに村人たちが明るい顔で立ち働く様子は、近年見られなかったものだという。

村の端に作った炭窯は、数回の試運転でかなり満足のいくできになったようだ。

ニワトリの飼育もうまくいくようならもっと広げると聞かされて、何人もの村人が興味深そうに見に来るようになった。託児小屋の子どもたちのお気に入り散歩コースにもなっている。

すべて合わせて、この村では今までにない希望に満ちた春の始まりになっているのだった。

また、東ヴィンクラー村とエルツベルガー侯爵領北部では、さっそく砂糖製造場が作られ、稼働を始めた。

すぐに試作品が王都に送られ、業者の鑑定を経て販売の水準にあると判断。

数週間のうちには、本格的に販売が開始される見込みだという。

僕らはまだ見に行ったことがないが、東ヴィンクラー村でも少し前とうって変わって、人々の間に勤労意欲が見られ始めているそうだ。

もともとの領地である西ヴィンクラー村の製塩、新しく領地になった東ヴィンクラー村の製糖。

他に、近隣の他領も巻き込んで農業の改革が始まっている。

つまりは特にこの北方の複数領地にとって冷害などに絡む懸念が減り、さらに農作以外の収入の当てができてきたことになる。

ここしばらくの兄と協力してきた諸々《もろもろ》の試みが成果に繋《つな》がってきて、手応えの実感を覚え始めているところだ。

兄弟力を合わせて続けてきた活動が実を結び、秘《ひそ》かに二人で満足顔を見交わしている。

——さて、次は何を目指そうか。

特別番外編

エルツベルガー侯爵家の血筋

好天の早朝、客を見送って邸内に戻る。

両親に続いて柔らかな絨毯《じゅうたん》の廊下を歩きながら、エルヴィンはどちらへともなく話しかけた。

「本当にご立派な、男爵ご長子でしたね」

「ええ本当に。エルヴィンも見習わなければなりませんね」

「何だか、目標とするにはあまりに高すぎる気がします、あの方は」

「それでも負けてはいられませんよ、あなたは未来の侯爵家当主なのですから」

「はい、努力します」

やや虚脱した思いを払えないまま、母親の言葉に頷《うなず》き返す。

ちらり見下ろして、エルツベルガー侯爵家長子である父のテオドールは、苦笑気味に声をかけた。

「まあ彼はどうも、かなり特殊な状況のようだから、あまり参考や目標とはしない方がいい。エルヴィンは、自分の研鑽《けんさん》だけを考えていればいいと思うよ」

「そうなのですか？」

「会食の場ではまだぼやかして話していたようだけどね。この春先、本当にあの領は存続の危機に瀕《ひん》していたんだ。天然酵母の件も野ウサギの大繁殖という話も、否応《いやおう》なく必死で取り組まざるを得なかったのだろう」

「そうですか」

「とは言っても、話に聞こえる功績がすべて残らず彼から出たものとは、考えにくい。今回随従していた執事など、知恵のある大人がそれなりにいるのだろう。そういう側近の意見なども余さず活用するのは、領主の力量のうちだ。そういう点は参考にしていいだろうね」

「はい」

笑顔で話しながら、家僕の開く扉をくぐる。

広く明るい居間には、起き抜けらしい子どもが二人、長椅子でお喋《しゃべ》りしていた。

やや足どりを速めてそちらに歩み寄り、母は二人同時に両腕を回した。

「お早う、わたしの可愛《かわい》い天使たち。今朝も変わらないご機嫌か、よくお顔を見せてね」

「はい、お母様」

「かーさま」

両腕に抱かれてキスをもらい、小さな女の子と男の子はきゃっきゃと笑い声を上げる。

エルヴィンとテオドールも椅子に腰を下ろしながら、子どもたちに笑いかけた。

「お早う、アマーリア、フーベルト」

「お早う、今日もご機嫌な目覚めだな」

「お早うございます、お父様、お兄様」

「はーよーごじゃます」

そのまま腰を下ろした母親の両脇に抱き寄せられて、六歳の妹と三歳の弟は、輝くような笑顔になっている。

まだ幼いためにこの来客を迎えた二日間部屋から出されず、ほとんど両親と歓談する時間も持てず我慢していたことをよく承知しているので、エルヴィンにとっても微笑《ほほえ》ましく安心できる光景だ。

今回の客は血の縁がある相手でもあるので幼い子たちが交流を持っても構わないという見方もありそうだが、ここは人となりを確かめるまで、と当主である祖父が顔合わせを禁じたらしい。

他所《よそ》と比べた話を聞く限りでは貴族の家庭として珍しいほど両親と子どもたちで寛《くつろ》ぎの時間をとることが多いこの家で、二日間の我慢は幼い妹弟にとって辛《つら》いものだったと思われる。

母に金色の髪を撫《な》でられながら、アマーリアが「ねえねえ、お兄様」と明るい声をかけてきた。

「お客様は、お兄様と年の近い方だったのでしょう？　どんな方でした？」

「うーん――しっかりした方だったよ。僕と一つしか違わないとは思えないくらいだった」

「そうなんだあ。リアもお目にかかりたかったです」

「そのうちまた、機会もあるだろう。親戚でもあるし、領の付き合いとしても今後親密になりそうだ」

笑いながら答えて、父は手を伸ばして娘の頭を撫でた。

くすぐったそうに目を細めて両親の顔を見比べ、妹はさらに兄の方へ身を乗り出す。

「それにそれに、赤ちゃんが二人も一緒だったのでしょう？　リア、近くで見たかったです」

「赤ちゃん、赤ちゃん」フーベルトも目を丸くして、両手を振る。「赤ちゃん、かわいかった？」

「そうだね、可愛らしかったですよね、二人とも」

母親の顔を見ると、深い頷きが返ってきた。

「ええ、本当に。女の子の方はすぐに泣き出しそうで傍《そば》にも寄れませんでしたけど、弟のルートルフ様でしたか、本当にお利口そうで可愛らしい赤ちゃんでした。お食事中もずっとにこにこして、一生懸命自分で食べようとするのが、何とも微笑ましいの」

「わああ、リアも見たかったです」

「そう言えば、そうだったな」父が思い返す顔で頷いた。「あの男の子の方はずっと落ち着いた様子で、一度も泣き出しそうにさえならなかった。兄が我々と話している間もまるで話題を理解しているかのようで、うんうん頷いているようにさえ見えたものだ」

「それでもやっぱり、可愛い赤ちゃんでしたよ。スープを口から零《こぼ》しそうになって、お兄様に拭いてもらったりして」

「そうだったね。昨日は馬車の中で少しだけ抱っこさせてもらったんだが、本当に小さくて軽くて。少し前のフーベルトを思い出したものだが、フーベルトが歩き始めた頃より小さいくらいかもしれないな」

「わあ、お父様、羨ましい。リアも抱っこしたかった。抱っこして、赤ちゃんの頬《ほ》っぺ触りたい」

「頬っぺかあ」

「赤ちゃんの頬っぺって、やわやわで最高なんだもの。フーベルトの頬っぺもいいけど、ほんとの赤ちゃんのときとはもう違うし」

「なるほど、確かになあ」

「ああ」エルヴィンも、思わず笑ってしまった。「確かに。僕も真向かいに座っていて、あのにこにこしている赤ちゃんの頬をつついてみたくなりました」

「何ともなあ」テオドールは、堪《こら》えきれずに噴き出しかけの口元を押さえる仕草になった。「赤ん坊の頬っぺ好きは、うちの血筋なんだろうか」

「あらあら」妻も穏やかに笑い返す。「赤ちゃんの頬っぺはわたしも好きですけど。血筋って、そんなことがあるのですか?」

「そうだね。うん、ちょうどこの居間だ。私も妹たちもまだ小さかった頃、よくここで一緒に遊んでいたんだが。一時期、末の妹の頬っぺを摘まむのがみんなのお気に入りみたいになってね。上の妹など、『イレーネの頬っぺくらい触り心地のいいものはこの世にない』と、事あるごとに言っていたものだ」

「まあ」母は、口元を押さえて笑った。「上の妹様って、今の第二妃殿下ですよね」

「そうだね。まあその、下の妹の頬の可愛らしさには、わたしもまったく異論なかったが。あの親父《おやじ》でさえ、まちがいなくその点は同感だったはずだ」

「あの、お義父《とう》様も、ですか」

「本人はバレていないと思っていたろうがね、一度、見てしまったんだ。他に誰もいないこの居間で、小さなイレーネを膝に抱いて頬を撫でているのを」

「まあ」

「それが、あのいつもの仏頂面、一見面白くもなさそうな表情で、なんだけどね。それでも心なしかというか、口元辺りはどこか満足そうでって感じでね」

「そうなのですか。でも、そうですよ。あまり数多くはありませんが、お義父様がこの子たちを抱っこしてくださったときにも、そんな感じでしたよね」

「まあ、そうだがね。でも何と言うか、あのイレーネに対してはまた特別だったというか、いや私が初めてあんな親父の様子を見て驚きだったということかもしれないが――ああいや、みんな、このことはお祖父様《じいさま》に言ってはいけないよ。きっと気を悪くしていつもより怖い顔になられるから」

「はーい、分かりました」

「分かりましたあ」

「たあ」

子ども三人が口々に応え、母親はくすくすと笑いを続けている。

「あのお義父様が家族に愛情深いのは、よく承知していますけど。そう言えば、どうだったのでしょうね。今回の訪問で、あちらの子どもたちについて、ご満足なさったのでしょうか」

「赤ん坊についてはそれこそあえて近づかないようにしていたようで、満足のほどは分からないけどね。あのウォルフ君については、かなりのところ手応えを感じたのではないかな。あの親父と私を相手にして、何と言うか一歩も退《ひ》かない論を張ってみせたのだから」

「そうなのですか」

「まあ、ずっとその膝に抱かれて弟のルートルフ君が『わうわう』と応援していたから、それも好印象だったかもしれないけどね」

「まあ、それはわたしも見たかったです」

「僕もです」

「リアもお」

「もーー」

家族一同の意見が揃《そろ》い、笑いが交わされる。

こうした団欒《だんらん》の幸せを嚙《か》みしめながら、やはりまたエルヴィンは意を新たにしていた。

きっと、あの従兄《いとこ》に負けない立派な貴族後継者になってみせる、と。

窓から初夏の陽《ひ》が柔らかく射《さ》し込《こ》み、雲ひとつない空が遥か先まで続いている。あの山のさらに先、北の男爵領まで晴れ渡っているのだろうかと目を凝らし、エルヴィンは思いを馳《は》せた。

赤ん坊の異世界ハイハイ奮闘録

巻末資料

人物名等

●ベルシュマン男爵家家族、使用人、領民

ルートルフ・ベルシュマン
　主人公。開始時生後九ヶ月。加護『光』

ウォルフ・ベルシュマン
　兄。十一歳。加護『風』

ミリッツァ・ベルシュマン
　妹。登場時生後九ヶ月。

レーベレヒト・ベルシュマン
　父。男爵。三十一歳。

イレーネ・ベルシュマン
　母。二十六歳。

ヘンリック
　ベルシュマン男爵家執事。

ベティーナ
　ルートルフとウォルフ付侍女、子守り。
　九歳。加護『水』

ランセル
　ベルシュマン男爵家料理人。

ウェスタ
　ランセルの妻。ルートルフの乳母。

カーリン
　ランセルとウェスタの娘。生後八ヶ月。

イズベルガ
　イレーネ付侍女。

テティス
　ベルシュマン男爵家護衛。加護『水』

ウィクトル
　ベルシュマン男爵家護衛。加護『水』

ロータル
　ベルシュマン男爵の護衛。死亡。享年三十歳。

ヘルフリート
　ベルシュマン男爵家文官。ヘンリックの息子。

ザームエル（ザム）
　オオカミ。

ニコラウス・ベッセル
ウォルフの家庭教師。
ディモ
村民。農民兼猟師。
アヒム
ディモの息子。十一歳。
リヌス
村の子ども。十一歳。加護『光』
ジーモン
下宿屋の主人。
インゲ
ジーモンの妻。

●その他、グートハイル王国の人々
シュヴァルツコップ三世
グートハイル王国現国王。
ディミタル男爵
ベルシュマン男爵領の東隣領主。
ロルツィング侯爵
ベルシュマン男爵領の南隣領主。
ベルネット公爵
グートハイル王国南方の領主。
ハインリヒ・アドラー侯爵
騎士団長。
エルツベルガー侯爵
イレーネの父親。
テオドール・エルツベルガー
エルツベルガー侯爵の長男。
マイエラ
テオドールの夫人。
エルヴィン
テオドールの長男。
アルノルト・フイヴェールツ
ベッセルの後輩の研究者。

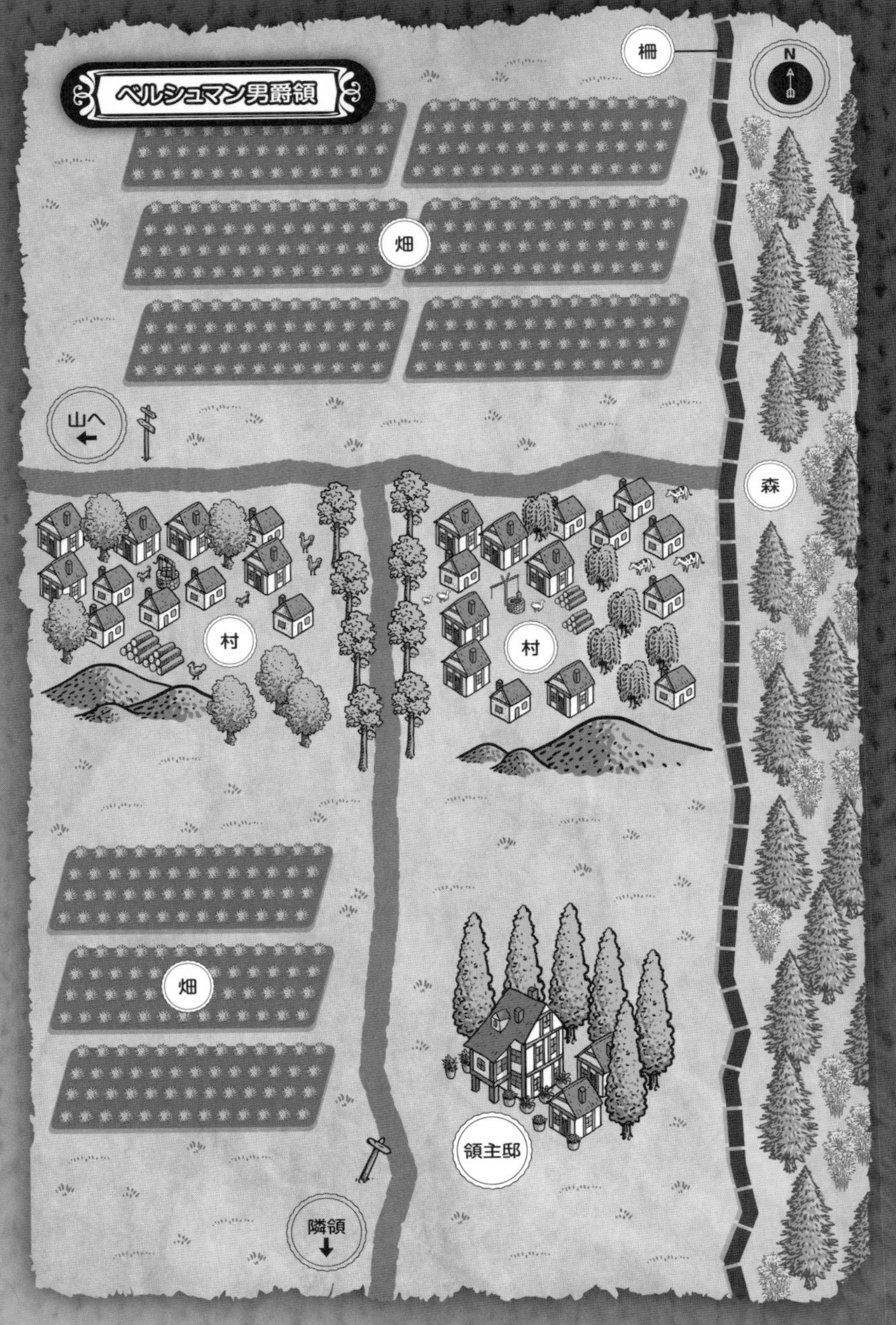

ベルシュマン男爵領
柵
N
畑
山へ
森
村
村
畑
領主邸
隣領

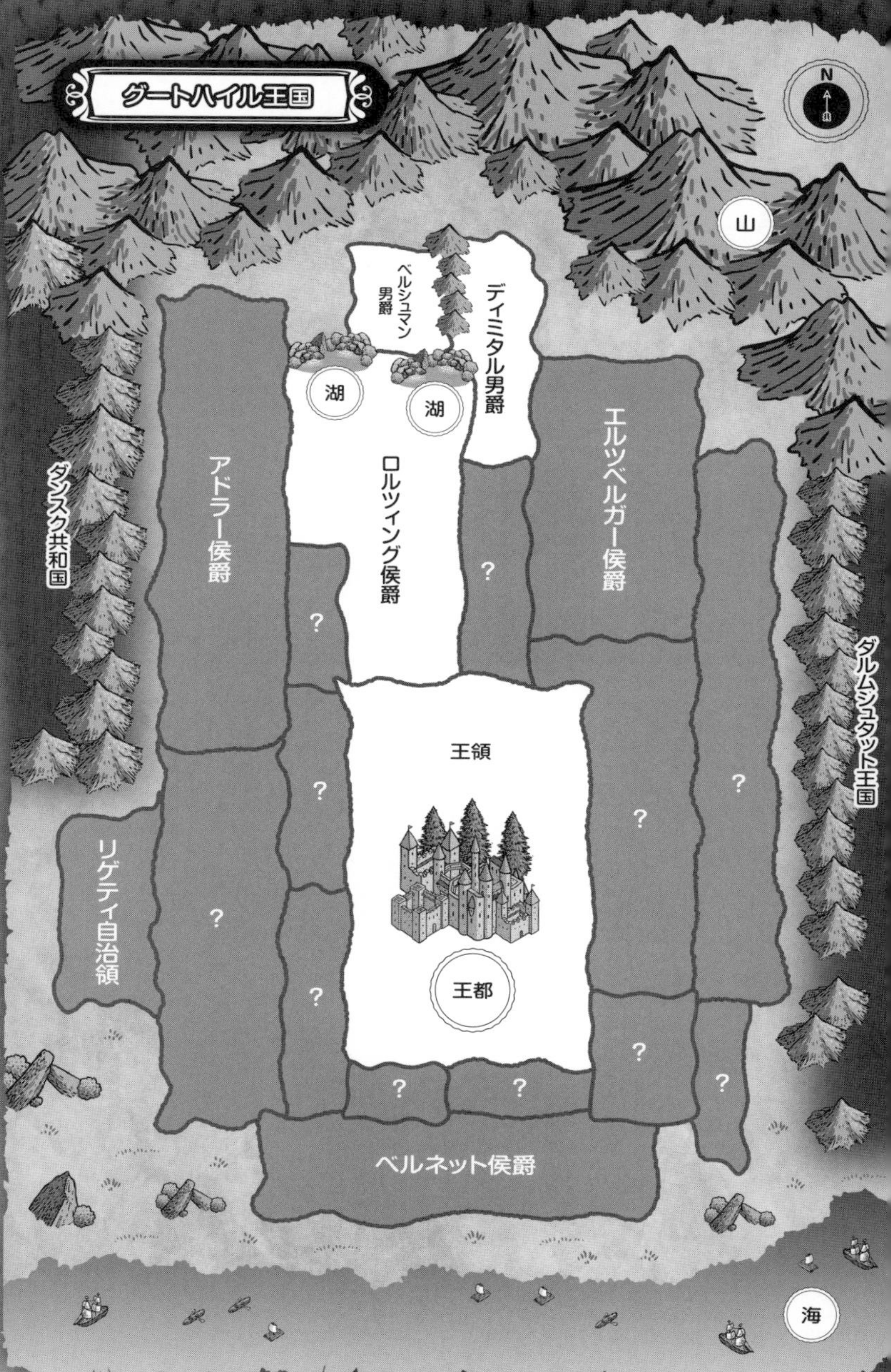

グートハイル王国
N
山
ベルシュマン男爵
ディミタル男爵
湖
湖
ロルツィング侯爵
アドラー侯爵
エルツベルガー侯爵
ダンスク共和国
ダルムシュタット王国
王領
王都
リゲティ自治領
ベルネット侯爵
海

MFブックス

赤《あか》ん坊《ぼう》の異世界《いせかい》ハイハイ奮闘録《ふんとうろく》 2

2024年1月25日　初版第一刷発行

著者　そえだ信
発行者　山下直久
発行　株式会社KADOKAWA
〒102-8177　東京都千代田区富士見2-13-3
0570-002-301（ナビダイヤル）
印刷・製本　株式会社広済堂ネクスト
ISBN 978-4-04-683249-8 C0093

担当編集　森谷行海
ブックデザイン　AFTERGLOW
デザインフォーマット　AFTERGLOW
イラスト　フェルネモ

本書は、カクヨムに掲載された「赤ん坊の起死回生」を改題の上、加筆修正したものです。